FEUER
WERKE
VERLAG

Das Buch

Die irische Küste, ein magischer Wanderweg und die große Liebe - Willkommen im romantischen Bantry.

Es ist schon wieder passiert! Mara hat dem falschen Mann vertraut und damit auch noch die Chance auf ihren Traumjob verpasst. Jetzt will sie nur noch weg. Am Flughafen lässt sie das Schicksal entscheiden, wohin es sie führt, und so landet Mara im bezaubernden Irland. Kurzerhand beschließt sie, einem der berühmten irischen Wanderwege zu folgen, um endlich den Kopf frei zu kriegen.

Zunächst kämpft Mara mit den Launen des Wetters und der Einwohner, doch nach und nach lernt sie das raue Land und dessen skurril-warmherzige Bewohner lieben. Besonders Marc, der geheimnisvolle Retter aus der ersten Nacht, will ihr einfach nicht mehr aus dem Kopf gehen. Aber warum reißt diese tiefe Verbindung immer wieder ab, wenn sie sich für einen Moment kurz näherkommen?

Die Autorin

Hanna Holmgren liebt das Leben – an bunten und an grauen Tagen.

„Es liegt schließlich an uns selbst, welche Tage wir an uns heranlassen", ist ihr Motto. Schon als Kind begann Hanna, ihre Erinnerungen an wunderbare Orte und Momente in einem Reisetagebuch festzuhalten und formte bleibende Geschichten daraus. Im Laufe der Zeit entwickelten sie sich zu vollwertigen Romanen und wurden schließlich zu ihrer größten Leidenschaft. Heute bedeutet das Schreiben für sie pure Entspannung. Es bringt ihr Sonnenstrahlen, Sandkörner und Meeresrauschen in ihr heimisches Arbeitszimmer und lindert das ständige Fernweh bis zur nächsten Reise, die ihr noch immer als wichtigste Inspirationsquelle dienen. Seit Hanna Holmgren ihr früheres Berufsleben hinter sich gelassen hat, widmet sie sich voll und ganz dem Schreiben von romantischen Wohlfühl-Romanen.

Ein Rucksack voller Liebe

Herz über Kopf durch Irland

Ein Roman von Hanna Holmgren

Mehr zur Autorin finden Sie auf
www.hannaholmgren.de, www.instagram.com/hannaholmgren.autorin,
www.facebook.com/hannaholmgren.autorin und
www.feuerwerkeverlag.de/holmgren

Abonnieren Sie auch unseren Verlags- und Autoren-Newsletter und erfahren Sie so als Erster von unseren Neuerscheinungen, Autorennews und exklusiven Buch-Gewinnspielen:
www.feuerwerkeverlag.de/newsletter

Originalausgabe Juli 2024

Maracuja GmbH, Laerheider Weg 13, 47669 Wachtendonk
Herstellung: Books on Demand GmbH
Printed in Europe
Umschlaggestaltung: Grit Bomhauer, grit-bomhauer.com unter Verwendung von © Adobe Stock – Oleksandr | davidyoung11111 | josephotographie.de | Dan | Akova | cerulean std | Robert Biedermann | Mike | jomphon | MatPhoto © Depositphotos – mexrix | schankz | Santo | zoltanlemberg | pellinni
Lektorat: Claudia Grundschok, Berlin

ISBN: 978-3-98954-023-1

Kapitelverzeichnis

Prolog

~~*LIEBE Anne,*~~

~~*Hallo Anne,*~~

~~*Kleine Anne,*~~

Anne,

ich weiß nicht, wie ich diesen Brief beginnen soll.

Viel zu lange habe ich dich nicht gesehen, und viel zu wenig weiß ich über meine eigene Tochter. Vielleicht hast du ohne unser Wissen geheiratet? Hast womöglich Familie? Wie dem auch sei, deine Mutter hat keine Ahnung, *dass ich dir schreibe, du kennst sie, sie würde es nicht wollen.*

Wir haben uns in den letzten sieben Jahren damit abgefunden, keinen Platz in deinem Leben zu haben. Was auch immer dich uns so hassen lässt, du wirst deine Gründe haben.

Ich schreibe dir nicht, um mich zu entschuldigen oder um irgendetwas zu begradigen. Aber manchmal zwingt uns das Leben, Wege einzuschlagen, die wir normalerweise meiden würden.

Die Firma steht kurz vor dem Bankrott, wir halten uns gerade noch so über Wasser, deine Mutter will, dass wir uns nach außen hin nichts anmerken lassen.

Es ist lächerlich.

Und dann ist da noch etwas.

Vor zwei Jahren bekam sie die Diagnose Alzheimer, und obwohl sie lange gekämpft hat, ist diese Krankheit stärker. In den letzten Wochen ging es rapide bergab. Man kann sehen, wie jeden Tag weniger von ihr da ist.

Du weißt, wie sehr sie mich unterstützt hat seit meinem Infarkt und wie sie das Werk am Laufen gehalten hat. Ohne sie werde ich die Firma definitiv verlieren.

Anne, meine Tochter, du kannst dir wahrscheinlich nichts Schlimmeres vorstellen, als deinen herzlosen Eltern zu helfen, aber es ist an der Zeit, falschen Stolz und jugendliche Impulsivität runterzuschlucken und Verantwortung zu übernehmen.

Die Firma braucht dich.

Dein Vater

Kapitel 1

„LETZTER Aufruf! Ich wiederhole, letzter Aufruf für Passagier Alexander Obermair für den Flug X3329 nach Mallorca. Last Call! I repeat, this is the last call for passenger Alexander …"

Mara kniete unbeholfen vor ihrem geöffneten Koffer und durchwühlte ihre Habseligkeiten, die sie zu Hause in aller Eile in das alte Ungetüm geworfen hatte.

„Diese Schuhe sind eindeutig nicht zum Knien gemacht …", fluchte sie und zog sich die Pumps von den Füßen. Jetzt saß sie zwar bequemer, aber sie hatte immer noch nicht entdeckt, wonach sie suchte. Und während um sie herum aufgeregtes Treiben herrschte, eine Mischung aus gestressten, vorfreudigen und ausgelassenen Urlaubern, wuchs in ihr selbst die Anspannung. Wie immer, wenn sie etwas absichtlich an einer bestimmten Stelle platzierte, um es auf gar keinen Fall zu verlieren, ging eben jenes Stück verloren.

„Das gibt's doch nicht!", rief sie irgendwann entnervt und vergrub das Gesicht in den Händen. „Typisch Mara", setzte sie spöttisch nach, bemüht nicht zu schreien, während sie energisch die Hälften des Koffers zusammenklappte, die kurz nachwippten und das Gepäckstück wie ein kleiderfressendes Monster erscheinen ließen.

Trotz steht dir nicht, Kleines.

Mara stockte.

Alles in ihr spannte sich an, für einen Moment vergaß sie sogar zu atmen, so deutlich hörte sie die Stimme ihrer Mutter, so glockenklar, als würde Anne direkt neben ihr stehen und ihr ins Ohr flüstern.

Sie versuchte, das aufkommende schauerliche Gefühl abzuschütteln, indem sie ihre Augenlider aufeinanderpresste und sich zwang, tief durchzuatmen, doch die Worte, die ihre Mutter keine zwei Stunden vorher zu ihr gesagt hatte, hallten in ihren Ohren wider.

„Wo wir gerade davon sprechen", hörte sie Anne sagen, obwohl niemand je und vor allem nicht gerade davon gesprochen hatte, „das wäre doch der perfekte Zeitpunkt zuzugeben, dass diese ganze Schickimicki-Branche eine Schnapsidee gewesen ist. All diese oberflächlichen Modepüppchen, wie lange versuchst du jetzt schon krampfhaft, zu ihnen zu gehören? Ich meine, Mara, wir wissen doch beide, dass das nichts für dich ist. Ich will nicht sagen, ich hab's dir ja gesagt …"

Maras Nase hatte gekribbelt, wie immer, wenn sich Tränen ankündigten.

„Aber hättest du auf mich gehört und wärst wie besprochen in die Firma eingestiegen, wäre uns allen diese Peinlichkeit ersp… Sag mal, hörst du mir eigentlich zu?"

Nein, Mara hatte nicht mehr zugehört. Sie kannte die alte Leier ihrer Mutter nur allzu gut und hätte wohl jedes Wort davon mitsprechen können. Früher, als Mara noch ein Kind gewesen war, hatte es Anne zum Lachen gebracht, wenn ihre Tochter genau vorhergesehen hatte, was die Mutter wohl gleich sagen würde. Mara hatte dann in ihrem kindlichen Übermut in die Mahnung eingestimmt, mitgesprochen, und schon waren Sorge und Ärger ihrer Mutter verraucht gewesen. Sie hatten mitunter noch minutenlang darüber gelacht und sich am Schluss in den Armen gelegen. Annes Klagelied hatte sich im Laufe der Jahre nicht verändert, sehr wohl aber ihre Reaktion auf Maras Beschwichtigungsversuche.

Irgendwann hatte Mara aufgegeben und stumm die Wortflut über sich hinwegrollen lassen. Jetzt füllte eine zerrende Kälte die über die Jahre angewachsene Distanz zwischen ihnen, wenn ihre Mutter ihr wieder einmal erklärte, dass sie den falschen Weg eingeschlagen hatte, dass sie in die elterliche Firma hätte einsteigen sollen und am besten noch ihre Jugendliebe geheiratet hätte.

„Der war doch so schön bodenständig, der Anton."

Generell hatte Mara alles falsch gemacht und falsch entschieden, ihr Talent sorglos verschwendet und den heimischen Wohlstand gar nicht verdient. Und zu der Sorge hatte sich mit jedem Mal, dass der Monolog aufgeführt worden war, ein klein wenig mehr Vorwurf gesellt, bis dieser die mütterliche Angst um die Tochter schließlich vollkommen abgelöst hatte.

Gerade rechtzeitig zum *grande finale* war Mara ein paar Stunden zuvor wieder aus ihrer Gedankenwelt aufgeschreckt.

„Wie dem auch sei“, hatte ihre Mutter ein letztes Mal angesetzt, „es steht dir natürlich frei, zu machen, was du möchtest, aber tauch in ein paar Wochen nicht wieder heulend vor unserer Tür auf und erwarte, dass wir dir helfen.“

Und mit diesen Worten hatte Anne ihr den Rücken zugekehrt und sie im Eingangsbereich des Elternhauses stehen lassen. Wieder einmal hatte Mara diese große Leere gespürt, die immer zurückblieb, wenn dieses kleine Schauspiel vollendet war, und wieder einmal war es ihr Vater gewesen, der sie wortlos in die Arme geschlossen hatte und für sie da gewesen war.

„Nimm's ihr nicht übel, meine Kleine“, hatte er nach einigen Minuten gesagt, „sie meint es nicht so.“

„Doch, Papa! Sie meint es sogar ganz genau so“, hatte Mara mit brüchiger Stimme erwidert. „Warum nimmst du sie immer wieder in Schutz? Du siehst doch, wie sie mit mir umgeht, warum sagst du nicht auch mal …“

Ein Blick in die verständnisvollen Augen ihres Vaters hatte gereicht, um ihren trotzigen, um sich schlagenden Vorwurf noch rechtzeitig abzubremsen.

„Tut mir leid, Papa. Ich bin irgendwie nicht mehr ich selbst … Ich glaub, ich muss mal eine Weile raus hier.“

Kurz hatte sie überlegt, ihm zu erzählen, was gerade im Büro vorgefallen war, von der Kampagne, ihrer Hoffnung … und von Thomas. Aber dann hatte sie ihren Vater nicht mal ansehen können, sonst wären ihr augenblicklich die Tränen gekommen. Und sogar vor ihm wäre ihr das mehr als unangenehm gewesen.

„Das klingt nach einer wunderbaren Idee. Ich kann mich nicht daran erinnern, wann du das letzte Mal Urlaub gemacht hast, du etwa?“

Mara hatte genickt, während ihr Vater noch hinzugefügt hatte:

„Ich denke, ich hab genau das, was du jetzt brauchst, warte hier!“

Und mit dem riesigen, verstaubten Reisekoffer ihres Vaters in der Hand hatte Mara sich kurz darauf auf den Weg in ihre Wohnung gemacht, um zu packen. Nun, Stunden später, saß sie eben über jenem uralten Überseekoffer, mitten in der Eingangshalle des Flughafens und suchte verzweifelt nach ihrem Pass.

Sie zwang ihre Gedanken wieder zurück ins Hier und Jetzt, und langsam beruhigte sich ihr Puls, und auch die Gänsehaut legte sich. Mara atmete noch einmal tief durch und warf dann doch einen verstohlenen Blick über ihre Schulter. Halb, um sich zu vergewissern, dass sie niemand beobachtete, und halb, um auszuschließen, dass ihre Mutter gegen jede Vernunft in einer Ecke des Flughafens auf sie lauerte, um sie auszulachen.

Als sie Anne nicht erblickte und sie auch sonst niemand zu beachten schien, musste sie kurz selbst über sich lachen. „Jetzt drehst du aber komplett durch", murmelte sie, krempelte die Ärmel ihres giftgrünen Blazers hoch, legte sich ihren dicken roten Pferdeschwanz in den Nacken und begann erneut, den Koffer nach ihrem Geldbeutel zu durchsuchen, dieses Mal ruhig und systematisch.

An der Seitentasche angelangt, regte sich etwas in ihrem Kopf. Natürlich …

Unauffällig, aber trotzdem griffbereit, wiederholte sie den Gedanken von vor ein paar Stunden, als sie ihr Portemonnaie hinter dem langen Reißverschluss hervorholte.

Beruhigt atmete sie aus, dann stockte sie abermals.

Sie griff ein zweites Mal in das unscheinbare Fach hinter dem langen Reißverschluss, und prompt wich ihre Erleichterung einer gewissen Verwunderung. Sie hielt jetzt nicht nur ihren Geldbeutel in der Hand, sondern auch ein kleines Schreibheft, das ihr beim Packen des Koffers nicht aufgefallen war. Sein Einband war schwarz, es wirkte abgegriffen und alt, als hätte es jemand oft in den Händen gehalten. Mara drehte es, doch stand weder auf der einen noch auf der anderen Seite etwas geschrieben. Sie musste es erst aufschlagen, um den Titel zu lesen.

„Queenis Suche nach dem Ende des Regenbogens", las sie die verschlungenen Worte laut vor und runzelte die Stirn.

Queeni?

Sie kannte niemanden mit diesem Namen, auch kannte sie keinen Quirin, Quentin oder sonst jemanden, dessen Name sich sinnvoll mit Queeni abkürzen ließ. Der Titel klang nach Märchen, nach einer Fabel, einer magischen Geschichte über Feen und Elfen voller Zauber und Glück …

... die nichts mit dem echten Leben zu tun hat, dachte sie, nun wieder spöttisch, gerade, als sie fast von einem vorbeifahrenden Gepäckwagenfahrzeug übersehen worden wäre. Sie sprang in letzter Sekunde auf, damit der Fahrer, der den Kopf dieser Gepäckwagenschlange bildete, sie sehen und doch noch rechtzeitig bremsen konnte. Die Metallwagen, die er hinter sich herzog, schoben sich kreuz und quer ineinander, als sie aufeinander auffuhren.

„Hey, passen Sie gefälligst auf, wo Sie sich hinsetzen!“, meckerte ihr der picklige Teenager entgegen, der gerade erst die Schule beendet haben konnte.

Fahrig zog Mara ihren Koffer einige Meter weiter, um dem uncharmanten jungen Mann Platz zu machen. Sie landete vor der Tafel, auf der die Ankünfte und Abflüge notiert waren. Ihr Blick schweifte über die vielen Ziele und Möglichkeiten, und ein mulmiges Gefühl machte sich in ihr breit.

Wohin sollte sie überhaupt fliegen?

Momentan standen auf der Anzeige die Flüge für den Nachmittag, aber so lange wollte sie auf keinen Fall warten. Ihre Gedanken rasten plötzlich. Wo wollte sie schon immer einmal hin? Oder war das gar nicht wichtig?

Okay, Mara, versuchte sie sich selbst zu beruhigen, *du nimmst jetzt einfach den ersten Flug von denen, die noch nicht im Boarding sind.*

Wie immer, wenn eine Entscheidung getroffen war, fühlte sie sich augenblicklich besser, und ungeduldig beobachtete sie, wie die Anzeige auf die Darstellung der Abendflüge und dann der Nachtflüge sprang.

Jetzt komm schon!

Hibbelig überflog sie die letzten Flüge auf der Tafel. Sie landeten und starteten alle kurz nach dreiundzwanzig Uhr, und da der Flughafen München ein Nachtflugverbot einhielt, musste dies die letzte Seite sein.

„Na endlich!“

Ihr Blick huschte über die ersten Flüge, hinter denen nur noch das jeweilige Gate und das Wort *Boarding* zu lesen war. Zwei Flüge gab es, für die der Check-in gerade noch im Gange war.

„Hamburg … und Cork?“, murmelte Mara mäßig begeistert.

Sie schluckte und horchte einen Moment in sich hinein. Da ihr keine rettende Idee kam, schüttelte sie den Unmut kurzerhand ab, steckte das Heft und ihre Geldbörse in die Handtasche, verschloss den Koffer umsichtig und ging zielstrebig in Richtung der Schalter.

„Gut, dann eben Irland, was soll's!“

Kapitel 2

ALS Mara das Flugzeug verließ, schlug ihr ein frischer Wind entgegen. Sie sog begierig den Sauerstoff in ihre Lungen und schmeckte sofort das Meer auf ihren Lippen. Das entschädigte sie ein wenig für die letzten Stunden. Der sechsstündige Flug aus München mit Zwischenstopp in London hatte ihr die letzten noch vorhandenen Nerven geraubt.

Um sie herum sah es ganz und gar nicht nach Flughafen aus. Inmitten einer grünen Weide lag die kurze Rollbahn, fast so, als hätte jemand angefangen etwas zu bauen und mittendrin vergessen, was er vorgehabt hatte. Nicht mal hundert Meter Luftlinie entfernt stand eine Kuh und blickte Mara kauend an, und Mara blickte verwundert zurück.

Hinter ihr bildete sich ein kleiner Stau, und schnell begann sie, die Metalltreppe hinunterzusteigen. Danach gingen sie und die anderen Fluggäste im Gänsemarsch über die Rollbahn ins Terminal. Offenbar landeten die Flieger hier so selten, dass es keine Gefahr darstellte, einfach über die Landebahn zu marschieren.

Sie bemerkte schnell, dass sie die Einzige war, die nicht von hier kam oder zumindest schon öfter hier gewesen war. Obwohl es keine ersichtliche Beschilderung gab, sammelten sich alle Passagiere an einem Punkt in der Halle, direkt neben einem gläsernen Schalter, hinter dem ein circa hundertjähriger Mann saß.

Der Vater einer kleinen Familie klopfte an die Scheibe und riss den Greis aus seinem Schläfchen. Der Alte brauchte einige Sekunden, um einzuordnen, wo er war, aber als er sah, wer ihn aufgeweckt hatte, hob er freudig die Hand und begann zu sprechen.

„Ernie, wir können dich nicht hören. Du musst die Scheibe öffnen“, rief der Familienvater, sichtlich hin- und hergerissen, ob seine Worte überhaupt Sinn hatten, solange das Plexiglas geschlossen war. Aber tatsächlich schob Ernie jetzt eine kleine Sprechöffnung frei und sagte: „Bobby, ich kann dich nicht hören, ich muss erst die Scheibe öffnen.“

Der Mann namens Bobby grinste und entgegnete freundlich: „Hallo, Ernie! Sag, kannst du unser Gepäck holen?“

„Na selbstverständlich, ich bin schon unterwegs!“ Und Ernie machte sich im Zeitlupentempo an die ihm gestellte Aufgabe.

Eine halbe Ewigkeit später fuhr Ernie mithilfe von Bobby einen Anhänger voller Gepäck in die Halle. Die ersten Wartenden fanden ihre Gepäckstücke, doch als sich die Reihen lichteten, wurde schnell deutlich, dass mehr Menschen als Koffer im Raum zurückblieben.

„Oh Mist, das sieht aus, als würde was fehlen“, sprach es Bobby als Erster laut aus. „Kann bitte jeder, der seinen Koffer nicht sieht, die Hand heben? Okay … Ernie, würdest du in London anrufen und fragen, was da schiefgelaufen sein könnte?“

„Bin schon dabei“, erwiderte Ernie beschwingt und trottete abermals im Schneckentempo los.

Mara ließ zerknirscht ihre Hand sinken. *Typisch*, dachte sie, während sie dem alten Mann hinterherblickte. Sie scannte ungeduldig die Halle, und nachdem sie nicht fand, wonach sie suchte, ließ sie sich unmotiviert gegen eine Wand sinken.

Was würde mir ein Busplan schon bringen, wenn ich doch gar nicht weiß, wohin, dachte sie und blickte genervt auf ihr Handy, das nach Empfang suchte, seit sie es nach der Landung aus dem Flugmodus genommen hatte.

„Toll …“, zischte sie in sich hinein und ließ angestrengt und entmutigt, wie sie war, ihre Handtasche von ihrer Schulter auf den Boden plumpsen. In diesem Moment fiel ihr wieder das schwarze Notizbuch ein, das sich in der Tasche befand. Sie hatte während des Fluges nur einen winzigen Blick hineinwerfen können, weil sich ihre Reiseübelkeit bemerkbar gemacht hatte.

Das war also nicht der richtige Zeitpunkt gewesen, um sich in fremde Welten zu träumen, wie sie es früher beinahe täglich getan hatte, wenn ihr das Leben zu viel geworden war. Sie hatte sich das Träumen schließlich nicht mehr erlaubt, weil es immer etwas Wichtigeres gab, das noch erledigt werden musste. Ihre To-do-Liste war zu einem eigenständigen, zeitfressenden Monster mutiert, das sie bis in ihre Nächte verfolgte, um sie daran zu erinnern, wie hungrig es war. Jetzt, da sie ohnehin nichts tun konnte, außer zu warten, und ihre Füße festen

Boden unter sich hatten, war der perfekte Zeitpunkt für eine kleine Geschichte, die Gott sei Dank nichts im Geringsten mit ihr selbst zu tun hatte.

Beherzt griff sie zwischen die beiden Lederriemen der Tasche und blätterte auf die zweite Seite des Hefts.

Besser spät als nie

Noch 10 Stunden bis nach Hause

Ich weiß nicht, wo ich anfangen soll.

Wie schreibt man eine Geschichte am besten?

Besser von vorn, in korrekter Reihenfolge, oder erst mal das Wichtigste in aller Kürze? Muss ich immer mit Liebes Tagebuch *anfangen, oder reicht* Hallo, du da*? Schreibe ich in der Gegenwart oder doch lieber in der Vergangenheit, auf Deutsch oder auf Englisch?*

Ich weiß es nicht, habe es nie gelernt.

Schon in der Schule haben mir diese perfekten weißen Seiten Respekt eingeflößt. Als würden sie mir jeden Rechtschreibfehler und jedes bisschen verwischte Tinte übel nehmen. Meine Mutter hat mir diese Dinge jedenfalls übel genommen, sie saß jeden Abend mit mir da und ließ mich alles noch mal ins Reine schreiben. Wenn ich einen Fehler machte, kratzte sie die Tinte mit einem scharfen Messer ab und ließ mich das Wort erneut schreiben. Mit links hätte ich es besser gekonnt, aber ich durfte ja nur das schöne Händchen benutzen, und mit dem klappte es nur bei ungefähr jedem zweiten Wort. Dort, wo das Messer das Papier aufgeraut hatte, verlief die Tinte, und jeder in der Schule konnte sehen, dass ich einen Fehler gemacht hatte, auch die fleißige Elisabeth, die neben mir saß.

Gott, wie gern hätte ich ihre blütenweißen Hefte in der Toilette runtergespült. Loui hat einmal ihr Tintenfass über eines von Elisabeths Heften ausgekippt und mir kaum merklich zugezwinkert, bevor sie sich dann herzzerreißend bei der puterrot angelaufenen Elisabeth entschuldigte.

Ich bin erneut dankbar, wenn ich an die kleine Loui zurückdenke, und ich bin dankbar, dass man heutzutage schon mit achtzehn und nicht mehr mit einundzwanzig volljährig ist.

Happy Birthday to me!

Endlich geht es wieder heim. Heim zu Loui.

Mein geliebtes Bantry, ich komme.

Mara blickte von den vergilbten Seiten in ihrer Hand auf.

War das möglich? Sie versuchte, sich die Geografie Irlands in den Kopf zu rufen. Vor ihren Augen erschien ihr Englischreferendar aus der zwölften Klasse. Hinter ihm, vom Overheadprojektor an die Wand geworfen, die Irlandkarte. Leider hatten Mara und circa die Hälfte der Klasse, sowohl Mädchen als auch Jungen, damals mehr Augen für den attraktiven Referendar gehabt als für das Lehrmaterial.

Ihr entfuhr ein Auflachen über ihr jüngeres Ich, aber obwohl sie sich nicht ganz sicher war, was Irlands Karte betraf, spürte sie ein aufgeregtes Bitzeln, ein Kribbeln, das sich von ihren Fußsohlen bis hin zu ihrem Scheitel zog. Genau wie die Frau in der Geschichte fühlte sie jetzt diese Vorfreude auf das Kommende und eine Spur Abenteuerlust.

Von wem ist dieses Notizbuch?

Mara fiel beim besten Willen niemand in ihrer näheren Verwandtschaft ein, der gern Geschichten schrieb oder ein Faible für Irland hatte.

War nicht Papas Mutter bei der städtischen Zeitung angestellt gewesen? Das hört sich doch am ehesten nach literarischem Interesse an …

Auch wenn Mara die Herkunft ihres kleinen Schatzes nicht bestimmen konnte, fühlte sich das Ganze nach einem Wink des Schicksals an, und während sie einen Moment innehielt, fragte sie sich, ob es wirklich klug war, dieser fixen Idee nachzugeben. Außerdem war sie in Geografie noch nie die Beste gewesen, und die Chance, dass sich Bantry in Schottland und nicht in Irland befand, lag etwa bei fifty-fifty.

Wie immer, wenn sie einen aufkeimenden Zweifel oder eine Sorge vertreiben wollte, schüttelte sie kurz den Kopf und strich sich die Haare aus dem Gesicht. Sie straffte die Schultern, steckte kurzerhand das Heft und ihren Geldbeutel in ihre Handtasche und blickte sich um.

„Entschuldigen Sie, Bobby, richtig? Wissen Sie vielleicht, ob es eine Busverbindung nach Bantry gibt?“

Sie musste komplett wahnsinnig geworden sein. Sie war in den erstbesten Flieger gestiegen, um irgendwo im Nirgendwo ohne Handyempfang und Ortskenntnisse anzukommen, folgte jetzt einer irren Fügung des Schicksals, und doch hatte sie nicht halb so viel Angst wie heute Morgen im Büro.

„Richtig, Bobby. Ja, die gibt es, aber eigentlich müsste der Bus schon gefahren sein“, sagte der Mann freundlich und sah sie aus seinen hellblauen Augen an.

Für einen Moment drehte sich alles um sie herum, als der Blick aus diesen strahlend blauen Augen sie direkt traf und ihre Gedanken sie einige Stunden zurück in die Vergangenheit katapultierten.

Kurz sah sie wieder in Thomas’ eisblaue Augen.

Herablassend und voller falschem Mitgefühl hatte er Mara heute Morgen im Büro dabei zugesehen, wie sie panisch ihre Handtasche auf der Suche nach ihrem Autoschlüssel durchwühlt hatte.

„Ach, komm schon, Babe, wir wissen doch beide, dass diese Stelle eine Nummer zu groß für dich gewesen wäre. Vertrau mir, ich hab dir einen Gefallen getan, und in ein paar Wochen wirst du sehen, dass ich recht hatte.“

Sie verkrampfte ihre Hände zu Fäusten und spürte, wie ihre Fingernägel ihr in die Handballen drückten. Allein der Gedanke an Thomas’ Verrat reichte, um ihr den Magen umzudrehen.

Bobbys warme Stimme riss sie zurück in die Gegenwart. Offenbar hatten ihn Maras entgleisende Gesichtszüge mehr als überrascht, denn besorgt fügte er mit väterlichem, einfühlsamem Tonfall hinzu:

„Aber keine Sorge, solange Ernie noch hier ist, kann der Bus noch gar nicht abgefahren sein. Daran hatte ich eben gar nicht gedacht.“ Dann legte er ihr seine große warme Hand auf die Schulter. Anscheinend wirkte sie immer noch leicht verstört.

Mara schüttelte kaum merklich den Kopf, zwang sich zu einem Lächeln und war schon im Begriff, sich zu bedanken, als die Information schließlich vollständig zu ihr durchdrang.

„Moment! Sie meinen … Ernie fährt einen Bus?“ Sie konnte sich den Ausdruck von Verwunderung und Ungläubigkeit nicht verkneifen.

„Ja, aber keine Sorge, Ernie ist ein sehr guter Busfahrer.“

„Ich …“ Mara wollte gerade ihre Zweifel weiter ausführen, als Ernie aus dem Schalter trat und rief: „Das Gepäck ist in London, es wird ein paar Tage dauern, bis es hier eintrifft. Für alle Reisenden nach Bantry, der Bus fährt in einer Minute.“

Mara sah entgeistert Ernie hinterher, der in einer Minute wohl kaum die Ankunftshalle durchquert haben würde. In Ermangelung einer anderen Idee und erschlagen von den Ereignissen des Tages folgte sie ihm letztlich.

Kurz darauf saß Mara im menschenleeren Bus. Sie hatte einen Platz etwas entfernt von Ernie, ungefähr in der Mitte des Busses, gewählt. Zu ihrer Überraschung manövrierte der alte Mann den Bus katzengleich durch die engen Straßen von Cork. Auch wenn sie mehr als einmal die Augen zukniff und mit einem ängstlichen Zischlaut Luft durch ihre Zähne zog, weil sie fürchtete, der Bus würde gleich in den Gegenverkehr rasen oder an einem parkenden Auto vorbeischrammen, geschah nichts dergleichen.

Nach einigen Minuten konnte sie sich endlich ein wenig entspannen und legte ihre Stirn an die kühle Fensterscheibe. Jetzt erst merkte sie, dass sie fror. In ihrer Boyfriend-Jeans, ihrem Blazer und den halb offenen Pumps war ihr wohl schon eine ganze Weile kalt gewesen, aber sie hatte es vor lauter Aufregung nicht bemerkt. Sie zog die Arme aus der Jacke und schlang sie fest um sich, während Ernie ein irisches Lied anstimmte.

„Oh Danny Boy, the pipes, the pipes are calling. From glen to glen …“

Mara stimmte summend mit ein und beobachtete die Landschaft, die vorüberzog. Da der Flughafen am Rand von Cork lag, hatten sie die aus roten Ziegeln gesäumte Stadt schnell verlassen und fuhren auf gut ausgebauten Straßen übers Land. In der Mitte der Fahrbahn waren

Lichter im Boden eingelassen. Noch war es hell, aber später würden sie leuchten und die Mittellinie markieren. Sie wunderte sich über diesen technischen Kontrast zum Flughafen und zugegebenermaßen auch über den Vorsprung deutschen Schnellstraßen gegenüber. Aber je weiter sie fuhren, desto geschwungener wanden sich die Straßen über die grasgrünen Wiesen und umso klarer wurde, wie wichtig hier eine gute Beleuchtung war. Am Tag war das nicht nötig.

Selbst jetzt, da die Sonne langsam unterging und die Sonnenstrahlen immer länger und flacher übers Land krochen, leuchtete das Grün der Wiesen so kräftig, dass Mara sich fragte, ob es dasselbe Grün war wie zu Hause. Es sah aus, als hätte jemand in Photoshop die Farbsättigung auf einhundert gedreht, und sie wäre nicht überrascht gewesen, einen Hobbit oder eine Fee über eine Wiese spazieren zu sehen.

Es war atemberaubend.

Selbst in dieser Situation, in der misslichen Lage, in der sie sich befand, kam sie nicht umher, aus vollem Herzen und mit weit aufgerissenen Augen das irische Land zu bestaunen. Hätte sie noch Stunden zuvor einen belebten Strand auf Malta vorgezogen, um sich vor ihren Fehlschlägen in Deutschland und ihrem Herzschmerz zu verstecken, so sagte ihr jetzt eine innere Stimme klar und deutlich, dass sie am richtigen Ort war.

Der fremden Autorin sei Dank, dachte sie und fühlte eine trostspendende, wenn auch unbegründete Gewissheit, dass sie nicht auf dem Holzweg war. Und für einen kurzen Augenblick verdrängte dieses Gefühl Thomas' stahlblaue Augen, die sie ansahen, sobald sie ihren Gedanken freien Lauf ließ.

Die Straße schlängelte sich unterdessen weiter durch grüne Wiesen, auf denen unzählige Kühe und Rinder grasten. Nicht selten sah Mara Kälber, die noch an den Zitzen ihrer Mutter hingen, und als das Gelände steiler und steiniger wurde, prägten flauschige Schafherden das Bild. Ernie musste zweimal stehen bleiben, um verirrte Tiere von der Straße zu scheuchen. Mara konnte sich ein Grinsen nicht verkneifen, als er ihnen zurief, sie sollten sich schneller bewegen.

Irgendwann fuhr der Bus auf einer Straße, die direkt in den Berg geschlagen worden war, und auf beiden Seiten ragten meterhohe Gesteinswände auf. An einigen Stellen fraßen sich kleine

Wasserrinnsale durch das Massiv, und ab und an wurden die kleinen Bächlein zu einem ausgeprägten Wasserfall, der von den Gesteinswänden auf den Rand der Fahrbahn plätscherte. Mara rannte von einer Sitzplatzreihe in die nächste, von einer Seite auf die andere, um den möglichst besten Ausblick zu haben und alles zu sehen. Nie zuvor hatte eine Landschaft sie so für sich eingenommen.

Während viele ihrer Freundinnen an jedem freien Wochenende in die Berge fuhren, hatte Mara sich nie für die Natur begeistern können. Für sie hieß Natur: Kälte, Unbehagen und Dreck. Sie verstand nicht, was so anziehend daran war, in aller Herrgottsfrühe aufzustehen, um unter größter Anstrengung mit hundert fremden Leuten einen Berg raufzugehen und alle paar Meter jemanden unbekannterweise zu grüßen. Zugegeben, sie hatte es auch nie versucht, zumindest nicht wirklich. Als sie ein kleines Kind gewesen war, hatte ihre Mutter sie einmal dafür begeistern wollen, aber ihre Bemühungen hatten ein jähes Ende genommen. Mara konnte sich nicht mehr genau erinnern, was vorgefallen war, aber der Ausflug blieb ein Einzelfall. Und in Anbetracht der Tatsache, dass der Kontakt zu ihrer Mutter in den letzten Jahren fast gänzlich über ihren Vater stattgefunden hatte, würde es wohl auch in Zukunft keinen weiteren Versuch einer Familienwanderung geben.

Ein zynisches Schnauben entfuhr ihr bei der unsinnigen Vorstellung, ihre Mutter und sie selbst könnten glückselig an der Spitze eines Gipfels stehen. Beide fröhlich und ausgelaugt, einen Arm über die Schulter der anderen gelegt und in die Kamera grinsend, die ihr Vater hielt, natürlich mit einem Finger halb über der Linse.

Ein tiefer Stich in ihre Eingeweide, ausgelöst durch den aberwitzigen Tagtraum, riss Mara zurück in die Gegenwart. Zeitgleich kamen die Räder des Busses zum Stehen. Sie befanden sich in einem Dorf am Rande eines kleinen Stadtplatzes, und Ernie öffnete die Tür.

„Bantry!“, rief er unnötigerweise in den leeren Bus.

Mara ging langsam nach vorn und blieb dann neben dem ulkigen, kleinen Mann am Steuer stehen.

„Danke, Ernie, was bekommen Sie von mir?“

„Ach, Kleines, ich hätte sowieso herfahren müssen, ich wohne hier.“

Mara sah den Mann, der sie durch seine Brillengläser hindurch anschielte, dankbar an. Wie eine Lupe vergrößerten die dicken Linsen seine Augen und ließen ihn absurderweise noch charmanter wirken. Sie bedankte sich mit zittriger Stimme und stieg aus. Ihre Schuhe gaben ein lautes, unangenehmes Geräusch von sich, das kurz die Stille des Abends störte, als die Absätze auf das Kopfsteinpflaster trafen, aus dem der gesamte Marktplatz und alle Straßen, die im Dämmerlicht zu erkennen waren, gebaut worden waren.

Da stand sie ohne Mantel, ohne Gepäck und ohne Plan, einzig und allein einem vagen Gefühl folgend, das sie überkam, weil sie die Geschichte eines ihr völlig unbekannten Autors las.

„Oh Danny Boy, the pipes, the pipes are calling …“ Mara kam sich in diesem Moment komplett geistesgestört vor und sang, um sich zu beruhigen, was sie, von außen betrachtet, wohl nicht weniger irre wirken ließ. Ihr Herzschlag und ihr Atem lieferten sich ein Wettrennen, ihre Stimme bebte und brach immer wieder ab. Langsam und bedächtig blickte sie sich um, als könnte eine zu schnelle Bewegung einen Nervenzusammenbruch auslösen.

Es war nicht mehr viel zu erkennen. Das spärliche Licht gerade mal einer Straßenlaterne erhellte den Platz, der direkt am örtlichen Hafen lag und aufgrund der hohen Luftfeuchtigkeit durch einen gleichmäßigen Dunst wie weichgezeichnet aussah.

Aber da hinten war jemand!

Da hinten neben dem Kirchturm stand eindeutig jemand unter einem tiefschwarzen Schatten. Und diesen Jemand würde Mara jetzt um Hilfe bitten, bevor ihr das Herz aus der Brust sprang.

Kapitel 3

„ENTSCHULDIGEN Sie, bitte.“

Mara war durch die Kühle des Abends geradewegs auf den Schatten, der sich als kleiner Pavillon entpuppte, zugesteuert. Jetzt stand sie vor einem wackligen Klapptisch, der darunter aufgebaut worden war und hinter dem sich gerade eine gebückte Gestalt zu schaffen machte.

„Ähm, entschuldigen Sie, bitte“, wiederholte sie.

Sie war unsicher, ob der Jemand sie einfach nicht hörte, also setzte sie erneut an, dieses Mal so laut, dass es einem Schrei gleichkam. „Entschuldigen Sie, ich wollte fragen, ob Sie ...“

In diesem Moment tauchte ein dunkelbrauner Lockenkopf hinter dem Tisch auf, und ein Blick aus zwei durchdringenden Augen traf Mara. Ihr verschlug es die Sprache. Hatte sie gerade noch gebebt vor Kälte und Angst, war sie jetzt mit einem Schlag vollkommen regungslos.

„Um Himmels willen!“, sagte der Fremde mit rauem Tonfall, während er sich aufrichtete und seine dunkelgrüne Mütze zurechtrückte. „Haben Sie mich erschreckt! Stehen Sie schon lange da?“

Mara konnte nicht antworten, sie war völlig überrumpelt von der sonoren Stimme, den dunklen, wilden Locken, dem Dreitagebart und – was am fesselndsten war – den strahlenden graugrünen Augen.

„Also“, fuhr er fort, als sie nichts erwiderte, „wollen Sie einen Tee oder einen Punsch?“

Jetzt erst sah Mara, was auf dem Tisch aufgebaut war. Zwei große Thermoskannen und ein paar Becher, sowie einige Flyer, auf einem stand mit großen Buchstaben: *Zusammen ist man weniger allein!*

Endlich fand Mara ihre Stimme wieder. Peinlich berührt presste sie hervor: „Klar, wieso nicht. Also gern einen Tee.“ Ihre Stimme überschlug sich fast, so nervös machte ihr Gegenüber sie, und sie ärgerte sich über sich selbst wegen dieser seltsamen Aufregung.

„Sind Sie neu im Ort?“, fragte der Fremde beiläufig, während er ihr eine Tasse mit dampfendem Tee reichte, die sie dankbar entgegennahm.

„Ja, also kann man so sagen."

Sie nahm einen großen wärmenden Schluck und versuchte zu überspielen, wie sehr ihr der Kopf schwirrte. Je mehr sie sich zwang sich zusammenzureißen, desto mehr entglitt ihr die Frage, die sie gerade noch hatte stellen wollen.

„Aha, wissen Sie, ist ungewöhnlich, jemanden wie Sie um diese Uhrzeit hier zu treffen. Eigentlich ..."

Und mit einem Mal wusste Mara wieder, weshalb sie ihn überhaupt angesprochen hatte. „Kennen Sie hier vielleicht so etwas wie ein Hotel?", unterbrach sie ihn.

Der Anflug eines Lächelns durchzuckte das Gesicht des Mannes, und zarte Lachfalten um seine Augen verrieten, dass er wohl nicht immer so ernst war wie in diesem Moment.

„Dacht ich's mir doch, dass Sie nicht wegen des Tees hier draußen rumlaufen. In dieser Gegend gibt es eigentlich nur kleinere, privatgeführte Bed & Breakfasts, und die sind um diese Uhrzeit alle belegt."

Mara seufzte mutlos und griff sich an die Schläfe, um die auflodernden Stresskopfschmerzen zu beruhigen. Der Fremde sah ihr aufmerksam dabei zu.

„Ich glaube, ich habe da eine Idee", sagte er schließlich. „Entschuldigen Sie mich einen Moment." Er zog seine hellbraune, ziemlich abgetragene Lederjacke ein Stückchen weiter zu, sodass das rot-braune Holzfäller-Hemd fast gänzlich darunter verschwand, und trat aus dem Schutz des Pavillons in die kalte nächtliche Brise. Er entfernte sich ein paar Schritte und begann zu telefonieren.

Mara stand etwas verloren herum, klammerte sich an ihre Tasse, bis sich die melodische, tiefe Stimme des Mannes wieder ihr zuwandte.

„Sie haben Glück. Kommen Sie!"

Und schon ging er in Richtung Straße in die Dunkelheit. Mara, die mit einer Telefonnummer gerechnet hatte, sah ihm verdutzt hinterher, stellte ihre warme Tasse widerstrebend ab und folgte ihm bis zu der Straße, die direkt am Meer lag und wo der Wind noch beißender pfiff. Als sie an dem kleinen roten Auto ankam, auf das er offenbar zugesteuert war, saß der Fremde bereits hinter dem Steuer und rief durch den immer heftigeren Wind und einsetzenden Nieselregen: „Passen Sie auf, dass Sie nicht weggeweht werden!“ Dann schloss er mit einem Ruck die Fahrertür.

Mara verdrängte die skeptische Stimme in ihrem Kopf, öffnete die Beifahrertür und rettete sich in das Innere des Autos.

Plötzlich war sie den graugrünen Augen und den dunklen Locken sehr viel näher als zuvor und auch sehr viel näher als erwartet. Der Lockenkopf beugte sich zu ihr hinüber, und Mara hielt schlagartig die Luft an. Für den Bruchteil einer Sekunde dachte sie, der schöne Fremde würde sie küssen, doch er griff an ihr vorbei an die Beifahrertür, wo mehr schlecht als recht ein provisorischer Gurt angebracht war. Er schnallte Mara fest, und dabei streifte seine Hand kurz ihren Unterarm, worauf ihr ein wohliger Schauer über den Rücken bis hin zu den Zehenspitzen lief.

„Das nenn ich mal Timing. Jetzt hätte es sowieso keinen Spaß mehr gemacht, draußen zu stehen. Bei Regen flüchten die Leute nach der Messe regelrecht“, sagte der Fremde in einem etwas harschen Tonfall. Sie hatte das dumpfe Gefühl, er wolle ihr zwischen den Zeilen versichern, dass sie nicht zu einem Mörder ins Auto gestiegen war.

„Was genau machen Sie denn da draußen?“, fragte Mara peinlich berührt. Ein Kuss! Was für ein absurder Gedanke! Sie führte sich auf wie ein Teenager.

„Ach, ich helfe nur aus. Hier gibt es viele liebe Menschen, die etwas Gesellschaft brauchen.“ Er sprach in einem mitfühlenden, fast schon melancholischen Tonfall.

Sie fuhren die engen, an den Marktplatz grenzenden Straßen entlang und dann weg vom verschlafenen Hafen, in dem die Fischerboote leise gegeneinander schwappten. Bald führte der Weg, gesäumt von vielen Häuschen, von denen keines den anderen glich, einen kleinen Hügel hinauf.

„Also ein Hotel kann ich Ihnen leider nicht bieten, aber ich habe vielleicht sogar etwas Besseres“, sagte er, nachdem er den Wagen zum Stehen gebracht hatte.

Er stieg aus und ging zur nächstgelegenen Haustür. Mara sah nicht genau, was vor sich ging, die Dunkelheit und der Regen machten es ihr schwer. Anscheinend unterhielt sich der Fremde mit einer älteren Frau, die ihm die Tür geöffnet hatte. Argwöhnisch trat die Dame des Hauses einen Schritt zur Seite und sah zum Auto hinüber. Sie blickte wieder zu dem jungen Mann und sagte etwas, das Mara nicht hören konnte. Daraufhin kam der Fremde zurück und öffnete die Fahrertür.

„Gute Nachricht, Eilish hat für heute Nacht noch etwas frei und freut sich, Sie aufzunehmen."

Mara blickte zu der alten Dame, die ganz und gar nicht freudig dreinblickte. In Ermangelung einer Alternative stieg sie trotzdem aus und ging auf das windschiefe Hexenhäuschen und dessen Besitzerin zu.

„Was hast du gesagt, wie sie heißt, Marc?", krächzte die alte Frau an Mara vorbei in Richtung des Autos.

„Oh, das ist meine liebe Bekannte …" Marc blickte sie auffordernd an.

„Mara."

„Mara!", wiederholte Marc, als ob er es in diesem Moment selbst hatte sagen wollen, und blickte zwischen den beiden Frauen hin und her.

Eilish seufzte, drehte sich um und ging ins Haus, während sie missmutig vor sich hin murmelte. Mara schnappte die Worte *fremd* und *aufgetakelt* auf und fühlte sich nicht wirklich willkommen.

„Also, Mara, war schön, dich wiedergesehen zu haben." Marc zwinkerte ihr zu, drehte sich auf dem Absatz um und ging die letzten Schritte zum Auto. „Und denk dran, hinter einer harten Schale verbirgt sich meistens ein weicher Kern." Mit diesen Worten stieg er ein und fuhr davon.

Während sie noch überlegte, ob er von sich oder der alten Lady gesprochen hatte, holte Eilishs krächzende Stimme sie zurück in die Gegenwart.

„Sind Sie ohne Türen aufgewachsen, Kindchen? Kommen Sie rein."

Mara trat auf die knarzende Türschwelle, hinter der ein kleiner Gang mit Blümchentapete und eine hölzerne Treppe, die in den ersten Stock führte, lagen. Eilish kam bereits aus der Tür am anderen Ende des Ganges auf sie zu, als sie die Haustür schloss.

„Hier haben Sie frische Bettwäsche und Handtücher, Zimmer *Nummer zwei* ist Ihres."

Sie hielt ihr ein Bündel und den Schlüssel hin und sah sie erst an, als Mara nicht sofort danach griff.

„Danke“, brachte Mara hervor. „Vielen Dank!“

Die alte Lady sah ihr in die Augen, und Mara hatte für einen Moment das Gefühl, als regte sich da etwas hinter der feindseligen Fassade.

„Gute Nacht, Kindchen.“ In der Stimme lag keine Spur von Wärme.

Nachdem Mara die knarzende Treppe hinaufgestiegen war und die Tür *Nummer zwei* aufgeschlossen hatte, ließ sie sich erschöpft auf das ebenfalls geblümte Bett fallen. Mit geschlossenen Augen lag sie da und hätte sofort einschlafen können.

Summmm!

Sie schreckte auf.

„Mist, Angi!“ Schlagartig überkam sie das schlechte Gewissen. Heute Mittag am Flughafen hatte sie sich noch fest vorgenommen, ihre Freundin zurückzurufen. Jetzt waren weitere zehn Stunden vergangen, in denen Angi sich mit einer lieblosen WhatsApp-Nachricht – *Thomas hat mich betrogen. Muss hier raus!* – hatte begnügen müssen.

Sie kramte ihr Handy hervor und fragte sich, wann sie das letzte Mal so lange am Stück ihre Nachrichten nicht gecheckt hatte. Ohne Umschweife rief sie ihre Freundin an.

„Irland?“, schrie Angi schrill ins Telefon.

„Guten Abend, erst mal. Woher weißt du, wo ich bin, du Creep? Hast du mich verwanzt?“

„Ja, sicher. Ich weiß gern, wo sich meine Engsten befinden, besonders, wenn sie aus einer Laune heraus plötzlich das Land verlassen“, sagte Angi aufgebracht. „Weißt du noch, gestern Abend? Du hast dein Handy gesucht und …“

„Find my Phone! Da habe ich mich wohl nicht ausgeloggt.“

„Das war eine tadellose Schlussfolgerung“, sagte Angi angesäuert.

„Danke, Ermittlerin Holmes“, entgegnete Mara trotzig.

„Sehr gerne, Ermittlerin Watson.“

Angi klang verletzt. Normalerweise war sie die erste Anlaufstelle für Probleme aller Art, und jetzt wusste sie nicht mal, warum Mara das Land verlassen hatte. Stille breitete sich in der Leitung aus.

„Angi, tut mir leid, dass ich dir nichts gesagt hab, ich …“

„Ist schon gut", half ihr ihre beste Freundin, wenn auch in einem immer noch leicht gekränkten Tonfall. Sie hatte sich offenbar große Sorgen gemacht und wollte, dass Mara das wusste. So gut kannte Mara ihre längste und engste Freundin.

„Also Irland", wiederholte Angi jetzt etwas gefasster. „Eigentlich völlig logisch bei einem Bergfex wie dir."

Mara schnaubte ins Telefon, zu angespannt, um über den Scherz der Freundin zu lachen. Obwohl sie natürlich vollkommen recht hatte, Mara war alles andere als eine Wanderwilde.

„Okay, also ich nehme an, wir haben uns für die Agentur eine Notlüge ausgedacht?"

Sie konnte nicht sprechen, nichts erwidern, es war ihr schlichtweg zu peinlich.

„Mara? Sag schon!"

„Ich bin einfach abgehauen."

„Du bist …" Angi war offensichtlich genauso baff von dieser Information wie Mara selbst. „Okay, hör zu, kein Problem, ich lass mir was einfallen. Du konzentrierst dich jetzt erst mal auf dich."

„Was willst du schon machen, Angi? Die haben allen Grund, mich rauszuwerfen", erwiderte Mara mit erstickter Stimme.

„Ich lass mir was einfallen. Vielleicht täusche ich eine Entführung vor, oder ich mache ernst und statte Thomas einen Besuch ab."

Mara musste laut auflachen. Sie liebte Angis Art, jede noch so verzweifelt wirkende Situation aufzulockern. Trotz ihres, wie Mara fand, zutiefst deprimierenden Berufs als Ermittlerin beim BKA kannte sie keinen optimistischeren Menschen.

„Darfst du so was überhaupt in dein Arbeitshandy sagen?"

„Keine Sorge, ich werfe es in den nächsten Mülleimer." Angi klang inzwischen eher erleichtert als böse. „Weißt du, wo du heute schläfst?"

Mara sah sich in dem kleinen Zimmer um. Geblümte Bettwäsche, geblümte Vorhänge, ein roter Teppich, viel helles Holz.

„Wie's aussieht, in einem Puppenhaus."

„Gut, Pinocchio, dann ruh dich erst mal aus. Ich platze zwar vor Neugier, aber ich gedulde mich noch ein wenig. Wir hören uns morgen, und dann erzählst du mir alles in Ruhe, ja?"

„Okay. Gute Nacht … und Angi? Danke.“

„Ich schreib’s auf die Liste. Hab dich lieb!“

„Ich dich auch.“

Mara ließ das Handy aus ihrer Hand gleiten, streifte den Blazer von ihren Schultern und schloss erneut die Augen. Gerade als die Erschöpfung sie zu übermannen drohte, blickte sie in zwei graugrüne Augen, umrandet von schwarzen, dichten Wimpern.

Marc hieß der hilfsbereite Fremde.

Er war nicht viel mehr als nett zu ihr gewesen, hatte keine Anstalten eines Annäherungsversuches gemacht, und trotzdem schlug Mara bei dem Gedanken an seine tiefe, etwas kratzige Stimme das Herz bis zum Hals.

Einen Moment gab sie sich dem kindischen Bitzeln in ihrem Bauch hin, dann zwang sie sich, an etwas anderes zu denken, und schlug das Notizbuch auf.

Wenn die Zeit stehen bleibt

Endlich zu Hause

Hallo,

weißt du was?

Es sieht einfach noch alles haargenau aus wie damals! Es ist nicht zu fassen, als hätte die Insel die Luft angehalten, während ich weg war. Na ja, freilich nicht ganz genauso … Früher hat alles sehr viel größer gewirkt, hatte ich doch noch von einem Meter weiter unten die Welt angeguckt, aber ansonsten … Jetzt werde ich wirr, Mama sagt immer, ich werde wirr und vergesse das Wesentliche. Ich beginne also lieber von ganz vorn.

Ich kam mit dem Schiff an und stand erst mal etwas verloren am Ende des Piers, meinen kleinen Reisekoffer mit der rechten Hand fest umklammert.

Es sah, wie gesagt, ganz genau so aus, wie ich es von vor neun Jahren in Erinnerung hatte. Ich kam aus dem Staunen gar nicht mehr raus und starrte mit weit aufgerissenen Augen den Steg entlang. Muss ganz schön dämlich ausgesehen haben, als hätte mir jemand eins übergezogen, und so sahen mich die Vorbeigehenden auch an. Als würde gleich jemand dramatisch rufen: „Jemand sollte dem Mädchen helfen!"

Mir war das egal, ich versuchte, jeden Eindruck in mich aufzusaugen, damit ich es nie wieder vergessen würde. Das bunte Gedränge, die schicken Frauen, die Schiffsarbeiter, die Möwen, Familien, die sich nach langer Zeit wieder in die Arme schließen konnten, das laute Schiffshupen von vorbeifahrenden Frachtern und Passagierbooten. Irgendwann taten mir richtig die Mundwinkel weh, so breit grinste ich meine Umgebung an, aber das war noch nicht genug, um meine Wiedersehensfreude auszudrücken, also sprang ich in die Luft und jauchzte.

Endlich bin ich wieder hier! Endlich.

Und die Insel schien mir nicht böse zu sein, wie ich aus irgendeinem törichten Grund erwartet hatte. Im Gegenteil, die Luft war ungewöhnlich warm für diese Jahreszeit, und der hellblaue Himmel blitzte immer wieder großflächig zwischen den tanzenden Wolken hervor, es war wie eine innige Umarmung als Begrüßung.

Ein paar Mitreisende musterten mich weiterhin skeptisch, als ich mich an ihnen vorbeidrückte, um den Steg entlangzugehen. So viele verdutzte Gesichter! Ich liebe es, wenn sie mich ansehen und ich in ihren Augen die Frage danach ablesen kann, wo denn die Eltern zu dem kleinen Kind stecken, oder jetzt vielleicht eher, wo denn der Mann zu der jungen Frau bleibt. Holt der noch das restliche Gepäck? Sie kann ja wohl kaum nur mit diesem winzigen Kinderspielkoffer angereist sein, das wäre ja lächerlich. Geradezu abstrus!

Voller Übermut wurde ich immer schneller und rannte an allen vorbei, die mich kurz vorher noch mit einem argwöhnischen Seitenblick passiert hatten. ES WAR WUNDERBAR. Keine Eltern, die mich ermahnten, nicht zu rennen, und kein Kindermädchen, das an meinem zerknautschten Übergangsmantel rumzuppelte.

Nur ich!

Ich stand schon an der Straße und hielt Ausschau, da sprach mich jemand von der Seite an.

„Hey, brauchst du 'ne Mitfahrgelegenheit?"

Neben mir stand ein fescher, junger Mann mit Elvislocke. Er sah wirklich gut aus. Sein Blick musterte mich von Kopf bis Fuß, und als würde er mich damit kitzeln, war mir zum Kichern zumute.

Der machte mich an! Keine zwei Minuten auf der Insel, und schon wurde ich angesprochen. Ist das zu fassen?

„Heute fahren keine Busse wegen des Sturms. Aber wenn du willst, kann ich dich mitnehmen“, fuhr der hübsche Mann mit unmissverständlichem Unterton fort, und dann zwinkerte er mir auch noch zu.

Als ich weiterhin einfach nur debil vor mich hin grinsend vor ihm stand, sagte er: „Na, was meinst du?“

Ich bin so etwas einfach nicht gewohnt. In den Kreisen, in denen sich meine Eltern momentan bewegen, spricht man nicht aus, was man denkt. Schon gar nicht bekundet man irgendwem seine Zuneigung oder spricht schamlos fremde Frauen an. Ich liebte es, dass dieser nette Ire so gar nichts von Etikette zu verstehen schien. Wahrscheinlich hatte er das Wort noch nicht einmal gehört.

Ich griff seine Hand und schüttelte sie überschwänglich, während ich mich herzlich dafür bedankte, dass er mit seinen Avancen nicht hinter dem Berg gehalten hatte.

Sein Blick war fantastisch.

Ich rief ihm noch so was zu wie: „Wenn du weiter so offen durch die Welt gehst, klappt's bestimmt bald!“, und dann rannte ich zu ihr.

Gerade eben hatte ein kleines, altes Auto geparkt, und eine hellbraune Mähne stieg aus.

„Loui!“ Ich schrie so laut und hoch, dass sich sogar die Möwen vor mir erschreckten.

Loui, die mein schrilles Rufen wohl ebenfalls gehört hatte, drehte sich um und stand kurz wie vom Donner gerührt da (ein fabelhafter Anblick!), dann rannte auch sie los.

Wir umarmten uns minutenlang, und als wir einander losließen, musterte ich meine Freundin von Kopf bis Fuß. Aus der kleinen Loui ist eine bildschöne Frau geworden, und diese Frau stand plötzlich vor mir und sah mich aus denselben leuchtenden blauen Augen an wie damals.

„Du siehst noch genauso aus wie früher!", schrien wir uns gegenseitig ins Gesicht, gefolgt von einem Kicheranfall, als Loui gespielt entrüstet auf ihre Vorderzähne deutete, die keinen Platz mehr dafür boten, eine Spaghetti zwischen ihnen hindurchzuschlürfen.

„Wie konnte ich diese bahnbrechende Veränderung nur übersehen?" Ich schlug mir die flache Hand gegen die Stirn.

Dann packten wir einander an den Schultern und hüpften, schnatterten und lachten noch eine Weile, bis uns beiden die Puste ausging.

„Na, bereit nach Hause zu kommen?"

Loui sagte das so warm und sehnsüchtig, als würde auch ein Stück von ihr heimkommen.

Und so war es auch.

Wir sind neun Jahre zuvor auseinandergerissen worden, aber eigentlich sind wir Teile eines Ganzen.

„Ja, das bin ich!"

Und hier sitze ich nun auf dem flauschigen Gästebett im Haus von Louis Eltern, das Herz pocht mir bis zum Hals, und mit einer Mischung aus Angst und Vorfreude frage ich mich, was das irische Glück für mich wohl in petto hat.

Was es auch sein mag.

Ich bin bereit!

Kapitel 4

ALS Mara am nächsten Tag die Augen aufschlug, schien die Sonne bereits wärmend auf ihr Bett. Einen Moment lang kostete sie das wohlige Gefühl unter der kuschligen Bettdecke aus, und ihre Gedanken wanderten von ganz allein zu dem wilden Lockenkopf, der in der Nacht sogar in ihren Träumen aufgetaucht war. In der nächtlichen Wirklichkeit hatten sich die Locken so weich angefühlt zwischen ihren Fingerspitzen, so echt. Beim Gedanken daran meldete sich augenblicklich das Kribbeln zurück, mit dem sie eingeschlafen war.

Fast hätte sie vergessen, welche Umstände sie hierhergebracht hatten, doch langsam sickerte die Erinnerung an den gestrigen Tag in ihr Bewusstsein, das wohlige Gefühl verschwand und hinterließ einen fahlen Nachgeschmack.

Schnell schlüpfte sie unter der Bettdecke hervor, streifte ihren Blazer über und stieg die Treppe hinab. Kaum unten angekommen, drang ein köstlicher Geruch in ihre Nase, und sie kam nicht umhin, in die kleine Küche des Hauses zu spähen.

Dort stand Eilish an einem winzigen Herd und rührte emsig in einem Topf. Mara sog den Duft begierig auf, und als hätte ihr Magen auf ein Stichwort gewartet, knurrte er lautstark los.

„Ah, da sind Sie ja endlich! Die Bohnen sind schon ganz zerkocht. Na los, setzen Sie sich, Kindchen“, sagte Eilish und deutete auf den runden Tisch hinter sich. Mara, unfähig der ruppigen Aufforderung zu widersprechen, tat wie ihr geheißen und nahm Platz.

Ohne Umschweife füllte Eilish einen Teller mit Spiegeleiern, Würstchen, Speck, gebratenen Champignons, Bohnen in Tomatensoße und etwas, das Mara nicht kannte und das aussah wie kleine runde Fleischtaler. Eilish stellte ihr den dampfenden Berg vor die Nase, setzte sich gegenüber an den Tisch und begann zu essen. Mara tat es ihr gleich, und je mehr sie aß, desto hungriger wurde sie.

„Das war wirklich sehr lecker“, sagte sie, nachdem sie ihren Teller komplett geleert hatte.

„Hätte gar nicht gedacht, dass ein Hungerhaken wie Sie so viel verdrücken kann“, erwiderte Eilish barsch über das Kompliment hinweg.

Mara überhörte die Spitze und fragte: „Was waren denn die zwei kleinen Fleischtaler, der weiße und der dunklere?“

„Blood Pudding“, erklärte Eilish, während sie schon dabei war abzuräumen.

„Blood Pudding?“, wiederholte Mara und wusste im selben Moment, dass sie sich eine weitere Nachfrage verkneifen würde.

„Ah! Marc!“, rief Eilish, als sie aus dem Fenster blickte. „Will sich wohl versichern, dass ich Sie nicht nachts auf die Straße gesetzt habe.“

In diesem Moment ertönte die Hausglocke, und Eilish wuselte durch den engen Gang zur Haustür.

„Morgen, Lisi, na, schon Freundschaft geschlossen?“ Marcs kraftvolle Stimme erwärmte den Raum, und in Maras Bauch begann es augenblicklich, erneut zu kribbeln.

„Da bist du ja“, wandte er sich an sie. „Gut geschlafen?“

Marc, der inzwischen in der Küchentür stand, stellte die Frage, als wären er und Mara wirklich gute Bekannte, ganz so, wie er am Tag zuvor behauptet hatte. In seinem gerippten Pullover ohne die sperrige Jacke sah er sogar noch besser aus als gestern, und als er sich die Mütze vom Kopf zog, sprangen seine Locken förmlich in die Luft. Angestrengt betrachtete sie ihre Finger.

„Ja, danke. Es war wirklich ein Glück, dass du da warst“, erwiderte Mara in einem, wie sie hoffte, ebenfalls lässigen Tonfall und wurde rot, als ihr Blick doch den von Marc traf. Danach bemühte sie sich, tief in ihre Kaffeetasse zu sehen.

„Hast du noch Hunger, mein Junge? Ich mach dir schnell etwas Kleines.“ Eilish hatte Marc bereits einen Stuhl zugewiesen und wartete die Antwort gar nicht erst ab. Erneut entzündete sie die Herdflamme und begann zu kochen. Marc sah ihr mit einem derart liebevollen Blick dabei zu, dass Mara das Gefühl hatte, die Vertrautheit der beiden womöglich zu stören.

„Ich habe gehört, du brauchst vielleicht ein paar Klamotten?“, wandte sich Marc ihr zu.

„Woher weißt du …“

„Ernie hat es mir heute früh erzählt, als er die Zeitung vorbeigebracht hat“, sagte Marc und sah sie weiterhin mit einem Blick an, den Mara nicht zu deuten wusste.

„Ernie hat die Zeitung … Wie viele Jobs hat der Mann denn? Na ja, vielen Dank, aber ich denke, ich werde zurückfliegen, sobald meine Sachen da sind.“

Eilish murmelte irgendetwas Unverständliches in sich hinein, und Mara konnte nicht umhin, es auf sich zu beziehen. Während die alte Frau sich umdrehte und Marcs Teller unter einem Berg Essen begrub, sagte sie: „Sie sehen auch nicht aus wie eine Schafswanderin.“

Mara hatte zwar keine Ahnung, was eine Schafswanderin war, doch Eilishs Tonfall ließ keinen Zweifel daran, dass sie Mara damit nicht gerade ein Kompliment machte.

„Bist du sicher?“ Marc warf Eilish einen tadelnden Blick zu. „Aber so oder so, du brauchst auf jeden Fall ein paar Sachen, um nicht zu erfrieren. Ernie meinte, es könne noch ein wenig dauern, bis das Gepäck aus London kommt, und so lange wirst du ja bleiben müssen.“

„Du hast recht, wahrscheinlich wäre ein Pullover ganz gut“, erwiderte sie so unaufgeregt wie möglich und ärgerte sich über das leichte Zittern in ihrer Stimme. Die Vorstellung, den Pullover eines Wildfremden zu tragen, haute sie also schon aus den Latschen. Echt bedauernswert. *Konzentrier dich endlich mal auf dich!*

„Also …“ Mara nahm einen großen Schluck Kaffee. Sie würde jetzt das Thema wechseln. „Was ist eine Schafswanderin?“

„Nun, Schätzchen, das sind Leute, die an mehr interessiert sind als an Äußerlichkeiten“, antwortete Eilish wie aus der Pistole geschossen und schenkte Maras Fingernägeln einen missbilligenden Blick. Schnell umschloss Mara ihre Fingerspitzen mit ihrer Hand.

„Unser schönes Bantry ist sozusagen eine kleine Berühmtheit. Viele Menschen gehen den *Sheep's Head Way*, den Wanderweg, der hier sein Ende und seinen Anfang hat, wenn sie in einer Notsituation, in einer Lebenskrise stecken. Sie erhoffen sich Linderung ihrer Schmerzen, sowohl körperlicher als auch seelischer, und natürlich Antworten auf alle möglichen Fragen des Lebens", erklärte Marc und überging damit Eilishs Stichelei.

„Na, dann bin ich wohl keine Schafswanderin, ich wüsste nämlich noch nicht mal, was ich fragen sollte." Mara gab sich einen Moment ihrer aufflackernden Traurigkeit hin, dann straffte sie die Schultern, hob den Blick und fügte an Eilish gewandt hinzu: „Sie haben recht, das wäre wirklich nichts für mich. Dürfte ich hier übernachten, bis meine Sachen ankommen?"

Die überbetonte Höflichkeit in Maras Stimme ließ Eilish kurz innehalten, und sie wirkte für einen Moment wie ein trotziges Kind, das sich seines Fehltritts bewusst war, es aber nicht eingestehen wollte. Nach einem kurzen Blickduell nickte die alte Dame schließlich widerwillig.

„Vielen Dank, das hilft mir sehr. Ihr entschuldigt mich, ich brauche frische Luft."

Keine Viertelstunde später stand Mara am Meer. Sie war geradewegs aus dem kleinen Hexenhäuschen marschiert und erst stehen geblieben, als sie das Wasser erreicht hatte. Eine kühle Brise, die noch vom Winter zeugte, aber bereits den Duft des Frühlings in sich trug, blies Mara ins Gesicht und beruhigte ihr Gemüt. Beinahe wäre sie emotional geworden und das auch noch vor Fremden.

Ihr Leben kam ihr derzeit wie eine einzige Sackgasse vor. Den Job, auf den sie jahrelang hingearbeitet hatte, hatte sie verloren, und wieder hatte sie einem Mann vertraut, dem es wohl nie um sie gegangen war.

Sie biss sich auf die Lippen und ärgerte sich, weil ihr Herz beim Gedanken an Thomas kurz stolperte. Die vielen Gespräche, die nächtlichen Schichten in der Agentur, die Komplimente, das Teamevent und der Kuss danach … Sie dachte an sein liebevolles Lächeln, als sich ihre Lippen voneinander gelöst hatten.

Doch dann hatte sich dieses Lächeln verändert und war zu dem geworden, das er ihr heute Morgen zugeworfen hatte. Ein kaltes triumphierendes Grinsen, das es nicht bis zu den Augen schaffte. Gerade hatte er in einem spontanen Meeting vor dem gesamten Team und der Geschäftsleitung einige neue Ideen und Entwürfe vorgestellt. Ein präzise ausgearbeitetes Konzept, in das jemand viel Arbeit gesteckt hatte.

Und dieser jemand war nicht Thomas gewesen.

Ein unheimliches Gefühl des Fallens hatte sie zu übermannen gedroht. Mara schüttelte energisch den Kopf, um die aufkeimende Übelkeit und den brennenden Schmerz in ihrem Herzen zu verdrängen.

Sei bloß nicht so dünnhäutig. In Selbstmitleid zu baden, bringt dich nicht weiter.

Da war sie wieder, die Stimme ihrer Mutter, dazu der mitschwingende Vorwurf, der Mara bereits ihr gesamtes Erwachsenenleben lang verfolgte. Sie blinzelte und löste damit die Tränen, die sich in ihren Augen gesammelt hatten. Warm fluteten sie ihre Wangen.

Wie war das gewesen? Sie solle nicht wieder heulend vor der Tür ihrer Eltern stehen, wenn sie nicht weiterwusste?

Geräuschvoll schnappte Mara nach Luft. Nun, immerhin stand sie heulend am Arsch der Welt … Sie wischte sich die Tränen von den Wangen und schluckte ihr Gefühlschaos mit aller Kraft hinunter. Diese Genugtuung wollte sie ihrer Mutter nicht geben.

Sie zwang sich, ruhig zu atmen, und richtete ihren Blick wieder auf die Umgebung. Vor ihr erstreckte sich der kleine Hafen von Bantry, einige verschlafene Fischerboote ankerten an den Stegen, und Möwen kreisten über vermeintlichen Leckerbissen, die das Meer angespült hatte. Sie gab sich einen Ruck und setzte sich in Bewegung, spazierte an der Promenade entlang, vorbei an alten Handwerksläden und kleinen Cafés, die, wie es schien, alle mehr als eine Funktion innehatten. Ein paar waren zur Hälfte ein Pub oder ein Supermarkt, andere ein Waschsalon. Irgendwann fand sie sich vor dem Schaufenster einer kleinen Schneiderei wieder.

Ganz vorn stand eine verstaubte Modepuppe in einem schlichten, aber raffiniert geschnittenem Kleid. Vor ihrem geistigen Auge stellte sie sich eine bunte Boutique im geschäftigen Treiben eines Verkaufstages vor. Ihr wurde ganz warm ums Herz, und ein leises Lächeln stahl sich auf ihr Gesicht.

Hinter der Häuserzeile befand sich ein kleiner Trimm-dich-Pfad, und wiederum dahinter mündete die steinige Promenade in einen naturbelassenen Strand. Mara wusste nicht, wie lange sie flaniert war, aber waren ihr anfangs noch einige Spaziergänger entgegengekommen, begegnete ihr jetzt kaum noch jemand. Ganz am Ende vor einem grünen Hang, der ins Meer ragte, stand ein älteres Ehepaar Arm in Arm und blickte regungslos aufs offene Wasser. Mara überkam eine gewisse Sehnsucht, und ihr Magen wurde flau.

Das musste Liebe sein.

Erst nach einigen Minuten konnte sie sich von dem Anblick des Glücks losreißen, wohl wissend, wie merkwürdig sie wirken musste, wenn man ihre Anwesenheit bemerkte. Sie wandte sich ab, und gerade, als sie den Rückweg antreten wollte, fiel ihr Blick auf einen Stein vor ihr auf dem Boden. Jemand hatte mit Neonfarbe einen kleinen gelben Pfeil darauf gesprüht, der auf den grünen Hang zeigte. Ihr Blick folgte der Richtung, die der Pfeil vorgab, und sie sah, worauf er verwies. Bei genauerer Betrachtung verbarg sich am Fuße des Hanges hinter einigen hochgewachsenen Büschen eine fast gänzlich überwucherte Kapelle, an deren Mauer eine Art Wanderkarte gemalt war. Ein Sonnenstrahl fiel wie ein Scheinwerfer durch die vorbeiziehenden Wolken direkt auf das weiße Dach und ließ es mystisch glitzern. Andernfalls hätte Mara das bewachsene Gemäuer, vor dessen kühlen Mauern sie inzwischen stand, vermutlich niemals bemerkt. Andächtig fuhr sie mit dem Finger die gestrichelte Linie entlang, die von Bantry bis zum Leuchtturm und wieder zurückführte.

Von diesem Ort schien etwas Magisches auszugehen, und eine unerklärliche Anziehung packte Mara, ließ sie nicht mehr los. Der bloße Anblick des verwunschenen Gebäudes beschleunigte ihren Herzschlag, und etwas Verheißungsvolles lag plötzlich in der Luft.

Und mit einem Schlag wusste Mara, was sie zu tun hatte.

Zwei Stunden später saß sie in einem Café namens *Rosi's* und trank ihren dritten Cappuccino. Tief über den Tisch gebeugt führte sie den Stift, den die liebe Rosi ihr gegeben hatte, über die Rückseite eines Papierplatzdeckchens. Schon lange hatte sie sich keine Zeit mehr fürs Zeichnen genommen, sie konnte sich gar nicht mehr an das letzte Mal erinnern.

„Ach, hier bist du! Ich dachte schon, die alte Lisi hat dich verschreckt.“ Marc setzte sich schwungvoll auf den Stuhl Mara gegenüber. „Ich hab ein paar Klamotten für dich.“

Seine Aufmerksamkeit richtete sich auf die Skizzen, die Mara mit ihren Armen zu verdecken suchte.

„Ich brauchte einfach ein bisschen frischen Wind um die Nase.“ Nun war ihr der abrupte Abgang fast schon peinlich.

„Was hast du denn da?“, fragte Marc, während er ihr die Blätter unter den Armen wegzog. „Hast du das gerade gemalt?“

„Das ist nur ein bisschen Gekritzel, ich hab schon ewig nicht …“, versuchte Mara zu erklären.

„Mara, das ist wirklich gut!“ Das war keine Schmeichelei, es war eine Feststellung.

Sein Blick verweilte noch ein wenig auf der Zeichnung des älteren Paares am Strand. Schließlich schaute er auf und sah ihr in die Augen. In der Helligkeit des Tages hatte seine Iris die Farbe des Meeres ganz nah am Ufer, ein verwaschenes Türkis. Eine tiefe Ruhe ging von diesem Mann aus, doch sein Blick war wie die Gischt, leidenschaftlich, aufbrausend, das Tor zu einer ungestümen Seele. Irgendetwas hatte diese Seele, diesen Mann gebannt, seine vielen kleinen Lachfältchen glatt gezogen und nur noch seine Augen verrieten, dass es da noch etwas anderes gab. Etwas, das tief in ihm verborgen unter der schweren Traurigkeit lag, die immer leise mitzuschwingen schien. Und obwohl sie gerade kein Wort miteinander wechselten, fühlte Mara sich in diesem Moment verbunden und verstanden.

„Du sagst, du fährst wieder, sobald deine Sachen …“ Marc riss sich als Erster los, eine Spur unnahbarer als zuvor.

„Ich bin seit ein paar Stunden hier und fühle mich so leicht wie seit Jahren nicht“, unterbrach Mara ihn. „Ich bin noch nicht bereit zu gehen, jedenfalls nicht nach Hause. Außerdem habe ich mich geirrt, ich habe doch eine Frage, und jemand hat mir erzählt, dass es hier einen recht aufschlussreichen Wanderweg geben soll.“

Sie hatte noch keinen Gedanken an die Idee verschwendet, aber jetzt, da sie es laut aussprach, wusste sie, dass es stimmte. Sie spürte ein erwartungsvolles Ziehen in ihrem Bauch, eine Neugier, die ihr fremd war, und was hatte sie schon zu verlieren?

Marcs überraschter Gesichtsausdruck wich dem ersten richtigen Lächeln, das Mara bei ihm sah. „Ach, und was hat deine Meinung geändert?“, fragte er, nun wieder betont unaufgeregt.

„Ich weiß nicht … ich denke, manchmal muss man sich wohl aus seiner Komfortzone herausbegeben.“

„Weise Worte“, erwiderte er verschmitzt. „Na, dann besorge ich dir wohl mal einen Rucksack und eine Regenjacke.“

Wieder verharrten ihre Blicke ineinander, Marc schien angesteckt von ihrem plötzlichen Übermut, aber das Klingeln seines Handys unterbrach diesen Moment. Er sah flüchtig auf das Display und verabschiedete sich kumpelhaft, indem er Mara einen Klaps auf die Schulter gab.

„Ich sag Lisi Bescheid, die hilft dir nachher bestimmt gern noch mit den Sachen.“

Und bevor sie etwas erwidern konnte, war er auch schon verschwunden. Eine Weile blickte sie ihm nur verwirrt hinterher und begann dann, langsam den Kopf zu schütteln. „Mara, Mara“, murmelte sie, „was zum Teufel machst du da gerade?“

An Zeichnen war nicht mehr zu denken. So fischte sie das Notizbuch aus ihrer Blazertasche und las weiter.

Raus aus der Komfortzone

Erster Tag zu Hause

Hallo Tagebuch,

heute war mein erster Tag zu Hause, und ich will versuchen, alles so genau wie möglich festzuhalten, damit ich mich für immer daran erinnern kann. Dann schlage ich dich irgendwann, wenn es mir nicht so gut geht, einfach wieder auf und hol mir dieses Glück zurück. Also pass auf!

Loui und ich waren den ganzen Tag zusammen unterwegs. Erst wurde ich von Mr und Mrs Fitzpatrick fast erdrückt. Sie freuten sich so sehr, mich wiederzusehen, dass ich sogar mit den Tränen kämpfte.

„Ich versuche natürlich, so schnell wie möglich eine Wohnung zu finden, damit ...", fing ich an, mich zu bedanken, aber Mr Fitzpatrick ließ mich gar nicht erst ausreden.

„Mumpitz, du bleibst, so lange du magst, so müssen wir euch zwei wenigstens nicht wieder dauernd rumkutschieren, damit ihr beieinander sein könnt." Dabei stieß er Loui spielerisch mit dem Ellbogen an und zwinkerte mir zu.

„Ach Archie, wenn das mit deinen Gelenken so weitergeht, müssen die beiden bald uns rumkutschieren", zog Louis Mutter ihren Mann auf, umarmte ihn und drückte ihm einen schnellen Kuss auf die Wange.

Es tut so gut, sich in ihrer Gegenwart zu befinden, wie früher, als wir tagelang im Schuppen mit Archie gebastelt oder uns nächtelang mit Martha und ihren Spukgeschichten gegruselt haben. Bei jeder einzelnen Geschichte haben wir uns vorgenommen, uns nicht zu erschrecken, wenn sie am Ende ganz still wurde, um dann aus heiterem Himmel loszuschreien.

Doch sie hat uns jedes Mal erwischt.

Jedes Mal!

Etwas später gingen Loui und ich in die Stadt. Bantry hat sich ebenfalls kaum verändert. Zumindest auf den ersten Blick. Es ist immer noch dieses vermeintlich verschlafene Dorf, das einen an allen Ecken und Enden mit stürmischem Leben überrascht. Wir besuchten den alten Schuhladen von den O'Sullivans, wo wir immer Verstecken gespielt hatten zwischen den endlosen Stapeln an Spannwerkzeug, Lederrollen und Kartons. (Neuerdings hat er anscheinend auch ein kleines Drogerieangebot, und man muss aufpassen, dass man sich nicht Haarwachs auf die Schuhe schmiert.)

Wir flanierten schnatternd am Hafen entlang, lauschten dem Stadttroubadour, der genau wie damals seine alten irischen Melodien auf einer Art selbst zusammengeschustertem Gitarren-Hackbrett spielte, und setzten uns dann vor's Lucky's *in die Sonne auf einen Kaffee.*

Auch an diesem Ort schien die Zeit stehen geblieben zu sein. Abgesehen von allerhand Heiß- und Kaltgetränken konnte man hier immer noch diversen Firlefanz kaufen, den man zum Fischen benötigte.

„Und ... was sagst du?", wollte Loui nach einer Weile von mir wissen.

Ich überlegte, eigentlich war ich ziemlich sprachlos.

„Schwierig zu sagen", begann ich nach einer Ewigkeit, in der ich versucht hatte, meine Gedanken zu sortieren. „Einerseits hab ich keine Ahnung, wie's jetzt weitergehen soll, wo ich wohnen soll, wie ich überhaupt Miete bezahlen kann und was ich aus meinem Leben machen will ..."

Loui nickte mitfühlend und sah bedrückt drein.

„Und andererseits bin ich so unendlich glücklich, dass ich das Gefühl habe, gar keinen Platz für Sorgen zu haben! Ich bin hier, und alles andere wird sich schon noch ergeben."

Auch Louis Gesicht erhellte jetzt ein zuversichtliches Grinsen. „Du hast recht, es wird sich was finden."

In diesem Moment blies ein Windstoß die Tür des Ladens zu, mit einem lauten Rumms fiel sie ins Schloss. Die vielen Schilder und Plaketten, die außen an der Tür befestigt waren, baumelten noch einen Moment, und so lenkte sich meine Aufmerksamkeit auf einen kleinen weißen Zettel, der relativ unachtsam einfach über drei Schilder geklebt worden war.

Ich sah zu Loui, die ebenfalls den Zettel ins Auge gefasst hatte. Sie drehte sich zu mir und fragte: „Aber hast du nicht vorhin gesagt, du hast noch nie ein Tablett in der Hand gehalten?"

Ich kniff die Lippen zusammen. Die monetäre Situation meiner Eltern hatte es nie erfordert, mir ein extra Taschengeld dazuzuverdienen, ohnehin hätten sie mir nie erlaubt, einen Nebenjob zu haben. Meine Noten waren immer das Zweitwichtigste gewesen. Was die Leute über uns sagen würden, das hatte an erster Stelle gestanden. Und eine Kellnerin als Tochter, wie sah das denn bitte aus?

Loui sah mich feixend an. Im Gegensatz zu mir hatte sie sich schon als Teenager einen Groschen dazuverdient.

„Tja, ich denke ..." Ich straffte die Schultern und machte ein mutiges Gesicht, so als würde ich gleich die Klippen runterspringen. „Manchmal muss man sich wohl aus seiner Komfortzone herausbegeben."

Mit diesen Worten stand ich auf, riss den Zettel von der Tür, öffnete diese, um hindurchzugehen, drückte mich an einem Köcher voller

Angelruten vorbei und ging zu dem Herrn hinter der Theke. Der sah mich zwar nicht weniger ungläubig an als Loui kurz zuvor, aber mein Entschluss stand fest.

Mein erster richtiger Job.

Na, wenn ich da den Mund nicht zu voll genommen hab.

Mara schmunzelte, bevor sie das Notizbuch wieder einsteckte. Überall Komfortzonen, die es zu verlassen galt. Die Autorin und sie hatten wohl eine ähnlich rebellische Ader.

Kapitel 5

„NA, das sieht doch klasse aus!" Marc machte keinen Scherz, er meinte es offenbar genauso, wie er es sagte.

Mara sah unschlüssig an sich hinunter. Der übergroße Pullover, in dem sie steckte, gepaart mit einer ausgeleierten Jogginghose, die ihr ohne Festhalten in den Kniekehlen hängen würde, sah aus ihrer Perspektive alles andere als klasse aus.

„Meinst du?", sagte sie skeptisch, während sie sich die Hüftschnur enger band. Sie wollte auf keinen Fall undankbar erscheinen, konnte sich aber nicht vorstellen, in diesem Outfit auch nur einen Schritt vor die Tür zu machen.

„Grauenvoll! Wie sieht das denn aus?" Eilish kam in diesem Moment ins Wohnzimmer getigert, wo Marc und Mara ihre kleine Modenschau veranstalteten. Sie trug ein Maßband als Schal, ein Nadelkissen als Armreif und die goldene Kette ihrer Brille klimperte geschäftig bei jedem ihrer Schritte. „Nun, das geht auf gar keinen Fall, da sind wir uns wohl einig. Sie sehen aus wie ein vorpubertärer Schulhofgangster."

„Hey!", rief Marc gespielt empört. „Das war lange Zeit meine Lieblingshose."

Eilish spähte über ihre Brillengläser hinweg zu Marc. Mit einem Ausdruck irgendwo zwischen Mitgefühl und Missbilligung entgegnete sie: „Ja. Und ich rede trotzdem noch mit dir."

Mara biss sich auf die Lippen und verkniff sich ein Lachen, während sie Marc einen verstohlenen Blick zuwarf. Unterdessen nahm Eilish auf einem kleinen Hocker vor Mara Platz und begann, mit den Nadeln, die sie aus dem roten Kissen an ihrem Handgelenk zog, die Weiten der Hose zu bändigen.

„So sollte es besser sein … Sehen Sie sich mal an, und sagen Sie mir, wie es sich anfühlt."

Eilish machte eine Handbewegung Richtung Spiegel, den sie zuvor an den Kamin gelehnt hatte, und Mara bewegte sich vorsichtig, jeder einzelnen Nadel zwischen ihren Beinen gewahr, durch den Raum.

„Wow, das ist … perfekt!“

Sie drehte sich ein wenig und bewunderte die gelungene Absteckung und insgeheim auch die flinken Finger der alten Dame. Abgenäht würde die Hose nicht nur aufhören, über ihre Hüfte zu rutschen, sondern auch noch einen schmeichelnden Schnitt besitzen. „Danke!“

„Ach, das ist doch kaum der Rede wert.“ Ein Hauch von Stolz klang in Eilishs Stimme mit, den sie mit einem besonders mürrischen Gesichtsausdruck zu verbergen versuchte. „Ich mach das schnell fertig, bin gleich wieder da.“

Während sie sprach, streckte sie die Hand nach der Hose aus, und Mara schlüpfte auf äußerst umständliche Weise aus dem Nadelgewirr. Als Eilish den Raum verlassen hatte und Marc und Mara in diesem warmen, schwach vom Feuer beleuchteten Raum zurückblieben, entstand eine seltsame Stille zwischen ihnen. Seit sich Marc vor ein paar Stunden in dem Café so ungelenk von ihr verabschiedet hatte, hatten sie einander kaum angesehen. Sie zuppelte an dem Pullover, der ihr wie ein T-Shirt-Kleid bis zu den Knien reichte. Schließlich hob sie zögerlich den Blick und bemerkte, dass Marc, der in dem großen Ohrensessel saß, sie ansah. Einen Moment lang stand sie nur da und hielt seinen Blick, dasselbe flimmernde Gefühl wie Stunden zuvor überkam sie, und auch in seinen Augen schien eine leise Sehnsucht zu funkeln. Angestrengt presste er seinen Kiefer zusammen, und sie sah, wie sein Bein kurz zuckte. Vielleicht unterdrückte er denselben Impuls, mit dem Mara gerade kämpfte.

Das ist doch vollkommen verrückt, dachte sie überwältigt.

Es war, als würde eine magnetische Kraft sie miteinander verbinden und sie zueinander ziehen. Gerade als sie dem nachgeben wollte und der Beschluss auch bis zu ihrem Bein durchgedrungen war, wurden sie jäh unterbrochen.

„Oh, entschuldige, da muss ich ran gehen!“ Und schon drückte Marc sich das Handy ans Ohr und verließ den Raum, sodass sie allein im Wohnzimmer zurückblieb.

Sie fühlte sich, als hätte ihr gerade jemand ein Brett auf den Kopf geschlagen. Was war da eben schon wieder mit ihr passiert? Hatte sie wirklich einen wildfremden Mann küssen wollen? Oder hatte sie lediglich auf ihn zulaufen und ihn vom Stuhl werfen wollen, als wäre sie ein menschlicher Rammbock? Sie blickte auf den alten Teppich zu ihren Füßen und fragte sich, wie wahrscheinlich es war, dass der Erdboden sich jetzt unter ihr auftun würde.

„So, das hätten wir. Nanu, ist Marc schon aufgebrochen?"

Eilish wuselte mit ihren breiten Hüften um das Sofa und reichte Mara, die gerade eben noch vor lauter Scham am liebsten auf ihr Zimmer gerannt wäre, die Hose.

„Das sieht viel besser aus. Zusammen mit der Regenhose und der Jacke sollten Sie gut gewappnet sein."

Während Eilish ihr auch noch den Pullover absteckte, betrachtete Mara sich im Spiegel. Ihre langen roten Locken fielen zerzaust über den dunkelblauen Pullover, sie war nicht geschminkt und ihr Nagellack begann abzublättern. Es trennten sie nur sechsunddreißig Stunden von der schicken, durchorganisierten Mara, und doch hatte die Frau, die sie aus dem Spiegel ansah, so gut wie nichts mehr mit dieser gemein.

„Sie haben eine sehr schöne Taille, die müssen Sie betonen und nicht unter übergroßen Blazern verstecken." Eilish klang wie immer missbilligend, aber eine Spur wärmer als am Abend zuvor, als sie den Pullover genau an der Stelle, von der sie sprach, enger zog.

Mara musste lachen, schließlich war ihre Taille etwas, das sie immer zu überspielen versuchte. Ihre eher breiten Schultern und Oberschenkel empfand sie als unförmig, und sie standen im totalen Kontrast zu dem zierlichen Rest ihres Körpers. Doch in diesem Moment sah sie ebenfalls, wovon Eilish sprach. Im dämmrigen Licht des Kamins waren die Hautunreinheiten, die sie sonst penibel mit Make-up überdeckte, nicht zu sehen, und auch Schultern und Oberschenkel wirkten nicht unvorteilhaft, sondern eher ansprechend weiblich und kurvig. Der Schimmer des Feuers fing sich in ihrem Haar und in ihren dunkelbraunen Augen. Wachsam sah die Frau im Spiegel sie an. Zum ersten Mal seit Jahren trug sie nichts, um jemandem zu imponieren oder irgendeinem Trend gerecht zu werden, und trotzdem oder gerade deswegen fühlte sie sich schön. Ein gänzlich unbekanntes, aber wundervolles Gefühl.

Eilish und Mara sahen einander im Spiegel an.

„Woher können Sie das?“, fragte Mara und meinte nicht nur Eilishs Fähigkeiten an der Nähmaschine.

„Nun, Schätzchen, die Nähmaschine, das alte Biest, hat man schnell gebändigt, aber das Wichtigste ist, den Menschen zu sehen.“ Eilish schien genau verstanden zu haben, wovon Mara sprach, und in ihr Gesicht trat ein merkwürdig entfernter Ausdruck voller Liebe und Sehnsucht. „Mir hat jemand einmal das Gefühl gegeben, die schönste Person auf Erden zu sein, genau richtig, wie ich war, und genau dieses Gefühl versuche ich seitdem, den Menschen zu vermitteln, die in meinen Laden kommen.“

Langsam tröpfelten die Informationen in Maras Gehirn, der Tag hatte sie müde gemacht.

„Moment, das heißt, die kleine Boutique, die Schneiderei, die gehört Ihnen?“

„So ist es. Und sie ist mein ganzer Stolz. Der Jemand ist nicht mehr, aber der Laden ist geblieben und mit ihm das Gefühl.“ Eilishs Lächeln war voller Glück und Wehmut. „Das kann mir keiner mehr nehmen.“

Mara lächelte die Eilish im Spiegel an und fühlte eine wachsende Sympathie für diese starke Frau.

„Entschuldigt, ich muss … Oh, wow! Da muss ich mir wohl eine andere Hose für den Schulhof zulegen.“ Marc stand in der Tür und betrachtete offenbar ebenfalls beeindruckt Eilishs Werk.

„Also ihr zwei, ich muss euch leider allein lassen, aber wie ich sehe, kommt ihr gut ohne mich zurecht. Mara, hier sind noch die restlichen Sachen, ein paar T-Shirts, Tops und Leggings von …“ Er schien kurz mit sich zu ringen, bevor er weitersprach. „Die sollten auf jeden Fall besser passen und sogar ein paar Unterhosen, Slips, also natürlich neue, die waren noch …“ Er verstummte, während sich seine Wangen sanft röteten. Nach einer kurzen Pause fuhr er etwas ruhiger fort: „Wenn wir uns nicht mehr sehen, wünsch ich dir auf jeden Fall eine gute Reise. Pass auf dich auf.“

Mara drehte sich vom Spiegel weg und hob unbeholfen die Hand zum Abschied. „Ich danke dir für die Sachen und danke fürs Mitnehmen und …“ Sie verstummte, als sie merkte, wie bescheuert sie sich anhörte. Sie holte noch einmal tief Luft und sagte: „Danke für alles.“

„Gern.“ Marcs rauer Tonfall pausierte ausnahmsweise, als er ihr beim Sprechen in die Augen sah. „Und Lisi, wir sehen uns bald. Lass unseren Gast in einem Stück, ja?“

Mit diesen Worten trat Marc aus der Tür und verschwand in der Nacht. Mara sah auf die Stelle an der Tür, wo er eben noch gestanden hatte. Sie versuchte zu ordnen, was gerade in ihrem Innersten vor sich ging, als sie Eilishs Blick bemerkte. Die ältere Frau hatte offenbar wachsam die Szene verfolgt und fixierte nun Maras Gesicht. Ein kleines, wissendes Lächeln stahl sich auf Eilishs dünne Lippen, und Mara versuchte, betont lässig wegzusehen.

Nachdem Marc gegangen war, gab es einen Augenblick, in dem sich die gewohnte Distanz zwischen Mara und Eilish wieder hätte einstellen können, und zu Maras großen Erleichterung verging der Augenblick. So saß sie mit Eilish viele Stunden später auf der Couch, sie tranken Tee und kamen von einem Thema zum nächsten, von komplizierten Schnittmustern und überbewerteten Trends zu verlorenen Herzen und korrigierten Nasen.

„Und das war die Geschichte, wie ich vor Liebe wirklich beinahe blind geworden wäre und“, Eilish machte eine spannungsvolle Pause, „meine Traumnase bekam.“

Mara kugelte vor Lachen fast von der Couch, als die alte Dame ihre Geschichte beendete und ihr anschließend stolz ihr Nasenprofil präsentierte.

„Das ist eine wunderbare Geschichte. Ich fürchte, mit so spannenden Erzählungen kann ich nicht aufwarten.“

„Ach, Schätzchen, die Geschichten sehen erst im Nachhinein so aufregend aus, mittendrin versucht man doch nur, nicht in den Stromschnellen unterzugehen. Man kann das Leben nur vorwärts leben …“

„… und rückwärts verstehen“, vollendete Mara Eilishs Satz. „Das sagt meine Mutter auch immer.“

Überrascht sahen sie sich an.

„Hm.“ Eilish schwieg kurz, während sie Mara forschend betrachtete. „Scheint eine kluge Frau zu sein, deine Mutter.“

„Ja, klug, das stimmt wohl …“

Mara wollte nicht über ihre Mutter sprechen. Nicht jetzt. Sie fühlte sich wohl und wollte den Moment nicht durch Schuld- oder Schamgefühle zerstören.

„Und was bringt die Frühlingskollektion in deinen Laden?“, wechselte sie das Thema. „Verspielte Muster, freche Schnitte, irgendwas, das die Achtziger wieder auferstehen lässt?“

„Das ist gut“, sagte Eilish lachend. „Das fände ich schön. Aber leider läuft der Laden nicht gut genug, um neue Stoffe zu bestellen, geschweige denn Arbeit in neue Kleidungsstücke zu stecken. Seit das Kaufhaus in Kenmare eröffnet hat, stopfe ich Löcher und nähe Knöpfe an.“ Eilish wurde abermals kurz still. „Sei’s drum“, sagte sie dann. „Es ist, wie es ist, und ich hatte eine sehr schöne Zeit.“

Maras Bewunderung für Eilish wuchs mit jedem Wort, das sie hörte. Neben dieser Frau fühlte sie sich wie ein elender Jammerlappen.

„Ach ja, ich wollte dir ja noch die Karte geben. Ich habe vorhin ein paar nützliche Informationen darin vermerkt, vielleicht kannst du etwas davon gebrauchen.“

Eilish stand auf und kramte in dem alten Holzschrank neben der Tür herum. Fast hätte Mara die Frage gestellt, die ihr seit Stunden nicht aus dem Kopf ging, aber irgendwie wollte sie sich nicht die Blöße geben, das Thema auf Marc zu lenken.

„So, bitte sehr!“ Aus dem Schrank hatte Eilish eine alte Wanderkarte gefischt. *The Sheep‘s Head Way* stand auf der Vorderseite.

„Danke, Eilish, sie wird mir bestimmt helfen.“

„Das hoffe ich. Und jetzt ab ins Bett mit dir, du musst dir doch bestimmt noch die Nägel machen für die Wanderung.“

Eilish grinste sie spöttisch an, und Mara spürte, dass sie diese zähe Frau schon jetzt tief in ihr Herz geschlossen hatte.

Drei Wochen zu Hause

Liebes Tagebuch,

die ersten Tage bei Lucky's *liefen erstaunlich gut. Abgesehen von ein paar verwechselten Bestellungen und für Larry unverständliche Nachfragen (ich wusste nicht mal, dass es mehr als eine Whiskeysorte gibt!), gab es keine besonderen Vorkommnisse.*

Na gut, einmal dauerte es eine geschlagene halbe Stunde, bis ich realisierte, dass die Dame vor mir mit Fishers Bait *keinen Cocktail, sondern wirklich einen Köder zum Angeln bestellen wollte (meine Nachfrage, woraus der denn so bestünde, hatte sie ziemlich durcheinandergebracht). Aber ansonsten stelle ich mich ganz gut an, wie mir Larrys verstecktes Lächeln verrät, das er immer erst aufsetzt, wenn er denkt, ich könne ihn nicht sehen.*

Ich bin mittlerweile seit drei Wochen hier und fühle mich schon wie ein Teil des Inventars. Gerade sortierte ich eine Packung Angelschnüre nach ihrer Tragkraft (ich hab's noch nicht richtig verstanden, aber ich weiß, es gibt geflochtene und einzelne, das ist anscheinend eine kleine Wissenschaft), da kam eine große Gruppe Männer ins Lucky's, *und sie begannen, einzelne Tische zusammenzuschieben, um alle beieinander sitzen zu können. Ich half ihnen und nahm die Bestellungen auf.*

Ein flotter Spruch hier, eine schlagfertige Antwort da, es hat sich schon rumgesprochen, dass Larrys neue Kellnerin nicht auf den Mund gefallen ist.

Und das gefällt mir sehr!

Es gab einen kleinen Tumult wegen des Spiels, das auf dem Fernseher übertragen wurde. Ich erreichte mit meinem Tablet voller Pints in dem Moment den Tisch, als einige euphorisch aufsprangen, um sich sofort wieder enttäuscht zu setzen. Ich wich geschickt dem Arm eines niedergeschlagenen Fans aus, grinste über meine Reflexe und begann die Getränke zu verteilen. Als ich dem alten Alfred von der Werkstatt Alfred & Fred *gerade sein Bier reichte, geschah es.*

Es ging so schnell, dass ich gar nicht sah, wie die übrigen zwölf Biere vom Tablett rutschten, aber plötzlich stand ich da mit meinem leeren Tablett in der Hand und vor mir ein in Hopfen getränkter junger Mann, der wohl gerade den Laden betreten hatte.

Ich wäre am liebsten im Erdboden versunken. Sämtliche Anwesende der Bar starrten uns an, während wir völlig perplex einander anstarrten. Endlich stammelte ich eine Entschuldigung und stürzte zum Tresen, um einen Lappen zu holen, was zugegebenermaßen ziemlich sinnlos war, aber ich wusste nicht wohin mit mir. Als ich zurückkam, war der junge Mann verschwunden, und jetzt stand ich da wie ein begossener Pudel.

Um mich herum hatten sich die Besucher der Bar schon längst wieder dem Spiel zugewandt, während ich mich der Sauerei am Boden widmete.

Als ich – immer noch beschämt – zur Theke zurückschlurfte, zündete Larry sich gerade entspannt seine Pfeife an. Er schob mir ein kleines Schnapsglas vor die Nase, während er ein zweites auffordernd in meine Richtung hielt.

Ich verstand nicht.

„Jetzt gehörst du offiziell zum Laden, Kleines", sagte er in seiner gänzlich ungerührten Art und sah mich dabei nicht einmal an. Ich stieß mit ihm an, und er kippte sein Glas auf ex, während ich drei Anläufe brauchte, um die brennende Flüssigkeit herunterzuwürgen. Larry klopfte mir noch auf die Schulter, bevor er selbst wieder zum Fernseher ging.

„Mach dir nichts draus, Mädchen", sagte er noch, „der junge Mann ist ja nicht aus Zucker, und jetzt geh ins Lager und zieh dir was Trockenes an. Glaub, da liegt noch 'n Pulli von mir rum."

Drei Stunden später verließ ich das Lucky's *und schlurfte in Larrys übergroßem Fischerpulli durch die Straßen, meine Gedanken wieder bei dem triefenden Mann, der so plötzlich verschwunden, wie er gekommen war. Seine dunkelbraunen Augen hatten mich nur eine Millisekunde verärgert angesehen, dann hatte sich ein anderer Ausdruck auf seinem Gesicht breitgemacht. Als ich länger drüber nachdachte, verstand ich immer weniger, was dieser zweite Ausdruck bedeutet hatte. Noch mehr Ärger wäre eine verständliche Reaktion gewesen, aber hatte er nicht sogar kurz gelächelt?*

Unsinn, wieso sollte er lächeln, wenn er eine Sechs-Liter-Bierdusche erhält?

„Hey, warte mal!"

Eine fremde Stimme riss mich aus meinen Gedanken, und ich blickte zum ersten Mal, seit ich den Laden verlassen hatte, auf. Ich war wohl nicht Richtung Bushaltestelle gegangen, wie vorgehabt, sondern stand vor der einzigen anderen Bar in Bantry, die außerdem noch ein Blumenladen war. Ich drehte mich zu der Stimme um.

„Na, auf der Suche nach einem neuen Opfer?"

Seine warmen Augen waren umringt von Lachfalten, während er sprach. Als ich ihn entgeistert ansah, nickte er erklärend zur Bar, strich sich dann die halblangen dunkelblonden Haare aus dem Gesicht und schaute verlegen zu Boden, als ich immer noch nicht antwortete.

„Ach so, nein! Heute bin ich erst mal durch damit, fremde Menschen zu attackieren ... Ich mach erst morgen weiter", stammelte ich unbeholfen. „Tut mir wirklich sehr leid, ich hatte dich nicht gesehen ... und ich bin neu."

„Das hab ich mir gedacht." Er schmunzelte, und irgendwo in meinem Bauch begann es zu flattern, während er etwas aus seinem Rucksack hervorholte und mir entgegenhielt.

„Hier, ich dachte ... nur für den Fall, damit du gewappnet bist."

Ich betrachtete den Gegenstand in meinen Händen eine Ewigkeit, bis mir auffiel, was es war, dann musste ich lachen.

„Das ist wirklich sehr ..."

Als ich wieder aufblickte, war der Mann mit den dunklen Augen abermals verschwunden.

Ein Zaubertrick.

Wie in Watte gepackt schwebte ich nach Hause, über beide Ohren grinsend und mit meinem neuen Regenponcho in den Händen.

Und jetzt warte ich darauf, dass Loui von ihrem Aushilfsjob in der nahe gelegenen Schule zurückkehrt, um noch mal jedes Detail mit ihr zu besprechen. Ich sollte den Poncho wirklich ausziehen, denn darunter wird es ganz schön heiß.

Aber ich mag nicht.

Kapitel 6

AM nächsten Tag saß Mara gähnend vor dem reichlich gedeckten Frühstückstisch. Sie hatte unbedingt noch einen Eintrag aus dem Tagebuch lesen wollen und hatte danach kaum ein Auge zugemacht. Dabei brauchte sie all ihre Kräfte für die Wanderung, und die Ungewissheiten der bevorstehenden Reise machte sie zusätzlich nervös.

„Na, was soll denn dieses Gesicht? Kamen schon dankbarere Leute in unsere schöne Gegend", sagte Eilish eher spaßhaft als anklagend. „Keine Sorge, so ein Zelt ist leicht aufgebaut, und eine unabhängige Frau wie du kommt wunderbar ein paar Tage allein zurecht. Das wäre doch gelacht."

Eilishs Worte trafen, wie so oft, den Nagel auf den Kopf. „Du hast recht. Ich freu mich schon auf ein paar Tage nur für mich", hörte Mara sich selbst laut sagen und dachte im Stillen: *Ein paar Tage ganz allein? Ich kann mich nicht daran erinnern, wann ich das das letzte Mal gehabt habe. Noch dazu freiwillig.*

„Das ist nur nicht meine Uhrzeit, ich bin ein kleiner Morgenmuffel, das ist alles."

„Hm", ließ Eilish wieder einmal in einem skeptischen Tonfall und mit prüfendem Blick verlautbaren. „Dann ist ja gut, und jetzt iss. Je früher du losgehst, desto früher kommst du an."

„Wo soll ich denn an…"

Maras Frage blieb unbeendet, denn in diesem Moment rief Eilish: „Na, wen haben wir denn da?"

Und tatsächlich stand Marc vor der Tür. Als Mara seine Stimme hörte, flatterte es in ihrem Bauch.

Jetzt reiß dich gefälligst zusammen, sei einfach so nett, wie er es zu dir ist. Und hör auf, dich wie eine Zwölfjährige zu benehmen.

Während sie sich in Gedanken Mut zusprach, stand sie auf, ging in den Flur, wo Eilish gerade mit ihrem Gast sprach, und dachte an ihre Mutter, die ihr immer predigte, offensiver zu sein.

„Ah, Marc, schön dich zu sehen! Ich wollte gerade aufbrechen."

Marc hörte offenbar die höfliche Distanz in ihrer Stimme und tat es ihr gleich. „Ich dachte, ich bringe Lisi noch schnell ein paar Klamotten zum Flicken vorbei und stelle bei der Gelegenheit noch deinen Rucksack ein." Er hob demonstrativ einen Sack voller Kleidung in die Luft.

„Danke, das ist sehr zuvorkommend von dir." Mara wusste, dass sie nicht aufgesetzt klang. Sie trug diese Maske in Perfektion, die letzten Jahre in der Modebranche hatten ihr beigebracht, wie man nach außen lächelt und nach innen schreit.

Ein paar Minuten später stand sie in voller Montur vor Marc, der an den Gurten des Wanderrucksacks, den sie auf dem Rücken trug, zog.

„Du musst immer darauf achten, dass das Gewicht auf deiner Hüfte liegt, sonst machst du dir den Rücken kaputt."

Er stellte den Mittelgurt ein, während sie demonstrativ den Kopf zur linken Seite gedreht hatte und interessiert die weiße Wand musterte. Plötzlich legte Marc seine Hände an ihre Hüfte, vermutlich um zu prüfen, ob das Gewicht auf der richtigen Stelle lag, doch Mara konnte nicht anders, als die Luft anzuhalten.

Von außen betrachtet strahlte das Ganze wahrscheinlich nicht viel Liebevolles aus, eher die fachmännische Kompetenz eines Kundenberaters in einem Outdoorgeschäft, und dennoch brannte ihre Haut überall dort, wo er sie berührte, und ihre Haarwurzeln kribbelten am gesamten Körper. Sie hielt weiterhin angespannt die Luft an, voller Angst, er würde ihren schnellen Herzschlag hören oder gar eventuellen Mundgeruch wahrnehmen.

„Okay, das müsste passen."

Sie drehte ihm langsam ihr Gesicht zu. Seine graugrünen Augen verweilten noch ein wenig auf dem Hüftgurt, als würde es ihn Überwindung kosten aufzusehen. Sie standen so dicht beieinander, dass ihre Schuhspitzen sich berührten und Mara seinen warmen Atem auf ihrer Stirn spürte. Er roch nach Minze, frisch geschnittenem Gras und Sonne.

Ein Gefühl von Leichtigkeit machte sich in ihr breit, und sie schien kurz zu schweben. Schließlich sah er sie an und sagte so leise, dass

Eilish, die gerade in der Küche war, es nicht hören konnte: „War schön, dich kennenzulernen, Mara."

Und dann schenkte er ihr eines seiner seltenen völlig unbeschwerten Lächeln.

Kurz blieb die Welt stehen.

„So, und hier ist noch ein wenig Proviant. Stör ich?"

Eilish steckte Mara irgendetwas in den Rucksack, während Marc und Mara ertappt einen Schritt auseinanderstoben.

„Du weißt ja, wo der Wanderweg beginnt, folge einfach den Markierungen und deinem gesunden Menschenverstand. Und jetzt ab, bevor der Regen kommt."

„Danke, Eilish, ich weiß …"

„Nana, wer wird denn jetzt sentimental werden? Heb dir das lieber für einen Liebhaber auf."

Ihr Feingefühl ist bemerkenswert, dachte Mara. Diese Anspielung war weniger ein Wink mit dem Zaunpfahl als der mit einem ausgewachsenen Baumstamm. Sie trat unbeholfen von einem Bein auf das andere, Marc hingegen räusperte sich verlegen.

„Bis bald, Schätzchen!" Die alte Dame drückte sie, so gut es mit dem riesigen Rucksack ging, an ihre Brust. „Und jetzt ab. Ich hab noch zu tun. Und du ja wohl auch, oder Marc?"

Bevor sie Bantry fürs Erste hinter sich ließ, steuerte Mara etwas zerstreut den örtlichen Drogeriemarkt an. Zahnbürste und Zahnpasta, sowie Socken und die nötigste Kleidung hatte sie zwar von Marc und Eilish bekommen, sogar Eilishs alte Wanderschuhe passten ihr, aber von ihrem normalen Pensum an Wohlfühlutensilien war sie noch meilenweit entfernt.

Etwas ratlos stand sie jetzt vor dem Regal mit den Körperpflegeprodukten.

Ihr war klar gewesen, dass der kleine Tante-Emma-Laden, der wohl ebenfalls als Schuster fungierte, nicht mit dem Sortiment eines Drogeriemarktes in einer Großstadt mithalten können würde. Mit dem Anblick, der sich ihr nun bot, hatte sie trotzdem nicht gerechnet.

Freudlos schweifte ihr Blick zwischen der Schuhcreme, dem Shampoo und der Zahnpasta hin und her, bis ein Gedanke sie innehalten ließ. War das die Zahnpasta, nach der Marc roch?

Kurz dachte sie an den gerade erlebten Moment zurück. Sie waren einander so nahe gewesen, sie hätte sich einfach vorbeugen können, um ihn zu küssen, ihre Lippen waren nur wenige Zentimeter voneinander entfernt gewesen. Als er ihr zugeflüstert hatte, hatte sie seinen warmen Atem gespürt, und sogleich war ihr ein wohliger Schauer über den Rücken gelaufen. Sie schloss – versunken in dieses wärmende Gefühl – die Augen und stellte sich vor, wie sie ihr Gesicht in seine raue Hand legte. Pures Glück durchflutete sie.

„Sagen Sie mal, sind Sie eingeschlafen, oder was?“

Eine kieksige Altherrenstimme riss Mara in die Gegenwart zurück, und sie gab eilig den Weg frei zu den Raritäten vor ihr. Der alte Griesgram schnappte sich blitzschnell eine dunkelgelbe Dose, die von Senf bis Haftcreme alles hätte enthalten können, und war schon wieder verschwunden, bevor sie auch nur Luft holen konnte, um zu einer Entschuldigung anzusetzen. Perplex griff sie nach der Zahnpasta und nach einer uralten Dose Nivea-Creme sowie nach einem Stück Kernseife.

Als sie auf dem Weg zur Kasse an den Klo-Enten vorbeiging, fiel ihr noch ein besonderer Schatz in die Hände. *Besser als nichts*, dachte sie, während sie die hautverträglichen Desinfektionstücher einsteckte und sich dann an der überschaubaren Schlange direkt hinter ihrem neuen besten Freund anstellte.

Lange nachdem Mara die Fischerboote mit den gierigen Hafenmöwen, die kleinen Cafés und Läden und auch die Strandpromenade hinter sich gelassen hatte, kreisten ihre Gedanken noch immer um Marc. War es möglich, dass sie sich diese Anziehung nur eingebildet hatte, oder hatte auch er sie gespürt? Ihr Magen verkrampfte sich, und ein vages Gefühl der Hilflosigkeit kroch ihr über den Rücken.

Um Himmels willen, jetzt reicht's aber! Du kennst diesen Mann doch gar nicht. Du bist hier, um vor einem anderen Mann zu fliehen, und wirfst dich gleich dem nächsten vor die Füße.

„Stopp!" Mara zwang das Gedankenkarussell in ihrem Kopf anzuhalten und blieb selbst abrupt stehen. Normalerweise würde sie jetzt ihre beste Freundin anrufen, sie vermisste Angis Talent zu entwirren, was ihr wie große Knoten im Herzen und im Kopf vorkam. Sie holte ihr Handy hervor und las erneut die letzte Nachricht, die sie von ihrer Freundin bekommen hatte.

Hab das mit der Agentur geritzt. Falls jemand fragt, deine unverwandte Tante Lisbeth hat sehr schlechte Blutwerte. Pass auf dich auf.

Ein erleichterter Seufzer entrang sich ihrer Kehle, und tiefe Dankbarkeit durchströmte sie. Ihr Blick wanderte aufs Meer hinaus. Irgendwo, weit weg vom sonnigen Bantry, musste ein Unwetter wüten, denn die Wellen brausten energiegeladen und genauso ungeordnet wie Maras Gefühlswelt auf den Strand zu. Die Gischt schäumte, und die weißen Schaumkronen schienen sich gegenseitig aufgeregt etwas zuzuflüstern. Sonnenstrahlen tanzten auf der Wasseroberfläche und ließen immer andere Teile des Meeres funkeln. Während Mara dieses wunderbare Schauspiel in sich aufsog, wurde ihr etwas bewusst, was man schon als Kind oft gesagt bekommt, später in Büchern liest und dann als Rat an Freunde verteilt, es aber doch nie wirklich versteht.

Niemand außer ihr selbst hatte ihr Glück in der Hand. Niemand sonst.

Und deshalb war es Zeit, sich dieses eine Mal nur mit sich zu beschäftigen und mit niemand anderem. Schnell tippte sie eine Antwort an ihre Freundin und steckte das Handy wieder weg.

Danke. Melde mich, sobald ich weiß, wo mir der Kopf steht. Ich muss erst mal finden, was ich suche. Mach dir keine Sorgen. Du bist toll!

Tatendrang machte sich in ihr breit, und beschwingt schritt sie den Strand entlang bis hin zu der Kapelle am Rande der Wiese. Als sie vor dem Gemäuer mit der Wanderkarte ankam, roch es augenblicklich nach Moos und Wald, und die kühle frische Luft beflügelte sie umso mehr.

Die Karte, die einfach auf die Außenmauer gemalt worden war, zeigte den Rundweg, der in beide Richtungen begonnen werden konnte und sich über den gesamten Landarm erstreckte. Ohne lange zu überlegen, ging sie rechts an der Kapelle vorbei und in den Wald hinein, anstatt links die weißen Stufen hinauf. Der Weg mit den Stufen würde erst den Landarm queren, aber sie wollte das Meer an ihrer Seite wissen.

Alle paar Meter kam sie an einer gelben Markierung vorbei, auf einem Stein, einem Baum oder auch auf einer Bank waren die Zeichen hinterlassen. Jedes Mal überkam sie ein kleines Glücksgefühl, einfach, weil es schön war, zu wissen, dass sie auf dem richtigen Weg war.

So eine Markierung wäre im Alltag auch mal nett ...

Als die Abstände zwischen den Zeichen größer wurden und sie aufmerksam die Umgebung absuchen musste, um keines zu verpassen, mischte sich eine große Abenteuerlust in ihre Stimmung. Mara fühlte sich wie eine Schatzsucherin auf dem Weg zum Goldtopf.

Sie passierte sonnengeflutete Lichtungen mit den ersten leuchtenden Wildblumen des Jahres, überquerte Baumstämme, die kleine Gräben überbrückten, und kletterte sogar einen steinernen Vorsprung hinauf. Sie war eine Abenteurerin mitten in einer Mission.

Dann lichtete sich der Wald allmählich und mündete in eine saftig grüne Weide. Und hier geriet sie das erste Mal ins Stocken.

Sie stand vor dieser weitläufigen Weide, deren Ende von hier aus nicht zu erkennen war, und um das Gelände schlängelte sich ein Holzzaun herum. Das war eindeutig Privatgelände, doch etwas weiter links von ihr lehnte eine gelb angestrichene Leiter, die ein Betreten ermöglichte. Was nun? In Deutschland würde sie nicht einfach so das Grundstück eines Bauern betreten ... aber offenbar führte der Wanderweg geradewegs durch dieses hindurch und vielleicht noch durch viele weitere. Sie schluckte ihre Bedenken hinunter und trat auf die morsche von Wind und Wetter gezeichnete Holzleiter, die ein unter ihrem Gewicht bedrohliches Knirschen verlauten ließ.

„Oh, Danny boy, wenn das mal gut geht!“

Mara beeilte sich, als würde Schnelligkeit das Alter der Sprossen überlisten und ein Unglück vermeiden. Auf der anderen Seite angekommen, versuchte sie sich zu orientieren, doch weit und breit war keine Markierung zu erkennen, also stapfte sie querfeldein der Sonne, die jetzt an ihrem höchsten Punkt stand, entgegen.

Die Wiese verlief über kleinere Hügel gen Süden, und nach einigen Metern fragte Mara sich, ob sie vielleicht etwas übersehen hatte. Sie kramte ihre Wanderkarte hervor und erkannte den winzigen Fleck, der wohl die Wiese markieren sollte. Anscheinend gehörte sie zu dem Hof der Familie O'Reilly, zumindest hatte sie es damals getan, als Eilish die Karte gekauft hatte.

Daneben stand in einer winzigen verschnörkelten Schrift etwas geschrieben, die Tinte leuchtete noch frisch, offenbar war es eine der Anmerkungen, die Eilish eigens für Mara ergänzt hatte. *Waaatchhh oouuut* … entzifferte Mara, als würde sie gerade lesen lernen, *Coooowws. Watch out, cows!*

Pass auf, Kühe?

Nachdem Mara es noch einmal flüssig gelesen hatte, erschlossen sich ihr zwar die Worte, keineswegs aber die Bedeutung des Satzes. Sie machte sich daran, den zweiten kleinen Satz zu enträtseln, da hörte sie ein dumpfes Geräusch, es erklang noch ein zweites und noch ein drittes Mal und nahm dann langsam an Fahrt auf. Es wurde zu einem gemächlichen Rhythmus, dessen Ursprung direkt auf sie zusteuerte.

Sofort überkam sie der kindische Gedanke an einen weißen Hai.

Sie wagte es nicht aufzusehen, zwang sich erst dazu, als das Geräusch unmittelbar davor war, auf sie zu stoßen. Vor ihr stand gemächlich kauend und in voller Pracht … eine Kuh!

Na, wer hätte das gedacht.

Aus großen braunen Augen starrte sie Mara direkt an.

Mara, die nicht mal ein Händchen für Hunde hatte, wollte angesichts des Sechshundert-Kilo-Tieres schreiend davonrennen, unterdrückte jedoch den Impuls, aus Angst, die Kuh würde ihr nachsetzen.

In einer Ecke ihres Gehirns regte sich etwas Halbwissen über die Flucht vor einem Bären.

Nicht in die Augen sehen, schoss es ihr durch den Kopf, und sie sah prompt zurück auf die Karte. Ihr Blick fiel wieder auf Eilishs schnörkelige Bemerkung.

Wach out, cows! Und daneben stand noch …

Keeeeeepp caaallm, theeeey aaaareeee frieeeeends!

„Ruhig bleiben, sie sind Freunde", murmelte Mara ungläubig.

Das kann sie doch wohl nicht ernst meinen?

Die Sekunden, in denen Mara gebannt auf die Karte in ihrer Hand starrte, zogen sich wie Kaugummi, und gerade, als sie sich fragte, ob die Kuh vor Langeweile irgendwann verschwinden würde, hörte sie dasselbe Geräusch noch einmal, diesmal hinter sich. Auch rechts und links von ihr traten jetzt Hufe auf die weiche Wiese. Offenbar war sie geradewegs in eine Kuhherde marschiert.

In ihr stieg Panik auf. Zwar konnte sie nur erahnen, wie nah die Tiere ihr waren, doch ein falscher Schritt, und sie würde es herausfinden. Die Ungewissheit ließ sie erneut den Blick heben und tatsächlich, Mara war umringt von großen, hellbraunen Kühen, die ihr alle keinerlei Beachtung schenkten. Die Kuh vor ihr, die ihr eben noch in die Augen gesehen hatte, hielt nun ihren Kopf gesenkt und beschäftigte sich mit dem, was unter ihr stattfand. Dort drängte sich ein Kalb an sie heran und zog begierig an den Zitzen der Mamakuh.

Mara, die immer noch stocksteif dastand, beobachtete das zärtliche Ringelrei und musste trotz all der Angsthormone in ihrem Blut lächeln. Es war ein herzerwärmender Anblick. Da hob Mamakuh wieder den Kopf und sah sie direkt an. Die großen braunen Augen der Kuh ruhten sanft auf ihr, und Mara hielt gebannt den Blick.

Kühe wie diese hier hatte Mara noch nie zuvor gesehen. Statt weiß und schwarz, glänzte ihr Fell hellbraun und wirkte so gepflegt, als würde man sie täglich striegeln. Die weiße Maserung, die sich über ihren gesamten Körper zog, malte ein krummes Herz auf eine Hälfte ihres lang gezogenen Gesichts, und in diesem Moment schien es, als würde sie ihr neckisch zuzwinkern. Die schiere Panik, die sich in den Minuten zuvor aufgebaut hatte, fiel mit einem Mal von Mara ab.

Sie atmete tief durch und sah sich vorsichtig um.

Keine der Kühe schien sich für sie zu interessieren, dennoch konnte jedes Exemplar dieser schönen, in der Sonne schimmernden Herde sie problemlos zerquetschen, wenn auch nicht mit Absicht.

„They are friends", sprach sie sich mit zitternder Stimme Mut zu. Links von ihr bewegte sich die Herde, und ein schmaler Spalt tat sich zwischen den Kuhhintern auf.

Jetzt oder nie, dachte sie. Um die großen Tiere nicht zu erschrecken, ging sie so gemächlich, wie es ihr möglich war, eben genauso langsam, wie die Rinder sich bewegten, durch die Öffnung. Dort versperrte sich ihr wiederum der Weg, und sie wartete erneut auf eine gute Gelegenheit.

Auf diese Weise bahnte Mara sich langsam, in einer Art ruhigem Kuhwalzer, den Weg raus aus der Herde. Und obwohl sich jedes Mal ihr Puls erhöhte, wenn sie einer Kuh zu nahekam oder ihr Blick den einer Kuh traf, strahlte die tiefe Gemächlichkeit der Kuhgemeinschaft langsam auf sie ab.

Am Rand der Herde angekommen, beschleunigte sie nicht ihren Gang, rannte nicht schreiend davon oder ähnliches, sondern schritt genauso bewusst und ruhig zum Zaun, wo eine zweite gelbe Leiter auf sie wartete. Jetzt erschien ihr die Überquerung der Leiter wie ein Kinderspiel, trotz abgebrochener Sprossen.

Sie warf noch einmal einen letzten Blick zurück auf die große, braune Fellherde, und Stolz stieg in ihr auf. Jauchzend vor Freude machte sie einen Luftsprung. Ein breites Grinsen lag ihr auf den Lippen, pures Glück floss durch ihre Adern, und beflügelt vom Adrenalin rief sie:

„Daaaaaaaaanke, Freeeeeundeee!“

Sie hatte noch nie in einem Zelt geschlafen, und bis zu diesem Zeitpunkt hatte sie diese Tatsache auch nie bedauert. Jetzt aber, da die Dunkelheit hereinbrach und sie vor einem Haufen Aluminiumstöcke stand, die durch ein Gummiband miteinander verbunden waren, wünschte sie sich, sie hätte in der sechsten Klasse keinen Riesenaufstand angezettelt, als es ans Zelten gegangen war.

„Puh, okay, okay. Ich krieg das hin“, zischte Mara am Rande ihrer Nerven durch ihre Zähne hindurch.

Nach ihrer Kuhbegegnung hatte sie sich den Rest des Tages unbesiegbar gefühlt. Mit klarem Kopf hatte sie die Aufgabe wacker gemeistert und war sich sicher gewesen, so allen Hürden auf dem Weg begegnen zu können. Als das Gewirr aus Stangen und Planen aber nun ein drittes Mal über ihr zusammenbrach, wünschte sie sich fast auf die Wiese zurück oder alternativ in ein Haifischbecken. Kraftlos lag sie eine Weile begraben unter den Einzelteilen des Zelts, bis sie sich einen Ruck gab und erneut in die Freiheit krabbelte. Ein letztes Mal steckte sie den

Arm in den Beutel, in dem sie das Zelt transportiert hatte, auf der Suche nach einer Anleitung, doch wie auch schon die drei Male zuvor, fand ihre Hand keinen zusammengefalteten Zettel oder ähnliches.

„Na toll!“

Entmutigt ließ sie den Beutel und ihre Schultern fallen, danach strich sie sich angespannt übers Gesicht. Die Müdigkeit zog merklich an ihren Kräften und an ihrer Geduld. Außerdem hatte sie Hunger. Nach der Käsestulle und dem Stück Kuchen, die Eilish ihr zugesteckt hatte, hatte sie nichts mehr gegessen. Sie kramte in ihrem Rucksack und zog die blaue Gaskartusche heraus, die Marc ihr für das Kochen von Nudeln und Reis mitgegeben hatte. Mara konnte auf den ersten Blick genauso viel mit ihr anfangen wie mit dem beliebigen Teil einer Raumstation, und obwohl sie am liebsten die Flinte ins Korn geworfen hätte, war ihr allzu bewusst, dass das keine Option war.

Müde zog sie die Wanderkarte aus ihrer hinteren Hosentasche und las Eilishs beruhigende Worte.

Keep calm!

Der gestrichelten Linie folgend fiel ihr eine weitere Kritzelei ins Auge. Ihr strapaziertes Gehirn und ihre müden Augen brauchten ein paar zähe Momente, um zu erfassen, um was es sich hierbei handelte.

Mara klappte der Mund auf, als sich die Information festigte, und sie kam nicht umhin, beeindruckt von Eilishs Weitsicht zu staunen, dann steckte sie ihren kleinen Glücksbringer zurück in die Tasche.

„Okay, Freunde!“ Sie rieb sich enthusiastisch die Hände, um alle Beteiligten, allen voran sich selbst, zu motivieren. „Ich weiß, wir hatten keinen guten Start. Aber lasst uns alle gemeinsam am selben Strang ziehen, ja?“

Mara blickte auf die wasserabweisenden Planen, die immer noch kreuz und quer vor ihr lagen und keine Anstalten machten, ihr zu antworten.

„Ich interpretiere euer Schweigen als Zustimmung. Auf geht’s!“

Mithilfe von Eilishs rudimentärer Skizze gelang es ihr, die Teile zusammenzufügen. Im Nachhinein schien ihr die Überkreuzung der Stangen und die Spannung der Heringe vollkommen logisch, und sie musste über sich selbst lachen.

„Mama hat wohl recht, ich hab einfach keinen Blick für das Große und Ganze. Obwohl …“ Sie dachte an ihre perfekte Kollektion, die sie vor drei Tagen hatte vorstellen wollen, und innerhalb von Sekunden verließ sie diese wundervolle Kraft, die sie sich eben zurückerobert hatte. Kurz wollte sie dem Impuls folgen, sich einfach ins Zelt zu legen und zu schlafen, aber ihr Hunger war zu groß.

Stattdessen beförderte sie erst mal sich und ihren Rucksack ins Innere des Zelts, rollte ihre Isomatte aus und öffnete den Schlafsack. Danach kramte sie abermals nach der Gaskartusche und der silbernen Halterung, deren Glieder sich wie eine Spinne um die Flamme legen würden, um später einen Topf zu tragen. Soweit die Theorie.

Missmutig betrachtete sie das Edelstahlkonstrukt mit dem spitzen Stachel auf der einen Seite. Am Ende würde ihr das Ding wahrscheinlich um die Ohren fliegen, sie sah schon die Schlagzeile:

Übermütige Wanderin begeht Selbstmord im Nirgendwo, verkohlte Überreste nach Jahren gefunden.

„Und wenn schon“, schnaubte sie.

Den ganzen Tag über hatte sie kein einziges Mal an Thomas, die Agentur oder ihre Mutter denken müssen, die sie allesamt an ihre eigene Unzulänglichkeit erinnerten, aber jetzt drängten sich die Gedanken wie Schatten in ihr Zelt und legten sich wie ein schweres Gewicht auf ihren Brustkorb.

Sie umklammerte ihre Unterarme und gab sich selbst die Umarmung, die Angi ihr geschenkt hätte, säße Mara bei ihrer Freundin auf dem Sofa. Aber Angi war nicht da, und Mara war wieder mal hin- und hergerissen, ob sie tatsächlich die missratene Tochter war, die ihre Mutter schon seit Jahren aus ihr machen wollte.

Mir ist bewusst, es wäre schöner für dich, wenn sich die ganze Welt weiter um dich dreht, aber es ist an der Zeit, falschen Stolz und jugendliche Impulsivität runterzuschlucken und Verantwortung zu übernehmen.

Es war schon so lange her, dass sie diese Worte in Wirklichkeit vernommen hatte, dazu die Verachtung in der Stimme ihrer Mutter und die vollkommene Überzeugung, die ihnen innewohnte. Dennoch hörte sie sie so deutlich, als würde Anne in diesem Moment neben ihr auf der Isomatte sitzen.

Sie ließ die Kartusche in den Rucksack fallen und kramte weiter in ihren Sachen.

„Na also“, murmelte sie kraftlos, als ihr die Packung Kräcker in die Hände fiel. Sie steckte sich gleich drei davon in den Mund und musste husten, als sie das Salz prompt in die Luftröhre bekam.

Dann ließ sie sich auf den Rücken fallen, und ihr Husten ging nahtlos in ein freudloses Lachen über, während ihr Blick auf einer kleinen Spinne an der Zeltdecke verweilte. Vielleicht hatte ihre Mutter recht … vielleicht war Mara doch die Böse. Andere hätten sich gefreut über die Chance, eine Firma zu übernehmen, ohne sie mit eigenen Händen hochziehen zu müssen.

Und Mara? Mara war undankbar und fühlte sich eingesperrt. Sie hatte nach Selbstverwirklichung gesucht, und wohin hatte sie das gebracht? Sie hatte ihre letzten Jahre in eine Branche gesteckt, in der sie höchstens Mittelmaß war.

Sie schluckte, als ihre Gedanken elegant die Brücke von ihrem Versagen als Tochter zu ihrem Scheitern in der Agentur schlugen.

So viele wollen das, was ich will!

Eine eigene Kollektion bei einem namhaften Label, warum sollte ausgerechnet sie die Eine sein, bei der’s klappt? So viele waren so viel besser als sie, kreativer, durchsetzungsfähiger, leistungsorientierter, dem Druck gewachsen, und nebenbei konnten sie noch Networken, alle ultrasmart und mit einem Lächeln auf dem Gesicht. Ihr wurde richtig schlecht bei dem Gedanken an Thomas’ falsches Grinsen, das sie problemlos auf jedes andere Gesicht in der Agentur hätte projizieren können. Sie fühlte sich so leer und hilflos, dass ihr nicht mal die Tränen kamen.

Die Spinne über ihr spannte unterdessen munter ein Netz von einer Zeltstange zur anderen, mutig krabbelte sie über die dünnen und vermeintlich unsicheren Fäden und arbeitete sich Stück für Stück näher an ihr Ziel.

Mara beobachtete diese Unbeirrtheit halb angeekelt, halb mit einer tiefen Bewunderung. Sie selbst wusste noch nicht mal, ob sie ihr Netz gerade an die richtigen Streben spannte, aber ganz sicher meisterte sie den Drahtseilakt zwischen Ungewissheit und schier endlos viel Arbeit, die vielleicht im Nichts endete, nicht annähernd so gut wie das kleine Wesen über ihr.

Irgendwann inmitten der Überlegungen, die Spinne doch rauszuwerfen, bevor sie Mara nachts noch in den Mund krabbelte, und dem Auflodern einer verrückten Verbundenheit mit dem Tierchen, schlief sie ein. Unruhig schlitterte sie von einem Albtraum in den nächsten, und als sie plötzlich aufschreckte, war es noch immer dunkel um sie herum. Die Angst aus den Träumen rumorte in ihrem Bauch, und ihr Verstand begann schnell, das Alltags-Gedankenkarussell wieder anzutreiben.

„Stopp, stopp, stopp!"

Mara knipste die Taschenlampe an, die sie von Eilish bekommen hatte, und leuchtete in jede Ecke des winzigen Zelts. Nirgends saß ein Dämon oder Thomas, um sie zu verspeisen oder auszulachen. Sie zwang sich, tief zu atmen, und nach kurzem Nachdenken kramte sie in ihrem Rucksack nach dem Notizbuch.

Bereits als sie die richtige Seite aufschlug, fühlte sie sich nicht mehr ganz so allein.

Die Nachricht

Fünf Wochen zu Hause

Liebes Tagebuch,

es ist merkwürdig, wie sich manchmal alles, was passiert, richtig anfühlt. Ich hatte noch nie so wenig Ahnung, wie es weitergeht, und gleichzeitig so wenig Angst vor der Zukunft. Es ist, als wäre mein Glück genau da, wo ich bin, und als warte es nur darauf, dass ich es endlich finde.

Ich weiß, ich weiß, ich schwafle ... aber ich schwafle so gern.

Heute traf ich mich vor meiner Schicht mit Loui auf dem Marktplatz, sie hatte gemeint, sie habe eine Überraschung für mich. Sie verspätete sich, und ich blickte ungeduldig umher, als etwas meine Aufmerksamkeit erregte.

Da an der Kirche, war da nicht kurz ein dunkelblonder, wilder Haarschopf aufgeblitzt?

Es war schon zwei Wochen her, seit ich den hübschen Fremden getroffen hatte, und obwohl Loui und ich regelmäßig alle Details der Geschichte polierten, verließ mich langsam die Zuversicht, ihn jemals wiederzusehen. Loui kannte ihn nicht, und herumfragen wollte ich nicht, dafür war ich zu stolz und zu schüchtern.

„Na, Tagträumerin!“

Ich schrie leise auf, als Loui so plötzlich vor mir auftauchte.

„Langsam bezweifle ich die Zauberkraft von unserem Mr X. Deine Aufmerksamkeit lässt ziemlich zu wünschen übrig, da könnte sich ja jeder anschleichen.“

„Dann habe ich wohl Glück, dass bislang die Quote so gering ist. Also, wo ist jetzt die Überraschung?“

Louis Feixen verwandelte sich in einen verschwörerischen Ausdruck. „Das darf ich dir noch nicht verraten, sonst müsste ich dich töten.“

Ich verdrehte gespielt genervt die Augen und warf ihr ein unbeeindrucktes Lächeln zu.

„Na gut, komm mit!“

Damit riss sie mich am Arm und zog mich in Richtung Strandpromenade.

Sie ließ mich erst wieder los, als wir vor einem Schaufenster mit einer bunten Auswahl an modisch gekleideten Puppen standen.

„Und jetzt?“, fragte ich skeptisch.

„Na, es kann doch nicht sein, dass dir hier jeder Kleidung schenken muss, weil du keine eigene hast.“

„Ich werde Larry seinen Pulli zurückgeben!“

Sie warf mir einen ungläubigen Blick zu, und ich muss zugeben, ich hatte den Pullover noch nicht mal in der Wäsche, weil er in Dauerbenutzung war.

„Komm schon, Queeni, du hast die letzten Wochen so hart gearbeitet, lass mich dir was Gutes tun.“

Ich lachte, als sie meinen Spitznamen aus der Grundschule auspackte. „Aber du hast doch selbst kein Geld übrig, lass uns doch ...“

„Wer sagt denn, dass wir Geld brauchen?“ Sie ließ ihre Augenbrauen auf und ab tanzen.

„Ach, das wird ein Überfall?“, entgegnete ich witzelnd.

„Da hab ich ja Glück, dass ich gerade nicht im Geschäft bin“, meldete sich eine vertraute Stimme in meinem Rücken.

Ich drehte mich um, und vor mir stand ... Lis!

Als wir klein gewesen waren, war Lis die schönste Frau in ganz Bantry gewesen, und alle Mädchen hatten zu der jungen Schneiderin aufgesehen, wollten so sein wie sie. Nach Schulschluss hatten wir uns regelmäßig vor dem Schaufenster getummelt, die vielen bunten Stoffe bewundert und zugeschaut, wie Lis sie in aller Ruhe abgemessen und zurechtgeschnitten hat. Ich war schon damals fasziniert gewesen von ihrer Ruhe und allgegenwärtigen Eleganz.

All diese Momente tauchten vor mir auf, als sie mich nun aus ihren warmen bernsteinfarbenen Augen ansah und sich ihre vollen Lippen zu einem amüsierten Lächeln kräuselten.

„Lisi!“, rief ich und umarmte sie stürmisch.

„Schön, dass du wieder hergefunden hast, Liebes.“ Sie drückte mich einen langen Moment, dann begutachtete sie mich von Kopf bis Fuß mit ihrem wohlwollenden Blick, den sie uns schon zugeworfen hatte, als wir noch Kinder gewesen waren. Sie musste jetzt Ende dreißig oder Anfang vierzig sein, aber sie strahlte noch immer die Jugendlichkeit einer Mittzwanzigerin aus.

„Loui hat mir von der Notsituation berichtet. Dann kommt mal mit rein.“

Sie schloss den Laden auf, und genau wie neun Jahre zuvor fühlte es sich an, als würde ich mit dem ersten Schritt über die Schwelle ein Märchen betreten.

Ungefähr vier Stunden später hetzte ich, komplett neu eingekleidet, die kleinen Gassen Bantrys entlang. Ich hatte nicht auf die Uhrzeit geachtet und war eindeutig schon mehr als überfällig für meine Spätschicht, also nahm ich meine Beine in die Hand und rannte. Die Ladys, die gerade aus der Abendmesse kamen, stoben auseinander, als ich auf sie zu sprintete, eine Möwe wich mir im letzten Moment noch aus, und fast hätte ich den Teestand des alten McQuirell übersehen, der nach der Messe immer noch zum Verweilen einlud.

Völlig außer Atem riss ich die Tür auf.

„Ich ... ähm ... Entschuldigung!" Ich rang nach Luft.

Die ganze Gesellschaft blickte verdutzt zu mir rüber, und nach dem kurzen Moment der Verwunderung ertönte ein lauter Pfiff und ein bewunderndes „Oha" raunte durch den Raum. Perplex sah ich mich um, als mir auffiel, wie mich die Männer, aber auch die Frauen musterten.

Ich hatte noch Lisis neusten Entwurf an, ein eng geschnittenes, langes Schlauchkleid, das vorn hochgeschlossen und am Rücken weit ausgeschnitten war. Ich lief rot an und ging langsam zur Bar. Während ich meine Schürze umband, kamen schon einige junge Typen zur Bar, jeder wollte als Erster sein Bier bei mir bestellen. Ich lächelte verwundert, als der Ansturm abebbte und Larry sagte:

„Endlich kommt hier mal ein bisschen Stil in den Laden." Dann beugte er sich zu mir und flüsterte: „Lass dir bloß nichts gefallen, wenn dich einer blöd angeht, kriegt der's mit mir zu tun."

Tatsächlich wurde es ein sehr schöner Abend mit weniger flachen Sprüchen als erwartet, aber auch mehr Avancen als jemals zuvor. Einige Frauen sprachen mir wunderbare Komplimente aus, und Larry beschützte mich wie ein Löwe. Immer wenn mich jemand seiner Meinung nach zu lange anstarrte, rief er so was wie: „Hey, Hank, mach den Mund zu, es zieht!" oder „Denny, hast du'n Schlaganfall oder einfach keine Manieren?"

Ich hatte zwar gewusst, dass ich nicht hässlich war, aber mir war noch nie so eine Aufmerksamkeit zuteilgeworden, und schon gar nicht wegen irgendeines Kleidungsstücks. Es war ein gutes Gefühl, auch wenn ich bei meiner nächsten Schicht wieder Larrys abgeranzten Pullover anziehen werde.

„Bevor ich's vergesse", sagte Larry, als ich die letzten Gläser ins Regal stellte. „Den hat James vorhin für dich abgegeben."

Ich blickte auf, und er hielt mir einen Brief vor die Nase.

„James?"

„Der arme Tropf, den du vor ein paar Wochen neu getauft hast", murmelte Larry.

Ich sah auf den Brief. Viel zu lange brauchte ich, um die aufpoppenden Fragen in meinem Kopf zu ordnen.

„Du kennst ihn?"

„Klar kenn ich ihn ... Hier kennt doch jeder jeden." Unaufgeregt nuschelte er weiter in seinen Bart, während ich nach wie vor den Brief in meiner Hand anstarrte.

Langsam öffnete ich den unbeschrifteten Umschlag.

Ich zitterte.

In dem unauffälligen Umschlag befand sich ein nicht weniger auffälliger kleiner Zettel, auf den nur eine kurze Notiz gekritzelt worden war.

Triff mich am Hafen.
Stellplatz Nr. 11
Mittwoch, 19 Uhr

„Na, gute Neuigkeiten?", riss mich Larry aus meiner Paralyse.

Meine Mundwinkel taten weh, so sehr strahlte ich. „Ich ... Sag mal, brauchst du mich morgen eigentlich, ich weiß, ich hab eigentlich die Spätschicht, aber wenn du willst, mach ich Donnerstag eine Doppelschicht und ..."

„Na komm, hau schon ab. Und lass dich hier morgen bloß nicht blicken." Er warf mir einen wissenden Blick zu, gefolgt von einem flüchtigen Ausdruck elterlicher Wärme.

Ich grinste noch breiter, sprang um den Tresen, drückte ihm einen Kuss auf die Wange und rannte aus dem Laden. Larry hatte noch irgendetwas gegrummelt, aber ich war schon auf halbem Weg zum Bus. Ich konnte es kaum erwarten, Loui Bescheid zu sagen.

Was wird mich morgen erwarten?

Am Hafen ... bedeutet das, wir fahren mit einem Boot? Was, wenn ich seekrank werde und ihm vor die Füße spucke?

Kapitel 7

„HIERHER! Ihr müsst weiter hier rüber!“

Mara stand an Deck eines schwankenden Schiffes. Ein unheilvoller Sturm hatte das Boot fest in seiner Gewalt und schaukelte es unsanft hin und her. Deutlich hörte sie das herantrabende Gewitter und die rollenden Fässer, die geräuschvoll gegen die Reling klatschten.

„Hey!“

Der Wind nahm an Fahrt auf, und sie hörte das bedrohliche Meckern der hölzernen Masten, an denen er mit aller Gewalt zerrte.

„Weiter hier rüber, Männer!“

Der Lärm kam näher, der Seegang wurde immer heftiger, und oben zuckte ein langer gelber Blitz über den Himmel, gefolgt von einem tiefen Donnergrollen.

„Vorsicht!“

In diesem Moment traf sie eine lose Kiste von links, und sie schreckte hoch. Benommen öffnete Mara die verschlafenen Augen. Sie war nicht mehr an Deck eines Schiffes, sondern in ihrem kleinen Zelt, aber der Traum steckte ihr tief in den Knochen. In ihren Ohren klangen noch die Rufe der Matrosen und …

In diesem Moment drückte von außen etwas gegen ihr Zelt und bog die linke Plane zu Boden, der Untergrund um sie herum vibrierte merklich.

Ohne zu wissen, wie ihr geschah, befreite sich Mara eilends aus ihrem Schlafkokon und sprang aus dem schiefen Zelt. Ganz anders als in ihrem Traum stand die Sonne hoch am Himmel, und weit und breit war kein Gewitter auszumachen. Das Gepolter hatte einen völlig anderen Ursprung, wie Mara unschwer erkannte. Unzählige kleine Hufe waren es, die auf der Suche nach dem richtigen Weg aufgeregt durcheinanderliefen und dabei unkontrolliert ihr Zelt touchierten.

Auch die Rufe waren keine Einbildung gewesen.

„Hey, kleine Lady!“

Ein älterer Herr kam auf Mara zu, eindeutig, um ihr zu erklären, dass ihre Position mitten im Schafumtrieb nicht die günstigste war. Offenbar hatte sie ihr Zelt genau auf dem üblichen Weg der Tiere platziert.

„Haben Sie nicht gehört?“, keuchte der Mann, der sich jetzt einen Weg zu ihr gebahnt hatte.

„Ähm, entschuldigen Sie, was haben Sie gesagt?“, antwortete Mara fahrig. Sie war wohl inmitten einer Tiefschlafphase gewesen, als die Herde über sie hinweggerollt war.

„Earl! Lass gut sein!“

Ein zweiter älterer Herr, den sie sofort an seinen buschigen Augenbrauen und den bierkrugdicken Brillengläsern erkannte, kam hinzu. Auch Ernie war außer Puste, als er sich endlich zu ihnen durchgekämpft hatte, doch immer noch grinste er schelmisch über sein Brillengestell hinweg.

„Alles gut, Earl, ich kümmere mich. Geht voran, ich bilde die Nachhut.“

Ernies belustigter Gesichtsausdruck schien den grimmigen Earl noch weiter zu verstimmen, aber nach einem kurzen Blick auf Mara, die in ihrem Schlafanzug und barfuß vor den Trümmern ihres Zeltes einen erbärmlichen Anblick bieten musste, zog er missmutig murrend von dannen.

„Kopf hoch, Kleines. Der ist immer so. Er ist der Ältere, die haben’s immer schwerer“, sagte Ernie und zwinkerte ihr dabei verschwörerisch zu.

Ernie hatte einen noch älteren Bruder? Mara fehlten die Worte. Sie sah zu dem Griesgram hinüber, der gerade zu dem letzten, deutlich jüngeren Mitglied des aberwitzigen Trios stieß und diesem half, die Herde in Schach zu halten.

„Da haben Sie sich wohl nicht den besten Ort als Schlafplatz ausgesucht, aber immer noch besser als bei Earl auf dem Grundstück. Er hätte sie wahrscheinlich mit einer Schrotflinte geweckt.“ Ernie giggelte bei dem Gedanken an den ungehaltenen Earl erneut los.

„Ich … Entschuldigen Sie. Ich wusste nicht, dass das …“ Mara kam langsam zu sich, und die Unbekümmertheit ihres Gegenübers machte es ihr schwer, nicht ebenfalls über die Situation zu schmunzeln. Das zweite

Mal innerhalb weniger Stunden fand sie sich inmitten einer Herde wieder.

„Natürlich wussten Sie das nicht. Wie auch? Earl würde es bestreiten, aber wir suchen uns auch immer einen anderen Weg aus, um auf die Weide zu kommen. Und Sie, Kleines? War Bantry noch nicht das Ziel?"

„Ich glaube, ich hatte einfach kein genaues Ziel und dachte … dann geh ich lieber mal los", sagte Mara mit einem Schulterzucken.

„Recht so. Immer in Bewegung bleiben, so bleibt man fit. Auch ein alter Tattergreis wie ich." Er tippte sich scherzend gegen seinen Kopf, und Mara hätte es nicht überrascht, wenn er in die Luft gesprungen wäre und seine Hacken gegeneinandergeschlagen hätte, natürlich alles in Zeitlupe. Dieser Mann war die Ausgeburt der Jugend, abgesehen von seiner Geschwindigkeit.

„Hey!"

Von irgendwo außerhalb ihres Blickfelds riefen Earl und der dritte Mann ihnen etwas zu. Mara verstand die Worte nicht, aber Ernie lächelte ihr entschuldigend zu, als müsste er einen Anruf annehmen, auf den er schon die ganze Zeit gewartet hatte, dann holte er tief Luft und gab einen lauten ebenso unverständlichen Ruf von sich.

„Go Mall!"

Dann wandte er sich ihr wieder zu. „Begleiten Sie uns doch ein Stückchen, wir gehen rüber zu den Dawsons, die Schafe lieben den Ausblick." Er stieß ihr leicht mit dem Ellbogen in die Seite. „Und ich auch!"

„Ja … gern", stotterte Mara etwas überrumpelt und blickte auf ihre nackten Füße. „Geben Sie mir noch einen Moment, ja?"

Nachdem sie sich rasch umgezogen hatte, half Ernie ihr mit dem Zelt und den Stangen, und gemeinsam bildeten sie das Schlusslicht des Schafumtriebs.

Sie marschierten schweigend über einige Felder, und Mara entdeckte immer wieder kleine Wegweiser. Anscheinend war das der Grund für den Namen des *Sheep's Head Way*. Es war wortwörtlich der Weg, den die Schafe nahmen. Immer wieder riefen sich die Männer laut Kommandos zu, die ihnen vermutlich Informationen über Richtungen und das Verhalten der Schafe gaben. Mara verstand kein Wort davon.

Nach einem besonders kompliziert klingenden Ruf fragte sie: „Was bedeutet das?“

„Das bedeutet, dass Earl das Meer sieht“, entgegnete Ernie vergnügt. „Wir rufen uns gern die Kommandos auf Gälisch zu, um unsere alten Zellen auf Trab zu halten … und unsere Wurzeln bleiben dadurch auch frisch.“

„Verstehe“, sagte Mara, der Gälisch zwar ein Begriff als Bezeichnung für die alte Sprache der Iren war, die diese Sprache allerdings nie zuvor gehört hatte.

„Aber manchmal, manchmal erlaube ich mir auch einen kleinen Spaß mit meinem Bruderherz.“ Ernie warf ihr ein verschmitztes Lächeln zu. „Passen Sie auf!“

Er holte tief Luft und ließ einen lang gezogenen Schrei verlautbaren, der sie an ein Jodeln erinnerte. Kurz herrschte Stille, während Ernie sie geheimnistuerisch ansah. Dann ertönte von weiter vorn ein kurzer Ruf von Earl, der anscheinend als eine Art Nachfrage fungierte.

„Was bedeutet das?“, fragte Mara erneut.

„Absolut gar nichts!“, antwortete Ernie und grinste über das ganze Gesicht.

Sie liebte die spitzbübische Leichtigkeit, die diesen alten Herrn umgab, und gleichzeitig erinnerte sie sich sofort an die Schwere, die von Marc ausging. Auch wenn sie sich das nicht eingestehen wollte, doch seit sie von ihm getrennt war, schien ihr Herz nicht mehr richtig kalibriert zu sein. Es drehte sich wie die Nadel eines Kompasses und zog sie in die Richtung, aus der sie kam. Tagsüber konnte sie das gut verdrängen, aber nachts sorgte diese verrückte Nadel für aufgewühlte Träume.

Konnte es sein, dass sie ihn vermisste? Den geheimnisvollen Mann mit dem wilden Haar, den fesselnden Augen und dem verschlossenen Herzen?

Irgendetwas an ihm hatte sie tief berührt und das vom ersten Moment an.

Liebe auf den ersten Blick … Sie erinnerte sich, wie sie Angi einmal ausgelacht hatte, als diese ihr erzählt hatte, sie habe sich auf den ersten Blick verliebt. So etwas sei nicht möglich, hatte Mara entgegnet, das könne höchstens eine Schwärmerei sein und das auch nur auf Äußerlichkeiten bezogen.

Wie eine bloße Schwärmerei fühlte sich das hier aber nicht an, ganz im Gegenteil. Mara konnte sich nicht daran erinnern, wann ihr das letzte Mal jemand so schnell so nahegekommen war.

Während sie mit sich und ihren inneren Fragen kämpfte, zeigte sich die Insel von ihrer schönsten Seite. Die Sonne brachte die Wiesen zum Leuchten, das Meer zum Funkeln und nach einer Weile auch Maras Herz zur Ruhe. *Es ist unmöglich, hier unglücklich zu sein*, ging ihr durch den Kopf, als ihr Puls allmählich wieder auf eine unbedenkliche Frequenz sank und nur das Kribbeln in ihrem Magen zurückblieb.

Einträchtig gingen Ernie und sie nebeneinanderher, fingen hie und da ein verirrtes Schaf ein und genossen die Wärme, den Ausblick sowie die vielen kleinen Wunder der Natur. Und ab und zu ließ Ernie es sich nicht nehmen, seinem Bruder eine weitere geheime Botschaft ohne jeglichen Sinn hinterherzurufen.

„Hahaha, ich lach mich tot", begrüßte Earl sie mürrisch, als sie schließlich als Letzte am Ziel ankamen, und spielte damit eindeutig auf Ernies bedeutungsloses Jodeln an.

Ernie warf Mara einen Seitenblick zu, dann setzte er eine Unschuldsmiene auf. „Ich weiß nicht, was du meinst. War was?"

Earl gab ein resigniertes Knurren von sich, ehe er sich umdrehte und davonstapfte. Offenbar war dies eine normale Unterhaltung zwischen den Brüdern. Ernie sah ihm belustigt hinterher und sagte dann betont theatralisch, als wären Mara und er Eltern, die über ihre ungeratenen Kinder sprechen: „Ach, er hat das Herz am rechten Fleck, aber eine Frohnatur ist er nicht."

Er zwinkerte ihr noch einmal zu und half dann Earl und Arthur dabei, die Schafe auf der Weide zu versammeln. Als das erledigt war, trieben die Männer Pflöcke in die Erde und verbanden sie mit Drähten zu einer Art Zaun. Mara half, so gut sie konnte, aber abgesehen von ihren Yogastunden trieb sie leider keinen Sport, der sie für körperliche Arbeit qualifizieren würde. Während ihr daher bereits nach einigen Minuten Drahthochhalten die Arme schmerzten, dachte sie daran, Angi doch mal bei ihrer CrossFit-Stunde zu begleiten. Sie wusste nicht einmal genau, was man da machte, aber gern wäre sie in diesem Moment etwas fitter gewesen, ob mit Cross oder ohne.

„Das sieht doch ganz gut aus, oder?“, erkundigte sie sich bei Ernie, als sie nach einer Ewigkeit schlichtweg kein Material mehr zum Verbauen hatten.

„Wir sind nicht ganz rumgekommen, aber ein paar büxen sowieso immer aus.“ Ernie sah nach oben und suchte die Sonne, die sich gerade hinter einigen zarten Schleierwolken versteckte. „Schon halb fünf! Wir sollten uns langsam auf den Rückweg machen. Wohin führt das Leben Sie als Nächstes?“

„Ähm … gute Frage.“

Mara überlegte gerade noch, wie nah Ernie mit seiner Schätzung an der tatsächlichen Uhrzeit wohl dran war, während sie reflexartig Eilishs Karte aus der Hosentasche zog, wie immer, wenn sie nicht weiterwusste. Sie faltete sie auf und suchte den Punkt, an dem sie sich gerade aufhielten. Ernie linste ihr über die Schulter.

„Eine nützliche Karte haben Sie da. Wir befinden uns …“ Sein knochiger Finger kreiste über einem Abschnitt am Meer, bis er die genaue Stelle fand und darauf deutete. „Hier!“

„Ja, die hat mich schon ein paar Mal aus der Patsche geholt, Eilish hat sie mir …“

„Oh, Eilish“, unterbrach Ernie sie, und seine Augen leuchteten. „Eine außergewöhnlich kluge Frau, die kleine Miss Griffin.“

Mara entfuhr ein ungläubiger Lacher, als sie Ernies schwärmerischen Gesichtsausdruck sah und sich die beiden unweigerlich miteinander vorstellen musste. Es wäre definitiv keine langweilige Verbindung.

„Also wie es aussieht, geht mein Wanderweg jetzt hier erst mal nur noch am Meer entlang“, holte Mara Ernie aus seinen Gedanken zurück. „Dann geh ich wohl in diese Richtung“, sagte sie, links neben die Sonne deutend.

„Das hört sich nach einem Plan an. Und sputen Sie sich, mein großer Zeh sagt mir, dass es heute noch ungemütlich werden könnte.“

Maras Blick folgte Ernies in den Himmel, und sie konnte keine Anzeichen eines herannahenden Unwetters ausmachen, behielt ihre Zweifel jedoch für sich. Danach verabschiedeten sie sich, Earl nickte ihr grimmig zu, während Arthur unwirsch den Arm hob und Ernie ihr zuflüsterte:

„Und nicht verzagen, wenn sich die Lösung nicht sofort auftut. Ich sag immer gern, wenn man die Antwort hat, ändert das Leben ohnehin wieder die Frage.“

Er zwinkerte ein letztes Mal in seine unzähligen Lachfalten hinein, und dann schritten die drei Männer gemeinsam dem Horizont entgegen, über dem sich eine sanfte Abendröte andeutete. Mara sah ihnen hinterher und hatte kurz das Bild von drei Kobolden im Kopf, die über einen Regenbogen zu ihrem Topf voll Gold marschierten. Der Anblick war eindrucksvoll und nicht weniger zauberhaft.

Ernie sollte recht behalten. Kurz nachdem die drei Männer hinter dem Hügel verschwunden waren, frischte der Wind auf, und die Bäume gaben ein unheilvolles Rascheln von sich. Der Wind brachte dunkle Wolken, die den Sonnenuntergang verdeckten, und die Wolken brachten den Regen. Nicht mal eine Stunde später goss es wie aus Eimern, und Mara fragte sich, wie lange es dauern würde, bis jedes einzelne Kleidungsstück in ihrem Rucksack gänzlich mit Wasser vollgesogen war.

Sie begann jetzt schon zu frieren.

Mit tief in die Stirn gezogener Kapuze und gebeugtem Rücken, um sich vor dem Wasser zu schützen, nestelte sie an der Karte herum. Im selben Moment erfasste sie ein mächtiger Windstoß und riss ihr Eilishs Plan aus den Händen.

Instinktiv hechtete Mara ihr hinterher, rutschte dabei aus und fiel über einen kleinen Felsvorsprung. Sie spürte noch, wie sie einige Meter einen Hang hinabrollte, dann wurde alles schwarz.

Kapitel 8

IRGENDETWAS Kaltes berührte Mara an den Schultern, zog sie über feuchtes Laub.

Es gelang ihr nicht sofort, die Augen zu öffnen, der Schlaf hatte sie noch fest im Griff, doch dann sah sie ihn.

Ein böser Waldgeist mit stahlblauen Augen und stechendem Blick war im Begriff, sie zu entführen. Er verschleppte sie in seine nasse Tropfsteinhöhle, tanzte wie Rumpelstilzchen um ein Feuer und trug dabei die Entwürfe von Maras Kollektion am Leib. Dazu sang er lautstark: „Ach wie gut, dass keiner weiß, dass ich nicht Mara heiß."

Plötzlich erschien ein riesiger Wolf mit graugrünen Augen. Er kam zu Mara hinüber und hielt lange ihren Blick, als wolle er ihr irgendetwas sagen.

Gerade noch rechtzeitig schlug er den hinterhältigen Kobold, der im Begriff war, ihn von hinten mit einem Garn zu erdrosseln, mit seinem pelzigen Schweif in die Luft und rettete sie aus der Höhle. Ewigkeiten irrten sie zu zweit durch den nassen Wald, aber das Fell des Wolfes wärmte Mara, und während sie seinen Herzschlag nah an ihrem Kopf spürte, loderte tief in ihr ein warmes Feuer auf.

Sie wusste, sie war hier sicher.

Das Licht stach ihr in die Augen, als sie erwachte, und alles an ihrem Körper schien zu schmerzen. Der pochende Herzschlag des Wolfes entpuppte sich als pochender Kopfschmerz, der sein Epizentrum auf ihrer Stirn hatte und sich von dort immer weiter ausbreitete.

Einen Moment verkrampfte sie sich vor Schmerz und Unbehagen, zwang sich jedoch dann, normal weiter zu atmen. Langsam gewöhnten sich ihre Augen an die eigentlich eher schummrigen Lichtverhältnisse.

Sie sah lange Bohlen aus Holz über sich, die die Decke eines niedrigen Raumes bildeten. Nach wie vor benommen blinzelte sie und vergewisserte sich, dass alle Arme und Beine noch da waren, wo sie sie vermutete.

Mara hatte keine Ahnung, wo sie war und wie sie hierhergekommen war. Anscheinend lag sie auf einem Fell, und dicht neben ihrem linken Ohr knisterte etwas. Sie drehte behutsam den Kopf und sah die Glut eines sterbenden Feuers im Kamin, das vermutlich kurz zuvor den ganzen Raum erwärmt hatte.

Langsam zog sie ihren linken Arm an ihrem Körper hoch, stützte sich auf ihn und wendete sich dem Kamin zu. Mühevoll richtete sie sich auch das letzte Stück auf, bis sie schließlich im Schneidersitz landete. Den aufflammenden Schmerz in ihrem Kopf musste sie abermals wegatmen, bevor sie sich wieder auf ihre Umgebung konzentrieren konnte.

Sie saß offenbar in einer Hütte. Spartanisch eingerichtet mit einem Tisch, drei Stühlen und einem Bett in der Ecke bot der Raum kaum Platz für mehr als eine Person, und überall lag eine dicke Staubschicht. Draußen vor den kleinen Fenstern herrschte Dämmerlicht, aber für Mara war es unmöglich zu sagen, ob es den Tag oder die Nacht einläutete oder ob Wind und Regen, die sie vor der Hütte toben hörte, das Tageslicht fast gänzlich verschluckten.

Erst jetzt bemerkte sie, dass sie in mehrere Decken eingewickelt war und dass ihre Kleidung vor ihr an einem Balken hing. Jemand musste sie zum Trocknen aufgehängt haben und dazu noch alles andere, was sich in ihrem Rucksack befunden hatte. Erschrocken sah sie unter die unterste Decke und stellte fest, dass sie nur noch Slip und BH trug. Noch erschreckender waren jedoch die vielen roten Flecke, von denen zumindest der Teil ihres Körpers, den sie sehen konnte, übersät war.

Sie schluckte. Ihr Mund war trocken.

In der hinteren linken Ecke des Raumes entdeckte sie eine Kochnische und rappelte sich vorsichtig auf. Nachdem sie erst ein, dann das andere Bein auf seine Tragfähigkeit geprüft hatte, schlich sie, eine der Decken fest um den Körper geschlungen, zum Wasserhahn. Sie nahm eine Tasse, die umgedreht neben der Spüle stand, und hielt sie unter den Wasserstrahl. Während die Tasse sich füllte, sah sie ihr Gesicht in der Glasscheibe des Küchenschrankes vor sich. Die Spiegelung zeigte ihr klar und deutlich den Ursprung ihrer stechenden Kopfschmerzen. Über ihrem rechten Auge klaffte eine kleine, aber tiefe Wunde, die mit irgendeiner durchsichtigen Schicht überzogen war und offenbar davon zusammengehalten wurde. Ihr wurde schlecht bei dem Anblick, und sie musste wegsehen. Hastig trank sie zwei volle Tassen und wandte sich wieder dem Raum zu.

Niemand sonst war hier.

Sie versuchte, sich an das zu erinnern, was geschehen war, bevor sie das Bewusstsein verloren hatte, und schnell kamen ihr Ernie und Earl in den Sinn. Dann der Sturm und wie sie ausgerutscht war.

Danach herrschte gähnende Leere.

Ein leises Gefühl der Angst lief ihr über den Körper, kroch ihr in alle Gliedmaßen, über den Rücken und verursachte eine unangenehme Gänsehaut. In diesem Moment öffnete sich die hölzerne Eingangstür mit einem schauderhaften Ächzen, und Mara entfuhr ein kurzer Aufschrei.

Eine Kapuzengestalt drückte sich herein, ließ den Stapel Holz fallen, den sie in den Armen trug und zog sich den Regenschutz vom Kopf. Erleichtert atmete Mara auf.

Zwei graugrüne Augen richteten sich auf sie. Zunächst besorgt, aber sie schienen sogleich vor Beruhigung aufzuflackern, vielleicht, weil Mara nicht nur wieder bei Bewusstsein war, sondern inzwischen sogar auf ihren Füßen stand. Die Wärme, die nun in sein Gesicht trat, flutete den ganzen Raum, sprang auf Mara über und ließ die Gänsehaut verschwinden.

Marcs Mundwinkel und die Fältchen um seine Augen herum verschmolzen zu einem einnehmenden Strahlen, und mit großen Schritten kam er auf sie zu, als wolle er sie in den Arm nehmen, blieb jedoch in der Mitte des Raumes stehen, offenbar unschlüssig, ob sie sich nahe genug für eine derartige Begrüßung waren.

„Schön, dass du wieder wach bist“, sagte er nach einem Moment der Stille.

Sie schmunzelte, weil seine Unsicherheit fast greifbar war.

Kurz blickte er zu ihrer Kleidung und fügte hinzu: „Ich hoffe, du hältst mich nicht für irgendeinen Spinner, aber du warst ziemlich unterkühlt, als ich dich gefunden hab. Ich musste dich aus den nassen Sachen rausholen.“

Mara sah ihm dabei zu, wie er sich die Mütze vom Kopf zog und sich verlegen durch die dunklen Locken strich, dann hob er fragend den Blick.

„Danke."

Seine angespannten Gesichtszüge lockerten sich erneut, und er atmete gelöst aus.

„Außerdem hab ich ein Herz für Spinner."

Was rede ich da, ging ihr zeitgleich durch den Kopf, doch sie konnte nicht anders, als ihn anzugrinsen. Und er stand da und grinste zurück.

Einen Moment teilten sie die Ruhe des Augenblicks, dann schien es, als würde irgendetwas in ihm sich plötzlich verändern.

Er setzte seinen ernsten Alltagsblick auf, genau den Blick, mit dem sie ihn kennengelernt hatte und mit dem er immer wirkte, als könnte ihn nichts und niemand aus der Fassung bringen hinter seinen meterdicken Mauern. Und während er sich wegdrehte, um sich seine Jacke auszuziehen, sagte er beinahe sachlich:

„Na, dann hab ich ja noch mal Glück gehabt. Hast du Hunger?"

Eine kleine Weile später saßen sie vor dem neuentfachten Feuer und hielten jeweils einen Stock an die Flammen, während der Sturm beständig an der Hütte zerrte. Mara saß, immer noch eingewickelt wie ein Burrito, links vor dem Kamin, während Marc mit etwas Abstand an der rechten Seite saß.

Sie schwiegen, und Mara fragte sich, ob Marc so angestrengt ins Feuer blickte, um sie nicht anzusehen, oder ob er wirklich in Gedanken versunken war. Für sie lag eine Spannung in der Luft, die sie kaum atmen ließ, doch ein kurzer Seitenblick auf Marcs verträumte Miene ließ sie annehmen, dass er weit weg war mit seinen Gedanken. Seine großen Augen waren starr aufs Feuer gerichtet, und die Flammen spiegelten sich tanzend in seiner Iris.

Verrückt, dachte sie und blickte ebenfalls wieder zurück ins Feuer.

Vor weniger als einer Woche hatte sie nachts noch mit Thomas über den Entwürfen gesessen. Sie hatte gedacht, sie würde ihn kennen, und trotzdem war da immer dieses … dieses Uneinschätzbare, das es zwar spannend gemacht hat, aber eben nie richtig vertraut. Und jetzt saß sie hier mit einem vor sich hin schweigenden Mann, den sie kaum kannte, und es fühlte sich an …

Stopp! Das war doch lächerlich! Was wusste sie schon über Marc?

Andererseits: Was wusste sie eigentlich über Thomas? Sie hatte gedacht, zu wissen, dass er sie mochte, sie sah, sie wahrnahm. Aber Pustekuchen, da hatte sie sich mächtig geschnitten. Gesehen hatte er sie zwar … sie oder zumindest ihre Entwürfe.

Kurz malte sie sich ihre Kollektion in den Schaufenstern und auf Werbetafeln aus, darunter Thomas' Name und dazu das wissende Kopfschütteln ihrer Mutter, die die erneute Schmach über die Familie ergehen lassen musste.

„Hey, Mara, was hast du?"

Sie blinzelte, als Marc sie aus ihren Gedanken riss, und löste damit die Tränen, die sich offenbar in ihren Augen gesammelt hatten. Hastig wischte sie sie weg und bemühte sich, einen lockeren Tonfall anzuschlagen. „Ach, das ist nur meine Sentimentalität, wenn ich in ein Feuer blicke." Ein schiefes Grinsen untermalte ihre Lüge.

Aufmerksam sah er sie an und schien genau wahrzunehmen, was sich in ihr abspielte, sagte jedoch nichts.

Nach einem Moment erneuten Schweigens veränderte sich sein Gesichtsausdruck, seine Augenbrauen entspannten sich, und er setzte einen süffisanten Ausdruck auf. „Gut, aber lass mich dir mit dem Stockbrot helfen, sonst bin ich der Nächste, der weint."

Verwirrt blickte sie zum Ende ihres Stockes, den ein schwarzer Klumpen anstelle eines knusprigen Brotes zierte. „Ups … Also, wenn du denkst, dass es noch besser geht … gern", sagte sie in gespielt ungläubigen Tonfall und sah ihn mit Unschuldsmiene an.

„Ich kann für nichts garantieren", erwiderte er und rückte näher an sie heran, was eine sofortige körperliche Reaktion zur Folge hatte. Plötzlich hatte sie das Gefühl, nicht mehr zu wissen, wie man richtig saß. Oder wie lange man jemanden ansah, ohne dass es merkwürdig wirkte. Also blickte sie instinktiv weg und tat, als würde sie seine Hände überaus aufmerksam dabei beobachten, wie sie ein neues Stockbrot vorbereiteten.

Zwischen ihnen stand jetzt nur noch die Schüssel mit Teig. Kerzengerade saß Mara da, während ihr Herz ein Intervalltraining hinzulegen schien. Sobald ihre Augen zu ihm hochblitzten, sprintete es los, um sich kurz darauf etwas zu beruhigen, wenn sie den Blick wieder senkte.

Marc hingegen warf das verbrannte Brot in die Glut und zeigte ihr seelenruhig, wie er den rohen Teig um den Stock band, um ihn gleichmäßig zu verteilen, dann drückte er ihr den angespitzten Ast wieder in die Hand.

„Und jetzt nicht direkt ins Feuer, sondern über ein Stückchen Glut."

Mara tat, wie ihr geheißen.

„Und jetzt langsam drehen … Oh, shit."

Marc hatte zur Verdeutlichung nach dem Stock gegriffen, um ihn zu drehen, und dabei Maras Hand genommen. Beide waren augenblicklich zusammengezuckt und hatten sofort losgelassen. Verschämt sah Mara zu ihrem frischen Teig in Aschepanade, als Marc herzhaft zu lachen begann. Sie konnte nicht anders, als einzustimmen. Wie konnten sich zwei erwachsene Menschen nur so dusselig anstellen. Mara fischte ihren Teig aus der Glut und warf Marc einen verschmitzten Blick zu.

„Und dann fallen lassen, stimmt's?"

„Genau, für die rauchige Note." Er grinste.

„Alles klar", sagte sie und drehte jetzt gespielt konzentriert ihren Spieß, als würde sie gerade ein atomares Experiment durchführen.

Sie sahen schweigend dabei zu, wie Maras Brot langsam aufging und die Kruste brach. Ihr Blick ruhte jetzt bereits so lange auf dem Feuer, dass sie sich sicher war, das Negativ auf ihrer Netzhaut noch die ganze Nacht hindurch mit geschlossenen Augen sehen zu können. Ihre Haut kribbelte merkwürdig an ihren Unterarmen und in ihrem Nacken, und ihr Herz pochte ihr nun lauter in den Ohren als ihre Kopfschmerzen. Immer wieder spürte sie Marcs Blick auf sich, aber sie konnte ihn nicht ansehen, nicht, solange ihre Eingeweide Seilspringen spielten.

„Also …", stieß sie irgendwann hervor, die Stille und die in ihr liegende Spannung nicht mehr aushaltend. „Bist du zufälligerweise über mich gestolpert, oder hast du mich etwa gesucht?"

Unter dem Vorwand, sich eine Tasse Wasser zu holen, ging sie zur Spüle, um etwas Abstand zwischen sich und die Ursache ihres Herzrasens zu bekommen. An der Spüle angekommen, drehte sie sich zu ihm um und grinste ihn ironisch an. Das hatte natürlich ein Scherz sein sollen, wieso sollte Marc sie schon suchen?

Besser, dachte sie kurz und spürte, wie ihr Puls sich wieder senkte. Die etwas schummrige Beleuchtung machte es ihr aus der Entfernung unmöglich, das stürmische Meer in Marcs Augen zu sehen, was ihr dabei half, ruhig zu atmen.

„Also, ich dachte, vielleicht …“

„Dachtest du, ich werde weggeschwemmt?“, unterbrach Mara ihn scherzend, aber sein Lächeln fror für eine Millisekunde ein, und in seinem Ausdruck lag eine Spur Schmerz. Eine winzige Nuance, die immer in seinem Blick mitschwang. Mara bemerkte es jetzt wieder deutlich, da seine Augen ein paar Minuten frei davon gewesen waren.

Irgendetwas an diesem Mann faszinierte sie. Einerseits war er freundlich und warm, andererseits wirkte er rau und melancholisch, einerseits schien er stark, manchmal sogar abgeklärt, und in anderen Momenten wirkte er schüchtern und zerbrechlich so wie jetzt. Und das alles konnte in nur wenigen aufeinanderfolgenden Momenten geschehen.

Sie hörte, wie ihr Atem wieder schneller wurde.

Einerseits bekam sie seinetwegen eine Herzrhythmusstörung, und andererseits kannte sie ihn überhaupt nicht.

Maras Verstand versuchte sich einzuschalten, aber die Schmetterlinge in ihrem Bauch waren lauter.

„Sagen wir’s mal so …“ Er stand zögerlich auf und kam zu ihr, während Mara sich fragte, was gerade noch mal das Thema gewesen war. „Die irischen Stürme sind unberechenbar und gefährlich, besonders wenn man sich hier nicht auskennt … Ich bin einfach froh, dass du wohlauf bist.“

Er nahm ihr die überlaufende Tasse aus der Hand, drehte den Wasserhahn zu und trank einen Schluck. Und offenbar bemerkte er, dass sie zusammenzuckte, als sich ihre Finger berührten.

„Entschuldige“, sagte er. „Du fühlst dich nicht wohl, stimmt’s?“

Eine schon getrocknete Haarsträhne, die sich gerade wieder zu einer Locke formte, fiel ihm ins Gesicht, während er sprach, und er pustete sie am Ende des Satzes weg. Offensichtlich verunsicherte ihn Maras Schweigen, denn er verlagerte nervös sein Gewicht von einem Bein auf das andere und sah zu Boden.

„Nein, das ist es nicht.“ Sie schüttelte den Kopf. „Ich bin nur … nicht ganz ich selbst. Ich bin momentan etwas durch den Wind und wirke daher nicht so … eloquent, wie ich es manchmal gern wäre.“

Marc hob verdutzt die Augenbrauen, ein Lächeln huschte über sein ernstes Gesicht, und Maras Herz machte einen Salto. Anscheinend genügte ihm diese Antwort, um den sorgenvollen Ausdruck loszulassen.

„Okay, und warum willst du eloquent vor mir wirken?“ In seinen Worten lag kein Schalk mehr, es war eine ganz aufrichtige Frage.

Mara sah ihn an, in das dunkle Tosen der Wellen, und entschied sich für die halbe Wahrheit. „Na ja, es ist Teil meines Jobs, selbstbewusst und überzeugend zu wirken. Berufskrankheit, würde ich sagen.“

„Hm“, erwiderte er nickend, wirkte aber nicht ganz überzeugt, „Modedesign, stimmt's?“

Mara nickte ebenfalls.

„Und macht dich das glücklich?“

Sie stutzte. Mit dieser Frage hatte sie nicht gerechnet. Sie überlegte einen langen Moment, verlor sich dabei in seinen Augen. In diesem Licht wirkten sie fast dunkelgrün.

„Entschuldige, vielleicht war das zu privat, ich wollte dir nicht zu nahetreten. Geht mich sowieso nichts an.“

Und genauso schnell und unerwartet, wie er sich noch Sekunden zuvor geöffnet hatte, sah sie ihn wieder hinter seinen Mauern verschwinden. Seine Lachfalten verblassten, und er trat einen großen Schritt zurück.

„Ich muss ohnehin noch etwas Feuerholz holen.“

Gleichzeitig blickten sie auf den riesigen Stapel neben der Tür.

„Man weiß nie, wie lange so ein Unwetter hier dauert.“

„Klar … Besser Vorsicht als Nachsicht“, zitierte Mara ihren Vater mit einem seiner klassischen Dadsprüche und sah Marc dabei zu, wie er ins Dunkle der Nacht verschwand.

Einige Momente stand sie noch wie vom Donner gerührt da und versuchte wieder einmal zu durchdringen, was eben passiert war. Ihr schwirrte der Kopf nicht vor Schmerzen, sondern vor Verwirrung. Diese plötzliche Nähe gefolgt von vollkommener Distanz brachte sie ins Taumeln.

Mara zwang ihre Gedanken, die Richtung zu wechseln, und widmete sich ihrer tropfenden Kleidung. Sie schnappte sich ein Paar Socken, einen Slip, einen Pullover und ihre Schlafanzughose und legte die Sachen direkt vors Feuer. Danach setzte sie sich selbst wieder auf das Fell, das sie einen halben Meter nach hinten geschoben hatte, und kämmte mit den Fingerspitzen ihre langen, immer noch nassen Haare. Immer wieder verhedderten sich ihre Finger in großen Nestern, die durch tagelang ausbleibende Pflege entstanden waren. Gedankenverloren strich sie sich über den Kopf und lauschte dem entfernten Donnergrollen. Bis sie beschloss, die Zeit allein für eine Katzenwäsche zu nutzen. Noch einmal blickte sie aus dem Fenster, aber abgesehen von den Regentropfen an der Scheibe war vor dem Fenster nichts zu erkennen.

Sie ging zu ihrem Rucksack und kramte nach ihren wenigen Hygieneprodukten, anschließend öffnete sie die einzige andere Tür im Raum.

Als sie wenig später frisch geduscht aus der winzigen Dusche in das viel zu enge Bad stieg, fühlte sie sich bereits um einiges wohler. Wie immer, wenn sie geduscht hatte, war es, als hätte der beständige Strahl des Brausekopfs all ihre Ängste und all ihr Unbehagen mit abgewaschen. Zurück blieb eine frische Mara mit dem Kopf und dem Herzen frei für *… neuen Wahnsinn.*

Mara lachte bei dem Gedanken und begann, sich mit dem kleinen Handtuch, das neben dem Waschbecken hing, notdürftig abzutrocknen, denn ihr eigenes zierte wohl noch immer pitschnass einen der Holzbalken. Sie wrang sich die Haare über dem Waschbecken aus und enthedderte die langen nassen Strähnen mit ihren Fingern. *Er kommt doch zurück, oder?*, schoss ihr plötzlich durch den Kopf, während sich eine diffuse Angst in ihr ausbreitete.

Die Schatten, die sich in Marcs Gegenwart wie von allein verzogen, krochen wieder in sie zurück und legten sich mit aller Schwere auf ihr Herz. Ihre Gedanken schweiften zu ihrer Mutter, und sie begann, ihr Haar zu einem dicken Zopf zusammenzuflechten, genau wie es ihre Mutter immer für sie getan hatte, als sie noch ein kleines Mädchen gewesen war. Wehmut überkam sie, ein Gefühl, das sie schon lange nicht mehr in Verbindung mit ihrer Mutter gehabt hatte. Ein Frösteln lief ihr über den Körper.

„Ach Sch…!“, entfuhr es ihr unwillkürlich, während ihr Blick hilflos über die zwei Quadratmeter Fliesen huschte. Ihre Kleidung lag noch immer dort, wo sie sie vor einer halben Stunde hingelegt hatte, vor dem Kamin zum Trocknen. Und hier in dem kleinen Bad befand sich nicht mal so was wie ein Duschvorleger, in den sie sich hätte einwickeln können.

Kurzerhand öffnete sie die Tür einen Spalt breit und steckte ihren Kopf hindurch.

„Die Luft ist rein“, nuschelte sie erleichtert und huschte blitzschnell in den warmen Raum. Sie durchquerte ihn und bückte sich zu ihrer Kleidung, um sie rasch zusammenzuraffen. Gerade als sie mit dem kleinen Wäscheberg in ihren Armen einen großen Schritt in Richtung Badezimmer machte, gab die Hüttentür ein unmissverständliches Geräusch von sich. Ein lautes, schiefes Knarzen begleitete die aufschwingende Tür, ließ einem die Haare zu Berge stehen, und Mara fiel in dem instinktiven Versuch, sich komplett zu bedecken, ihre Kleidung aus den Armen, sodass sie splitterfasernackt im Raum stand.

Als Marc das Kräftemessen mit dem Wind gewann, die Tür ins Schloss drückte und sich zu ihr drehte, entstand eine Stille, die lauter war als alles, was Mara jemals gehört hatte.

Unbeholfen schlang sie einen Arm um ihre Brust und verdeckte mit der anderen Hand ihren Schritt. Regungslos standen sie voreinander. Die Zeit schien erneut stehen zu bleiben, wie so oft in Marcs Nähe, doch dieses Mal auf eine unangenehme, nagende Weise, die kaum zu ertragen war.

Mara senkte den Blick, unfähig, weiter in diese jetzt weit aufgerissenen grünen Augen zu sehen. Heißes Blut schoss ihr in die Wangen, während sich ihre Gedanken überschlugen. Ihr Blick schnellte zwischen Marc und der offen stehenden Badezimmertür hin und her, doch um diese zu erreichen, müsste sie sich bewegen und noch dazu in seine Richtung.

Undenkbar.

Er folgte ihrem Blick und schien sofort zu verstehen. Mit der rechten Hand bedeckte er seine Augen, und mit der anderen begann er umständlich, am Reißverschluss seines Mantels herumzunesteln.

Maras Atem beschleunigte sich, und ruckartig drehte sie sich von ihm weg. Sie schämte sich unerträglich in diesem Augenblick … für ihren Körper, die kindische Frisur, ihre zu breiten Schultern und ihre großen Oberschenkel, dafür, dass er sie überhaupt hatte retten müssen, und ihn hier obendrein nackt zu überfallen …

Sie zuckte zusammen, als sie etwas am Rücken berührte.

Marc stand dicht hinter ihr, sie spürte seinen warmen Atem in ihrem Nacken, während er ihr sanft seine Jacke über die Schultern legte. Ihr stockte der Atem, als seine Hände für einen winzigen, endlosen und viel zu kurzen Augenblick dort verweilten.

Gleich darauf war sie sich nicht einmal mehr sicher, ob sie sich das Verweilen eingebildet hatte, als er sich auch schon räusperte und einen Schritt zurücktrat, wie ihr das Knarzen des Holzbodens verriet. Sie schlüpfte in die Ärmel des langen Parkers und verschloss den Reißverschluss, bevor sie sich wieder zu Marc wandte, der auf den Boden blickte.

„Tut mir leid“, sagte er hastig und sah immer noch nicht auf.

„Ähm …“

Durch Marcs schlechtes Gewissen verflog Maras Schamgefühl mit einem Mal. „Was tut dir denn bitte leid? Du kannst doch nichts dafür, dass ich hier nackt rum…“

„Tut mir leid, dass ich dich alleingelassen hab. Ich … Tut mir leid.“

Sie machte instinktiv einen Schritt auf ihn zu, was ihn zwang, den Kopf zu heben.

„Du bist doch wieder da.“

Einen Moment lang war es nur ein Augenkontakt, doch der Moment verging nicht und verwandelte sich in eine innige, stumme Unterhaltung. Dicht an dicht standen sie voreinander, und Mara spürte, wie sie mit ihren Zehenspitzen beinahe auf seinen Schuhen stand, so nah waren sie sich. In seinen von dichten, dunklen Wimpern umrahmten Augen sah sie eine tiefe Dankbarkeit, die sie nicht deuten konnte, den darunterliegenden immerwährenden Schmerz, der ein Teil von ihm zu sein schien, und so etwas … wie Angst?

Mara konnte diesen rätselhaften Blick nicht entwirren, diesen Mann mit den hundert Seiten, der aus jeder Schublade herauszuspringen vermochte, in die sie ihn stecken wollte. Aber im nächsten Moment wurde all das ohnehin von einer neuen Welle verschluckt, fortgeschwemmt und die darauffolgende brachte etwas völlig anderes zutage.

Sie sah etwas in seinen Augen aufblitzen, das feuriger war, dringlicher als alles zuvor. Kurz öffnete er den Mund, als wollte er etwas sagen, und für eine Millisekunde huschte sein Blick zu ihren Lippen. Im selben Augenblick begann ihr Nacken zu kribbeln, und ihr Atem wurde schneller.

Auf einmal war er ihr noch näher. So, so nahe.

Anscheinend hatte sie sich auf die Zehenspitzen gestellt, oder hatte er sich zu ihr gebeugt? Ihr war, als würden all ihre Sinne schlagartig vergessen, wofür sie eigentlich gemacht waren. Ihr Blick verschwamm. Ihre Haut brannte. Marcs Hand lag auf ihrer Wange. Wann hatte er sie dort hingelegt? Und wie kam ihre Hand in seinen Nacken?

Die Momente rasten dahin und schienen gleichzeitig auf eine merkwürdige Art in die Länge gezogen, gestochen scharf und andererseits schwammig und schnell, als würde einer den anderen überholen.

Als Mara dachte, er würde sie jetzt an sich ziehen, um sie zu küssen, wich er in letzter Sekunde etwas zurück und hielt inne, die Hand immer noch an ihrem Gesicht. Nachdenklich betrachtete er sie, wirkte, als ob er sich diesen Moment genau einprägen wollte.

Sie sah ihm dabei zu, wie sein Blick über jeden Winkel ihres Gesichtes streifte, liebevoll und sanft, als könnte sie sonst zerspringen. Tausend verschiedene Gedanken schienen hinter seiner jetzt hellgrün leuchtenden Iris vorbeizuziehen, während seine Augenbrauen und Mundwinkel immer wieder neue Gefühlsregungen erahnen ließen.

Hunderte verschiedene Marcs stecken dort drinnen, dachte Mara und spürte ein tiefes Mitgefühl für diesen offenbar so schwer bepackten Menschen.

Wieder mit seinem Blick an ihren Lippen angelangt, legte sich plötzlich ein sehnsüchtiges Lächeln auf sein Gesicht.

Mara grinste verstohlen und flüsterte, selbst überrascht von ihrem Mut: „Ja, du darfst."

Verwirrt zog er seine dunklen Brauen zusammen, betonte damit seine Sorgenfalten auf der Stirn, aber als ihm klar wurde, worauf sie da geantwortet hatte, durchzuckte ein glühendes Leuchten seine Augen, und leise lachte er auf. Mit beiden Händen umschloss er nun Maras Gesicht und beugte sich zu ihr hinunter. Sie zwang sich, die Augen offen zu halten, wollte ihn sehen, doch wie durch Zauberhand wurden ihre Lider bleischwer, je näher er ihr kam. Als sich seine Lippen endlich auf ihre senkten, verlor sie kurz das Gleichgewicht, und er legte schnell einen Arm um ihren Rücken, bereit sie so oft aufzufangen, wie es nötig war.

So fühlte es sich an.

Es war, als würde sie schweben, gehalten von einem Magneten, der sie aufrecht hielt. Seine weichen Lippen auf ihren, sein kitzelnder Bart an ihrem Kinn.

Zunächst waren die Küsse sanft, zärtlich, fast schüchtern. Doch je länger sie miteinander verschlungen dastanden, je mehr ihre Hände über den Körper des anderen wanderten, vom Hals zum Nacken, über den Rücken, die Hüften, desto stürmischer wurden sie. Sein Atem bebte, und Mara pulsierte das Blut in den Ohren, während sie ihn immer wieder an sich zog, ihn nicht loslassen wollte.

Seine Küsse wanderten von ihren Lippen auf ihre Nasenspitze, an ihre Wange, und als seine Lippen gerade zart die Stelle unter ihrem linken Ohr berührten, entfuhr ihr ein Seufzen, und eine Gänsehaut lief ihr über den gesamten Körper. Sie hörte sein Grinsen und musste ebenfalls schmunzeln.

Na warte ...

Irgendwo in ihr verrauchte gerade das letzte bisschen Furcht, die letzte Scham und das letzte Fitzelchen Zurückhaltung. Es fühlte sich an, als hätte Marc ihr gerade die Hand zum Duell hingestreckt, und Mara war bereit sie zu ergreifen.

Sie ließ ihre Handfläche langsam über seine Brust nach unten wandern, am Saum seines Pullovers angelangt, trafen ihre Finger auf seinen nackten Bauch. Sachte, kaum merklich strich sie mit den Fingerspitzen vom Bauchnabel bis zu seiner Wirbelsäule. Ein Zucken durchfuhr seinen Körper, gefolgt von einem tiefen Seufzen. Mara lachte triumphierend auf.

Eine Millisekunde blickte sie in seine verdutzten Augen, bis der Ausdruck darin sich wandelte und er ihr lachend ins Ohr flüsterte: „Okay, Wette gilt."

Er hauchte ihr einen Kuss in den Nacken, während seine Arme sich hinter ihrem Rücken verschränkten und sie hochhoben. Sie umschlang ihn mit ihren Beinen und ließ sich zum Sofa tragen. Dort angelangt, nahm er noch einmal ihr Gesicht in beide Hände und entlockte ihr so wiederum einen Seufzer, woraufhin sie sich löste und herausfordernd seinen Blick hielt. Er grinste schelmisch, eindeutig stolz auf die Reaktion, die er bei ihr hervorrief. Mara hob die Augenbrauen, nahm das obere Ende des Reißverschlusses in die Hand und zog ihn ganz langsam tiefer.

Sein Gesichtsausdruck war unbezahlbar.

Gleichstand, dachte sie, war aber bereits zu beschäftigt, um es laut auszusprechen.

Arm in Arm lagen sie vor dem Kamin und lauschten dem jetzt gleichmäßigen Prasseln des Regens. Marc streichelte behutsam ihren Kopf und fuhr mit dem Finger einen großen Bogen um ihre Schürfwunde.

„Tut's eigentlich sehr weh?"

„Ach, das?" Mara überlegte kurz. „Da hab ich schon Schlimmeres weggesteckt für weitaus weniger."

Sie dachte an ihre wochenlang entzündete Haut auf der Brust, nachdem sie sich den Busen getaped hatte, um in ein Kleid zu passen, das damals allem Anschein nach der letzte Schrei gewesen war. Und wie sie geflucht hatte, als Angi ihr das Tape von den Brüsten gezogen hatte. Sie grinste bei dem Gedanken und vermisste gleichzeitig ihre Freundin.

„Das hört sich ganz schön wild an“, schmunzelte Marc neckisch, dann drehte er ihr Gesicht sanft zu ihm, hauchte einen zarten Kuss auf ihr Haar und flüsterte: „Okay, ich biete einen Penny für deine restlichen Gedanken.“

Mara grinste über seine freche Formulierung und wusste auf Anhieb, worauf er anspielte. Schon einige Zeit schwirrte ihr die Frage, die er gestellt hatte, kurz bevor er die Hütte verlassen hatte, durch den Kopf.

„Wo bist du eigentlich die ganze Zeit gewesen“, erwiderte sie und entging der Antwort noch einen Moment länger.

„Darüber denkst du also die ganze Zeit nach?“, witzelte er gespielt anerkennend. „Das ist ja äußerst umsichtig von dir.“

„Tja, was soll ich sagen, so bin ich einfach.“ Jetzt war es an Mara, ihren dramatischen Tonfall anzuschlagen, während sie ihren Kopf zur Seite warf, um noch eindeutiger den Märtyrer zu mimen.

Marc prustete, er wirkte so gelöst und frei, als hätte jemand eine Glühbirne in seinem Inneren ausgewechselt, die seit langer Zeit einen Wackelkontakt gehabt hatte. Dieses Gefühl schwappte auf Mara über, durchströmte sie, flutete die kleine Insel ihrer so penibel gehegten Sorgen.

„Also, ich bin ziellos rausgerannt, um dir zu entkommen …“

„Hey!“ Mara knuffte ihm spielerisch in den Oberarm.

„… und als ich dann total durchnässt in Sicherheit war, hab ich gesehen, dass der Sturm die Bäume vorn an der Straße umgehauen hat. Ich hab dann noch einige Zeit versucht, wenigstens einige Äste von der Straße zu ziehen.“ Ein lautes Donnergrollen übertönte den immer noch stetig an der Hütte zerrenden Wind, als wolle es seine Geschichte bestätigen. „Aber die meisten waren viel zu schwer, und als dann knapp neben mir ein weiterer Ast auf den Boden gefallen ist, ist mir aufgefallen, dass das wohl gar nicht soooo smart ist. Wenn der Sturm sich gelegt hat, kann ich die großen Teile mit der Kettensäge zerkleinern, aber bei dem Wahnsinn da draußen … Na ja, daraufhin bin ich wieder zu dir zurück, und dann hast du mich auch schon schamlos ver…“

Mara unterbrach ihn, indem sie ihm einen stürmischen Kuss auf die Lippen drückte und ihm anschließend einen ermahnenden Blick zuwarf. Er lachte sein wunderbares tiefes Lachen direkt aus dem Bauch heraus und zog sie erneut in einen liebevollen, leidenschaftlichen Kuss.

Sie legte ihre Stirn an seine und lauschte ihrem sich langsam beruhigenden Atem. Marc hatte die Hand an ihrer Wange und lächelte mit geschlossenen Augen. Er sah so zufrieden aus.

„Ich weiß ehrlich gesagt gar nicht genau, was mich glücklich macht“, sagte sie schlicht, ihre Stimme kaum mehr als ein Hauch.

Ohne ihm noch mehr Hilfestellung zu geben, knüpfte sie an das Gespräch und an seine Frage von vorhin an. Normalerweise fiel es ihr nicht leicht, über solche Dinge zu reden, über Hoffnungen, Träume, Ziele, besonders nicht mit einem Fremden, aber Marc brachte ihr so viel Aufrichtigkeit entgegen, dass ihr nichts anderes übrig blieb.

Er öffnete die Augen und beobachtete sie aufmerksam. Sein achtsamer Blick verweilte auf ihr und gab ihr das Gefühl, nichts Falsches sagen zu können. Geduldig wartete er, bis sie die Gedanken in ihrem Kopf soweit sortiert hatte, um den Faden wieder aufzunehmen. Langsam, ganz zaghaft lösten sich die ersten Worte von ihren Lippen, wurden jedoch mit jedem weiteren eine Spur schneller, bis sie schließlich ihre Gedanken überholten.

„Ich weiß ziemlich genau, was mich nicht glücklich macht, aber ich habe keine Ahnung, was mich glücklich macht.“ Sie stockte, ließ den Satz in der Luft hängen, lauschte ihm und spürte seiner Wirkung einen Moment lang nach. „Die meiste Zeit versuche ich aus Trotz anderen Menschen zu beweisen, dass ich irgendetwas schaffe, was mir nicht zugetraut wird, aber eigentlich sind das gar nicht die Dinge, die ich möchte. Anfangs schon, aber dann …“

Sie stockte, wartete auf eine weitere Eingebung, und war mindestens genauso gespannt zu hören, was als Nächstes kam, wie Marc es vielleicht war.

„Mir fällt es schwer, die Richtung zu wechseln. Ich hab immer das Gefühl, das ist wie … Aufgeben. Ich habe Angst vor einem *Ich hab's dir doch gesagt.*“

Und da war es wieder.

Während die Stimme ihrer Mutter, die den letzten Satz in ihrem Kopf laut mitgesprochen hatte, in ihr verhallte, hatte sie dieses klare Gefühl von Gewissheit. Gewissheit, dass das, was sie soeben gehört und laut ausgesprochen hatte, wahr war.

„Wow“, flüsterte Marc nach einem Moment des Nachklangs. „Das war ganz schön präzise.“

Kaum merklich schüttelte sie den Kopf, bevor sie einen befreiten Seufzer von sich gab. Es fühlte sich an, als würde sie nach langer Zeit unter Wasser das erste Mal wieder Luft holen.

„Nicht wahr“, sagte sie schelmisch. „Jetzt muss ich nur noch die Weltherrschaft an mich reißen.“

Er verdrehte schmunzelnd die Augen und küsste sie, was ihren Selbstmitleidsanflug augenblicklich stoppte. Sein Zwinkern war lausbubenhaft, als er offenbar erreicht hatte, was er vorgehabt hatte.

Seine Mundwinkel müssen doch schon wehtun, dachte Mara, so ungewohnt war es, ihn so zu sehen, und so ungewohnt musste es für ihn selbst sein.

„Weißt du.“ Marcs Stimme war nicht aufdringlich, seine Worte nicht altklug. „Zu mir hat mal jemand gesagt, dass das Ausschlussprinzip zwar etwas länger dauert als der direkte Weg, aber es ist definitiv zuverlässiger.“

„Hört sich an wie ein Kalenderspruch“, flüsterte Mara halb wehmütig, halb feixend.

„Dann muss es wahr sein“, gab er leise zurück und sah sie einfach nur an.

Irgendetwas in ihr schien in diesem Moment zum ersten Mal seit Langem zur Ruhe zu kommen. Sie hatte sich gefühlt, als wäre sie die Oberfläche eines Sees, die noch lange zitternde Kreise zieht, selbst nachdem der Stein im Dunkel des Wassers längst verschwunden war. Jetzt kehrte endlich Stille ein.

Was passierte hier nur?

Sie genoss diesen innigen Augenkontakt, seine Gegenwart, und sie fühlte sich bei diesem fast fremden Mann geborgen und verstanden, obwohl sie so gut wie nichts über ihr Gegenüber wusste.

Mit einem Mal wurde ihr wieder die Absurdität der Situation bewusst. Weit weg von daheim in den Armen eines Mannes, den sie vor einer Woche noch nicht gekannt hatte, mitten im Nirgendwo, und plötzlich raubte ihr die Aufregung erneut den Atem, und sie wandte überwältigt den Blick ab. Marc schien zu spüren, was sie umtrieb, zog sie behutsam zurück auf seine Brust, und während ihre Atemzüge sich aneinander anglichen, schlief Mara ein.

Es war eine unruhige Nacht. Nicht nur zog das Unwetter so sehr an der kleinen Hütte, dass Mara dachte, sie würde gleich mit einem lauten Knall zerbersten, auch in Marc schien ein Sturm zu wüten. Eine Weile sah sie ihm dabei zu, wie er in seinem Traum versunken hin und her zuckte, sogar ab und an etwas in sich hinein murmelte, das sie nicht verstand, bis er sich zu beruhigen schien. Sie sah, wie sich sein Gesicht entspannte, seine Sorgenfalten verblassten, und hörte, wie er wieder gleichmäßig atmete.

Ich bin wohl nicht die Einzige, an der die Vergangenheit rüttelt, dachte Mara mitfühlend und legte ihre Hand auf seine. Schlaftrunken öffnete Marc bei der Berührung für einen Moment die Augen. Als er sie erkannte, lächelte er und verschränkte seine Finger mit ihren, bevor er wieder einschlief.

Mara konnte nicht anders, als ebenfalls zu lächeln. Auch wenn es immer hieß, niemand könne einen glücklich machen, wenn man nicht schon selbst glücklich war, kam das hier verdammt nah an Glück heran.

Im nächsten Augenblick schämte sie sich für den kindischen Gedanken, sie kannte diesen Mann doch gar nicht. Doch ein Blick auf den schlafenden Marc genügte, um die altbekannten Selbstzweifel verstummen zu lassen.

Vielleicht muss man ja auch nicht durch alles allein durch, ging ihr noch durch den Kopf, bevor sie erneut wegdämmerte.

Als sie die Augen aufschlug, sah sie direkt in das wilde Meer, das in Marcs Augen lag. Der Schalk bitzelte wie die Gischt in ihnen, und seine Mundwinkel zogen sich verschmitzt nach oben.

„Na, Dornröschen, auch schon wach?“

Augenblicklich wurde sie durchflutet von einem brausenden Hochgefühl, doch sie entschied sich, ihm das nicht gleich zu zeigen. Stattdessen zog sie das Kissen über ihr Gesicht und grummelte gespielt morgenmufflig: „Na, wenn Monsieur nachts Ungeheuer im Schlaf bekämpft, ist es nicht so leicht, auf seine hundert Jahre zu kommen."

Marc zog ihr das Kissen vom Gesicht und blickte betroffen drein.

„Ach, verdammt, das tut mir leid. Kann ich es mit einer Tasse Kaffee wiedergutmachen?"

Er hielt ihr das dampfende Getränk vor die Nase und machte große Hundeaugen, während sie so tat, als wäre der Ausgang dieses Gespräches noch völlig offen. So, wie er jetzt aussah, erinnerte er sie sehr an Angis Golden Retriever, der diesen Blick perfektioniert hatte, indem er zusätzlich leicht den Kopf schief legte und mit seiner Pfote betrübt auf seine Stirn tapste.

Als Marc nun ebenfalls leicht den Kopf neigte, prustete sie los. „Na gut, na gut. Dornröschen ist besänftigt."

„Gott sei Dank. I feel like a dog with two tails." Er grinste und reichte ihr den Becher, aber kurz bevor ihre Finger die Tasse berührten, zog er sie zurück.

Mara sah ihn verdutzt an.

„Weißt du noch, wie das mit der Reihenfolge in dem Märchen war? War da erst der Kaffee oder erst der Kuss? Ich kann's mir einfach nicht merken."

Ihre somnambulen Gehirnwindungen brauchten einen Augenblick länger als normalerweise, um seine Frage zu verstehen, dann räusperte sie sich und bemühte sich um einen fachmännischen Ton: „Da streiten sich die Historiker noch, aber die Mehrheit ist wohl für: erst der Kuss, dann der Kaff…"

Seine weichen Lippen hinderten sie daran, den Satz zu Ende zu sprechen, doch der Sinn war wohl angekommen, dachte Mara berauscht.

Nachdem sie sich voneinander gelöst hatten, ihren kalten Kaffee tranken und dem Heulen des Windes lauschten, warfen sie sich immer wieder verstohlene Blicke zu. Das Unwetter war beeindruckend hartnäckig, und obwohl der Regen nachgelassen zu haben schien, riss und zog der Wind immer noch an allen Ecken der Hütte. Mara war überwältigt von der Rauheit des Landes. In München in ihrer Innenstadtwohnung hatte sie noch nie so gebannt dem Lied des Wetters zugehört, jedes Mal überrascht von einem noch lauteren Schlag, einem noch lauteren Grollen, so nah, dass es in ihr widerzuhallen schien.

Irgendwann, nachdem das Feuer entfacht war und sie auf Tee umgestiegen waren, kümmerte sich Marc um Maras Verletzungen.

„Aua!“, entfuhr es ihr, als Marc mit einem Taschentuch ihre Wunde an der Stirn abtupfte.

„Entschuldige.“ Er verzog flehentlich das Gesicht, dann fügte er hinzu: „Das ist wahrscheinlich nicht die optimale Versorgung für eine menschliche Wunde, aber der Kleber scheint zu halten.“

Mara blinzelte ihn an.

„Wenn sich Yvonne – das ist meine Kuh – aufschürft, benutze ich diesen Wundheilkleber, sollte also auch für Menschen passen.“ Er grinste. „Der Rest sieht eigentlich ganz gut aus, abgesehen von den blauen Flecken und dem beleidigten Knöchel, da hast du dir wahrscheinlich ’ne Sehne überdehnt. Schwindelig ist dir nicht, hast du gesagt?“

Sie schüttelte den Kopf.

„Gut, das ist gut. Dann … na ja, dann kannst du wahrscheinlich weitergehen, wenn dieser Sturm irgendwann abflaut.“

„Ist ein bisschen wie bei *Apocalypse now“,* sagte Mara und sah aus dem Fenster.

„Hab ich nicht gesehen“, gab er zurück.

„Ich auch nicht.“ Sie grinste ihn an. „Aber wäre doch passend, oder?“

Er hielt ihren Blick. Genau wie Mara schien er die Unbeschwertheit ihrer Unterhaltungen zu genießen.

„Vielleicht war der Schlag auf den Kopf doch stärker als angenommen“, feixte er, und sie streckte ihm die Zunge entgegen.

Der Rest des Tages verflog wie im Flug.

Sie spielten Schach, löffelten Bohnen aus der Dose, lauschten dem Grummeln des anhaltenden Gewitters und erzählten sich Gruselgeschichten, die sie aus ihrer Kindheit kannten.

„Uh, kennst du die mit der winkenden Puppe?", schrie Mara aufgeregt, während sie sich gerade eine der Kerzen, die sie ebenfalls im Vorratsschrank gefunden hatten, unter das Gesicht hielt.

„Du meinst die Puppe, die erst mit vier Fingern winkt und am Ende mit fünf? Pillepalle, kennst du die mit den Treppenstufen?" Marc macht ein irres Gesicht und begann langsam zu zählen. „Mara, ich bin auf der ersten Stufe, ich bin auf der zweiten Stufe …"

Sie kicherte vergnügt, wie immer, wenn sie die Aufregung einer Gruselgeschichte packte, und Marc zählte unbeirrt weiter.

„Hör auf!", rief sie lachend, sprang auf und rannte durchs Zimmer, während Marc ihr langsam und dann immer schneller folgte. Als er sie erreicht hatte, nahm er sie fest in den Arm und gab ein lächerliches, teuflisches Lachen von sich, das nahtlos überging in ein echtes.

Ganz dicht standen sie nun wieder voreinander, und als Marcs Augen gerade wieder zu ihren Lippen huschten, streckte sie den Zeigefinger aus und machte ein gespielt drohendes Gesicht.

„Ich hab dich im Blick, Freundchen."

Marc hob die Hände, als würde er sich ergeben, wich jedoch keinen Millimeter zurück. Sie genoss dieses Frotzeln und die Leichtigkeit nicht weniger als die Spannung, die sich in diesem Moment wieder zwischen ihnen aufbaute.

„Wem futtern wir hier eigentlich gerade die Bude leer?", hauchte sie, während sich ihre Gesichter bereits näher kamen.

„Keine Sorge, die Sachen gehören mir", antwortete Marc ebenfalls mit gesenkter Stimme. Kurz bevor sich ihre Lippen berührten, begriff Mara und zuckte überrascht zurück.

„Wie, die Hütte gehört dir?"

„Ähm … ja. Ich hab sie vor Jahren gekauft, wollte sie ausbauen zu einem … Na ja, daraus ist irgendwie nichts geworden." Während er sprach, trat er einen Schritt zurück und kratzte sich am Hinterkopf. Es war offensichtlich, dass er nicht weiter darüber reden wollte, deswegen entschied sie sich, die Sache auf sich beruhen zu lassen. Als sie wieder zu dem alten Sofa ging, das sie vor den Kamin geschoben hatten, bemerkte sie noch, wie er aufs Handy blickte, bevor er sich zu ihr gesellte.

Das war nicht das erste Mal.

Den ganzen Tag über hatte er immer wieder seine Nachrichten gecheckt.

„Alles gut bei dir? Wartest du auf etwas?“, hatte Mara gefragt, nachdem sie ihm beim Schachspiel das dritte Mal eine wichtige Figur abgenommen hatte. Er hatte etwas zerstreut vom Handy aufgesehen, dann aber gelächelt und gesagt:

„Nein, eigentlich nicht. Ich bin deinem messerscharfen Verstand einfach unterlegen.“

„Okay, dann erzähl mal. Was machst du abgesehen von Gruselgeschichten erzählen und jämmerlich im Schach verlieren?“ Mara warf ihm einen herausfordernden Blick zu, während sie sich gemeinsam auf die Couch kuschelten.

„Wow, also wenn du so fragst. Da bleibt ja nicht mehr viel Zeit, wenn man sich ganz auf diese zwei Dinge einlässt.“ Er schnitt eine Grimasse. „Aber eigentlich bin ich Teilzeitlandwirt, und mein Traum ist es, außerdem kleine Gästewohnungen zu betreiben. Ich habe ein paar alte Holzsilos, so große Fässer, zu Einzimmerwohnungen ausgebaut und bin gerade an den Anschlüssen, das kann noch ein wenig dauern …“ Seine Augen funkelten, während er davon erzählte, obwohl er sich offensichtlich bemühte, keine große Sache daraus zu machen.

„Wow, das hört sich toll an! Aber was ist denn bitte ein Teilzeitlandwirt? Ist das nicht eher wie bei einer Sekte, so ganz oder gar nicht?“

„Stimmt“, sagte er lachend. „Viele sehen das so, sonst rentiert sich der Aufwand nicht. Aber ich beschränke mich auf wenige Sachen, auf den Anbau von Quinoa zum Beispiel, und habe selbst nur ein paar Kühe und Schafe, nichts für die Massenproduktion.“

„Und da bleibt dann noch genug Zeit für ein Bed & Breakfast?“

„Wenn ich ehrlich bin, habe ich die ganze Sache ziemlich schleifen lassen. Es gab ein paar …“ Marc stockte, schluckte und wandte schnell den Blick ab, doch Mara sah noch, wie durch seine Augen dieser schmerzliche Ausdruck zuckte, den sie bereits so gut kannte.

„Hey.“ Sie nahm seine Hand. „Die meisten guten Dinge brauchen Zeit, sagt man doch so, oder nicht?“

Sie wollte weitersprechen, ihm vielleicht sogar anbieten, für ihn da zu sein, doch irgendetwas hielt sie davon ab. Ihr fehlten die richtigen Worte, und außerdem wusste sie nicht einmal, wo sie selbst das Leben jetzt hinspülen würde. Sie wollte auf keinen Fall leere Versprechungen machen. Also entschied sie sich dafür, sanft seine Hand zu drücken und zu hoffen, dass er schon verstehen würde.

Er blickte auf und wieder hatte er diese Dankbarkeit im Blick. „Guter Kalenderspruch.“

Mara schmunzelte und fügte leise hinzu: „Und wenn es dir hilft, mit jemand Unbeteiligtem zu sprechen … also, dann kannst du natürlich gern mit mir reden.“

Sein wachsamer Blick verriet ihr, dass er es nicht falsch verstand, nicht als leere Floskel, sondern als das, was es war, ein ehrliches Angebot. Erleichtert seufzte sie, und erneut spürte sie diese starke Anziehungskraft, die sie unweigerlich zu ihm zog.

Und dieses Mal machte sie den ersten Schritt. Normalerweise ergriff sie nicht einfach die Initiative, aus Angst zurückgewiesen zu werden, aber es fühlte sich so leicht an, es geschah einfach. Sie verlagerte ihr Gewicht nach vorn, und das durchgesessene Sofa tat den Rest. Sanft bog es sich unter Maras Gewicht und ließ sie und ihn zueinander rutschen. Etwas kräftiger als erwartet, stieß sie gegen Marcs Beine, und etwas dichter als erwartet war sein Gesicht. Entschuldigend machte sie ein erschrockenes Gesicht und brachte ihn damit erneut zum Grinsen. So nah bei ihm erkannte Mara sogar Grübchen unter seinem neckischen Dreitagebart. Marc hob die Hand und legte sie sanft an Maras Kinn, wo die Haut vom nächtlichen Küssen und Reiben seines Bartes noch etwas gereizt war. Sein Daumen streichelte behutsam von ihrem Kinn über ihren Lippenrand, während er ihr Gesicht einmal mehr eingängig studierte. Nach einer Weile, in der sie sich nur schweigend anblickten, legte Mara ihren Kopf auf seine Brust, und er umfasste sie so, dass seine rechte Hand ihre linke fand. So verschlungen schliefen sie ein.

Kapitel 9

EIN lang gezogenes Summen und eine dazu passende Vibration an ihrer linken Seite weckte sie am nächsten Tag.

Marc schien erst wach zu werden, als Mara sich aus der Umarmung löste und sich fahrig über das müde Gesicht strich.

„Hey …“, begann er, bis er bemerkte, dass es sein Handy war, das noch immer brummte.

„Oh, entschuldige, ich … ich muss da kurz rangehen.“

Offensichtlich schlaftrunken richtete er sich auf und stakste zur Tür. Er öffnete sie, ohne sich seine Jacke überzuwerfen, und trat hinaus.

Während Mara ein paar Minuten benebelt durchs Zimmer blickte, fiel ihr auf, dass der Wind nachgelassen hatte. Anscheinend war der Sturm über Nacht abgeebbt, und die Hütte wurde von goldenem Licht regelrecht geflutet. Sie streckte sich ausgiebig, stand ebenfalls auf und begann, klar Schiff zu machen. Anschließend zog sie ihre längst getrocknete Kleidung von den Balken und verstaute sie in ihrem Rucksack.

Die Sonne fiel durch das kleine Fenster auf ihr Gesicht, und beherzt griff sie zu dem alten Knauf, um etwas frische Luft hereinzulassen. Begierig sog sie den Sauerstoff durch ihre Nase und schloss glücklich die Augen.

Verrückt, dachte sie, *verrückt, wie schnell sich das Leben ändern kann.*

Ihr Selbstgespräch wurde jäh von Marcs Stimme unterbrochen, der etwas weiter entfernt mit dem Rücken zu ihr stand und immer noch mit dem Handy am Ohr hin und her tigerte.

„Das hört sich ja wunderbar an! Ja, keine Sorge, ich komme bald heim.“

Mara gefroren schlagartig alle Zellen zu Eis.

Ihre Eingeweide verknoteten sich, als sie die Vertrautheit in seiner Stimme wahrnahm, trotzdem wollte sie nicht lauschen. Hastig griff sie nach dem Knauf und schloss das Fenster wieder. Und direkt bevor die Glasscheibe wieder allen Schall schluckte, hörte sie ihn noch sagen:

„Aber natürlich. Ich vermisse dich auch, mein Schatz."

Anschließend hörte sie nichts mehr, außer ihren steigenden Puls.

Das gleiche Gefühl, das sie vor einer Woche im Konferenzraum ihrer Agentur ergriffen hatte, breitete sich in ihr aus wie ein Flächenbrand, mit der Wucht eines festen Tritts gegen den Brustkorb. Sie keuchte, ihr fehlte die Luft zum Atmen.

Unbeholfen ging sie schnell einige Schritte in den Raum, um von außen nicht sichtbar zu sein. Hatte sie das gerade richtig gehört?

Schatz ...

Das furchtbare Gefühl, betrogen worden zu sein, durchflutete ihren Körper, lief ihr kalt den Nacken runter, drehte ihr beinahe den Magen um. Und das alles war so einnehmend, dass sie kurz vergaß, dass Marc sicherlich gleich zurückkommen würde.

Ihre Gedanken überschlugen sich, während ihr Blick hilfesuchend im Raum auf und ab wanderte. Hastig griff sie nach den Dingen, die sie noch nicht wieder in den Rucksack gepackt hatte, und warf sie hinein, bevor sie in ihre Wandersachen schlüpfte. Gerade als sie sich ihre Schuhe binden wollte, rüttelte es unmissverständlich an der verzogenen Tür.

„Hey. Hast du gut geschlafen …", sagte Marc und stockte, als er sah, dass Mara bereits in Aufbruchsstimmung war.

Sie gab einen undefinierbaren Laut von sich, während sie sich auf ihre Schnürsenkel konzentrierte und sich zwang, nicht aufzusehen.

„Mara, was … Stimmt irgendwas …"

„Hast du zufällig meine Mütze gesehen?", unterbrach sie ihn etwas zu unwirsch, um unbekümmert zu wirken.

Sie konnte dieses Gespräch nicht führen, nicht jetzt und nicht zu seinen Bedingungen. Dieses schreckliche Gefühl des Fallens, das sie unvermittelt aus einem schönen Traum riss, knüpfte nahtlos an das Gefühl von letzter Woche an und raubte ihr die Kraft, klar zu denken.

Nach einer kurzen Pause, in der sie betont wegsah, während sie seinen Blick auf sich spürte, sagte er: „Hier. Sie liegt noch hier vor dem Kamin. Mara, kannst du …"

„Ah, gut! Danke dir. Wie es aussieht, hat es sich draußen ja wieder beruhigt. Dann verliere ich am besten keine Zeit mehr und mache mich gleich auf den Weg."

Marc stand wie angewurzelt da und schwieg, während sie ein letztes Mal den Raum durchschritt, um nichts zu vergessen. Sie hörte, wie er tief Luft holte. Vielleicht wollte er gerade zu einem neuen Versuch ansetzen, etwas zu sagen, doch Maras Entschluss stand fest. Sie wollte nicht reden, keine fadenscheinigen Ausreden hören oder sogar entlarvt werden als naive Romantikerin ohne Bezug zur Realität.

„Und du kannst nach Hause. Musst dich nicht mehr um irgendwelche fremden Streuner kümmern. Vielen Dank noch mal, lass mich wissen, wenn ich dir als Entschädigung für die Vorräte etwas Geld …"

„Kannst du so überhaupt weiter? Hast du noch Kopfschmerzen?" Jetzt war er es, der sie unterbrach. Seine feste Stimme hätte sie geradezu zwingen können, sich zu ihm umzudrehen, doch sie bückte sich in diesem Moment für einen letzten Blick unter die Couch.

„Wie gesagt, hab schon Schlimmeres erlebt, und die Kopfschmerzen sind auch so gut wie weg."

Das war ganz und gar gelogen. In Maras Schädel hämmerte es, es war, als könnte sie spüren, wie das Blut durch ihr Gehirn gepumpt wurde. Die Wut hatte sie offenbar wieder ein ganzes Stück zurückgeworfen in ihrer Genesung.

Einen Moment lang sagte niemand etwas, dann seufzte er so schmerzvoll, dass sie beinahe doch zu ihm gesehen hätte. Sie hörte, wie er erneut schwer Luft holte, als würde es ihn unendlich viel Kraft kosten, die nächsten Worte zu sagen.

„Mara. Hab ich irgend…"

„Marc, du musst das nicht machen. Wirklich. Wir wissen beide, das hatte nichts zu bedeuten, und es war wohl eher der Situation geschuldet als irgendwelchen Gefühlen. Ich meine, wir kennen uns ja gar nicht, stimmt's?" Sie wollte sich selbst glauben, während sie laut aussprach, was sie die letzten Minuten permanent in ihrem Kopf wiederholt hatte.

Danach zwang sie sich zu einem schiefen Lächeln, das vermutlich eher einer Grimasse glich, und blickte das erste Mal an diesem Tag in Marcs Augen.

Zunächst starrte er sie weiterhin regungslos an, wirkte wie versteinert, und das Meer in seinen Augen glich einer schwarzen Eisfläche. Als sie den Blick jedoch nicht abwandte und stur ihre Maske aufbehielt, begann aber offenbar einer von ihnen, ihren Worten Glauben zu schenken. Ruckartig drehte er sich um und sammelte ebenfalls seine Sachen zusammen. Er murmelte dabei etwas in sich hinein, war aber so undeutlich, dass er wohl nicht wirklich wollte, dass Mara es verstand.

Mühsam schulterte sie ihren Rucksack, immer darauf bedacht, nicht das Gesicht zu verziehen, falls er doch noch einen Blick in ihre Richtung warf. Dann ging sie die wenigen Schritte zur Tür und hielt noch einmal inne. Sollte sie nicht doch noch etwas sagen? Schließlich hatte Marc ihr trotz Lüge wahrscheinlich das Leben gerettet.

„Marc, danke, dass du …“

„Kein Problem, ich hatte eigentlich gar nicht nach dir gesucht. Ich wollte Charlie helfen, der hat eins seiner Schafe verloren. Aber dann kamst du dazwischen, also Glück im Unglück.“

Das saß.

„Oh, okay.“ Mara schluckte. Natürlich hatte er nicht nach ihr gesucht. Es trotzdem nicht zu verneinen, hatte ihm vermutlich in die Karten gespielt. Vielleicht hatte sie mit ihren eigenen Worten mehr recht gehabt, als es ihr lieb war.

„Dann viel Glück bei der Suche nach dem Schaf. Mach’s gut!“

Sie hob die Hand und warf noch einen winzigen Blick in Marcs Richtung, aber der hatte ihr schon den Rücken zugekehrt. Es kostete sie mehr Kraft, diese Situation so stehen zu lassen und jetzt zu gehen, als alles andere auf dieser Reise. Doch viel zu oft hatte sie sich von anderen Menschen als Spielball benutzen lassen und deren Verhalten immer wieder zu rechtfertigen gewusst. Diesen Fehler würde sie nicht erneut begehen.

Sie trat aus der Hütte und ging, so schnell es ihre immer noch schmerzenden Gliedmaßen zuließen, in irgendeine Richtung los. Sie blieb erst stehen, als einige Hügel ihr den Blick auf das kleine Häuschen versperrten. Dann spürte sie das Kribbeln in ihrer Nase.

„Nein, nein, nein!“, schrie sie wütend, zog ihr Handy aus der Bauchtasche des Rucksacks und hielt es sich ans Ohr. „Das darf doch nicht wahr sein!“, stieß sie hervor, als sie nach einer Weile immer noch kein Freizeichen hörte und ihr ein Blick in die obere rechte Ecke des Displays verriet, dass nur Notrufe verfügbar waren.

„Aber das ist ein Notruf", beschwerte sie sich und war kurz versucht, das Handy von sich zu schleudern. Wie gern hätte sie jetzt mit Angi gesprochen, der Freundin ihr Herz ausgeschüttet, sich mit ihrer Hilfe sortiert.

Wütend steckte sie das Telefon weg, zog ihren Schultergurt etwas enger, beschleunigte ihr Schritttempo wieder und stapfte davon.

Schatz ...

Er war also vergeben … und hatte seine Partnerin mit ihr betrogen. Und sie hatte nichts davon geahnt.

Zäh wie Harz sickerte die Wahrheit mit ihren Konsequenzen in ihren Verstand. Der unvermittelte Stich in ihrem Herzen widersprach währenddessen ihrem altklugen, zynischen Kopf. Was hatte sie denn geglaubt, was das werden würde? Eine Und-wenn-sie-nicht-gestorben-sind-Story? Wie konnte sie nur so bescheuert sein!

Sie rannte nun fast.

Eine Weile fuhren ihre Gedanken Karussell, aber simultan zu ihrem immer lauter werdenden Atem beruhigten sie sich und wurden schließlich so leise, dass Mara sie unter ihrem keuchenden Luftholen nicht mehr hören konnte. Was zurückblieb, war dieses allumfassende Gefühl von Nicht-genug-Sein, das sich wie ein Tinnitus in ihrem Herzen und in ihrem Kopf ausbreitete und das sie so gut kannte.

Stahlblaue Augen blinzelten sie an. Thomas' schiefes Lächeln bohrte sich in ihre Gedanken.

Wozu das alles?

Neuer Zweifel meldete sich zu Wort und mischte sich zu ihrem Elend. Mara ging trotzig weiter. Was erhoffte sie sich davon, eine Woche in der Pampa rumzulaufen? Sie verschwendete hier doch nur Zeit.

Sie wurde immer noch schneller.

Wieder mal auf der Suche nach dem besten Versteck vor der Verantwortung.

Es waren die Worte ihrer Mutter, aber ihre eigene Gedankenstimme.

Sie beschleunigte ihre Schritte, bis sie so laut keuchte, dass sie sich ausschließlich auf ihren Atem konzentrieren musste, um genügend Luft zu bekommen. Jetzt rannte sie tatsächlich, immer noch mit dem schweren Wanderrucksack auf den Schultern. Und so unsinnig es sich am Anfang anfühlte und es von außen aussehen musste, es half. Die Anstrengung lenkte sie von ihren Zweifeln ab, und sie war gezwungen, sich auf ihren Atem und den Untergrund zu konzentrieren. Gerade als sie in Erwägung zog, eine Pause zu machen, sah sie vor sich am Horizont den Leuchtturm.

Der Anblick beflügelte sie, und sie lief und lief und lief.

Vor ihr ging es steil bergauf, die grüne Wiese war glitschig und bot wenig Halt, und obwohl sie inzwischen langsamer geworden war, hatte sie nur ihr Ziel im Blick. Sie mühte sich den Hang hinauf, und oben angekommen, wartete eine weitere stark ansteigende Etappe, diesmal aus steinigerem Untergrund. Es war mit Abstand der anstrengendste Abschnitt bis jetzt, und genau das spornte sie an.

Sie wusste, sie würde es schaffen.

Sie wusste, sie allein war dafür zuständig, sich zum Leuchtturm zu bringen, es lag nur in ihrer Hand. Sie ließ all ihre Zweifel, ihre Mutter, Thomas und Marc hinter sich und erklomm allein die letzten Meter. Vor ihr ragte der rot-weiße Turm empor und sah genauso aus, wie sie ihn sich vorgestellt hatte.

Sie rannte noch ein paar Meter am Leuchtturm vorbei bis vor zu den Klippen und warf ihren Wanderrucksack ab.

Und dann holte sie tief Luft und schrie.

Sie schrie das Meer an, den Himmel, die Klippen, die Schaumkronen unter ihr, die Möwen über ihr, und einmal angefangen, dachte sie an alle Menschen, die sie gern so richtig anschreien würde, allen voran sich selbst.

Der Zorn schien gar nicht mehr zu versiegen, bis ihr Stimme und Kraft nach einer ganzen Weile versagten und sie atemlos aufs offene Meer hinaussah. Ihr Blick konnte sich an nichts verfangen, da war nur Wasser bis hin zum Horizont.

Nichts sonst.

Mühelos bahnten sich Tränen ihren Weg, und Mara musste fast lachen bei dem Gedanken an ihr unnahbares, fast schon kaltes Ich, von dem sie gerade mal eine lächerliche Woche trennte. Sie ließ sich gegen einen großen Felsen plumpsen, und ihr Herz fühlte sich an, als würde es in tausend Teile zersplittert vor ihr liegen. Sie legte beide Hände auf die Stelle, wo es einst gewesen sein musste, und schluchzte bitterlich.

Es tat so unfassbar weh.

Nach einer Weile versiegten die Tränen, und auch das Gedankenkarussell geriet ins Stocken. Sie fühlte sich ausgelaugt und leer, noch nicht bereit weiterzugehen. Sie hatte keinerlei Interesse daran zu erfahren, wie sich ihre Geschichte fortsetzen würde, also entschied sie sich, die einer anderen zu verfolgen.

„Ich hoffe wirklich, du hattest mehr Glück, Queeni!", hauchte sie dem Notizbuch entgegen, während sie die richtige Seite aufschlug.

Glück für jeden

Ein ganzes halbes Jahr zu Hause

Liebes Tagebuch,

es tut mir leid. Ich weiß, ich werde faul, ich habe mich lange nicht gemeldet und habe viel zu erzählen. Aber glaub mir, wenn du weißt, was in den letzten Monaten alles passiert ist, wirst du verstehen, wieso ich nicht schreibend in einer Ecke gesessen habe. Ich habe gelebt, und endlich habe ich das Gefühl, dass irgendwie alles richtig läuft. Dieses Gefühl, das man nie vermisst, bis es endlich da ist. Verstehst du?

Wo fange ich an?

Zuallererst, ich habe James nicht vor die Füße gespuckt, obwohl mir ganz schön blümerant war. Außerdem hatte ich das Gefühl, schlecht zu hören, weil mir mein Herz so laut in den Ohren pochte.

„Ist die für mich?", sagte er überrascht, als er die Blume in meinen Händen sah.

Ich nickte.

„Sollte nicht ich dir Blumen mitbringen?"

„Ich dachte mir schon, dass du keine Manieren hast", entgegnete ich mutiger, als ich war.

Er grinste, dann zog er einen kleinen Strauß Wiesenblumen aus dem hinteren Hosenbund.

„Gut, dass ich zur Sicherheit immer die hier dabeihabe.“

Wir tauschten unsere Mitbringsel und gingen dann spazieren. Stundenlang unterhielten wir uns, nach einer Weile nahm er sogar meine Hand.

Er ist klug, belesen, humorvoll und sieht auch nicht schlecht aus, was er leider weiß, und ... Was soll ich sagen, er hat wirklich keine Manieren. An diesem ersten Abend hat er mich schon geküsst, und ich konnte nicht anders, als mich küssen zu lassen.

Es fühlte sich wunderbar an.

Seitdem holt er mich fast jeden Tag von meiner Schicht ab. Loui hat ihn auch schon kennengelernt, die zwei verstehen sich wunderbar. Auch wenn man es nicht auf den ersten Blick erwarten würde, die beiden haben viel gemeinsam.

Abgesehen davon verbringen Loui und ich jetzt viel Zeit bei Lisi in der Schneiderei, sie ist Feuer und Flamme und will sich in der Gegend einen Namen machen, nicht nur als Änderungsschneiderin, sondern auch für ihre Entwürfe. Also kommen wir fast täglich und schlüpfen in neue Kreationen, besprechen mit ihr, wie wir uns darin fühlen und was uns noch gefallen würde. Ich denke, wir ergänzen uns da ganz gut, während ich eher ein Herz für die schrillen ausgefallenen Schnitte und Muster habe, bevorzugt Loui meist die eleganten und verspielten Modelle.

Manchmal führen wir ihre Neuheiten auch in der Stadt aus und bescheren Larry einen roten Kopf, wenn wir vor ihm herumtänzeln und er so tut, als würde ihn das kalt lassen. Als uns mehr und mehr Frauen auf unsere Kleidung ansprachen, ließen wir uns immer neue Dinge einfallen, wie Flyer und Modepuppen überall in der Stadt. Und gestern war es endlich so weit. Endlich war der Tag der Modenschau gekommen, die wir im Lucky's *veranstalteten.*

Die ganze Stadt war da, die Frauen für die Mode und die Männer, um so zu tun, als würde sie das Ganze nicht interessieren. James begleitete die Mädels mit seinem Keyboard, und nach der Schau spielte er sogar ein paar eigene Songs auf der Gitarre. Ich genoss die vielen neidischen Blicke der Frauen, wenn ich ihm nach einem Stück etwas ins Ohr flüsterte.

Die Stimmung war ausgelassen, und immer mehr Leute trugen sich in Lisi's Liste ein, um Kleider, Hemden und Hosen vorzubestellen. Völlig übermütig ging Lisi dann sogar zu James auf seine kleine improvisierte Bühne, bedankte sich überschwänglich ins Mikro und ließ sich von ihm verleiten, ein Lied mit ihm gemeinsam zu singen. Das ganze Lucky's *applaudierte, und nachdem sich noch ein paar Mutige getraut hatten, ging Larry auf die Bühne. Alle Anwesenden verstummten, niemand wusste, was jetzt kommen würde.*

Ich glaube, er sagte in etwa: „Also, Leute ... ihr wisst ja, dass ich kein Mann großer Reden bin, aber ich hab da mal was geschrieben und na ja ... ich lese es euch einfach vor, bevor ich so viel Schiss hab wie'n kleiner Bengel auf'm Schulhof."

Er war so nervös!

Und dann holte er einen zerknautschten Zettel aus der Hosentasche und las uns ein herzergreifendes Gedicht über eine unausgesprochene Liebe vor. Wer hätte das gedacht, unser Larry, ein Poet! Ich könnte schwören, dass er am Schluss zu Lisi rüber sah, aber die blieb wie immer total cool.

Danach fing irgendwer auch noch an, das Tanzbein zu schwingen, und zu aller Überraschung war es Loui, die gar nicht mehr von der Tanzfläche wegzudenken war. Sie tanzte stundenlang und wurde von allen möglichen Männern herumgewirbelt. James und ich schubsten beherzt immer wieder neue Tanzpartner in ihre Richtung, bis wir dann selbst eng umschlungen in der Bar standen.

Es wurde noch bis tief in die Nacht gefeiert, und wie du dir sicher denken kannst, gingen auch einige Biere über die Theke, und spätestens, als das zweite Fass Applecider angezapft wurde, waren alle mehr als beschwipst. Tatsächlich spüre ich immer noch ein dumpfes Pochen an meinen Schläfen, und ich kann mich nicht mehr an alle Einzelheiten genau erinnern, aber zwei Sachen sind mir noch glasklar im Kopf geblieben.

Erstens, wie Loui diesen John angesehen hat, mit dem sie zwar fünfmal getanzt, aber kein Wort gewechselt hat, und zweitens, was Larry zu mir gesagt hat.

Ich holte mir gerade ein Wasser hinter der Theke und sah in die glückliche Menge, da bemerkte ich, dass er neben mir stand. Er blickte genau wie ich in seine aus allen Nähten platzende Bar. Ein seltsamer

Ausdruck lag auf seinen Lippen, eine Mischung aus Zufriedenheit und Melancholie. Als er mich bemerkte, sagte er:

„Na, alles gut, Kleines?"

Ich nickte. „Larry, sag mal. Darf ich dich was fragen?"

„War das schon die Frage?" Er sah mich mit einem väterlichen schiefen Grinsen an.

„Warum eigentlich Lucky's*? Warum nicht* Larry's*?"*

Er sah überrascht aus. „Hm, da hab ich noch nie drüber nachgedacht." Er lachte. „Aber ein bisschen Glück kann ja jeder gebrauchen, stimmt's?"

„Stimmt", erwiderte ich schmunzelnd.

Und dann sagte er völlig aus dem Nichts: „War 'n ziemliches Glück, dass du hierhergekommen bist, Kleines. Genau das hat die Stadt gebraucht. Vielleicht ist es Zeit, dass das Lucky's *einen neuen Besitzer ... oder eine neue Besitzerin bekommt. Du machst das gut." Und dann sah er mir ins Gesicht und endete mit einem: „Danke."*

Mir blieb die Luft weg, ich konnte nicht antworten. In diesem Moment ertönte ein amerikanischer Country Song aus den Boxen, und Larry rief so etwas wie „Howdyi" oder so ähnlich, und dann zog er mich doch tatsächlich vor die Theke zum Tanzen.

Ich muss jetzt los. Loui und ich haben Lisi versprochen, beim Aufräumen zu helfen. Nachdem das Herumblödeln mit Larry gestern wortwörtlich ins Auge gegangen ist, ist sie ein wenig ramponiert. Larry wäre vor schlechtem Gewissen fast gestorben. Diese Verrückten! Wer kommt auf die Idee, mit Pintgläsern zu jonglieren?

Mara sah auf, aber ihre Aufmerksamkeit war noch nach innen gerichtet. Sie hing in der Geschichte, die sie soeben gelesen hatte.

Lisi ... nicht nur eine Änderungsschneiderei ... Es geht doch nicht wirklich um meine Eilish?

Sie fühlte sich etwas überrumpelt von der soeben gewonnenen Erkenntnis und auch etwas dämlich, weil ihr das nicht schon beim Lesen des letzten Eintrags aufgefallen war. Für sie waren die Geschichten des Notizbuchs bis jetzt etwas Fiktives gewesen, zumindest etwas sehr lange

Vergangenes, das unmöglich noch in die Gegenwart reichen konnte. Jetzt, da ihr bewusst wurde, dass Lis oder Lisi Eilish sein musste, fielen ihr immer mehr Hinweise ein, die einem förmlich ins Auge stachen oder sie zumindest hätten stutzig machen müssen.

„Ganz schön schwer von Begriff", sagte sie ins Nichts und nahm sich fest vor, alle Fragen, die ihr jetzt im Kopf herumgeisterten, Eilish zu stellen.

Sie weiß, wer das geschrieben hat, dachte sie und starrte noch eine Weile ins Leere, stellte sich vor, wie das Date mit James gewesen war, die Modenschau in der Bar und wie Larrys Gedicht gelautet hatte, das leider nicht aufgeschrieben worden war. Sie schwelgte in diesem berauschenden Gefühl des Glücks, das sich hinter den Zeilen, eigentlich sogar in jedem Wort der Geschichte verbarg.

Aber da war noch etwas anderes, das sie nicht mehr losließ. Nicht nur die plötzliche Verbindung in die Gegenwart und die Anknüpfung in die Realität. Es war nicht nur das, *was* in dem Tagebuch stand, sondern auch *wie* es geschrieben war. Es war, als spräche die Autorin dieselbe Sprache wie Mara, jeder Satz endete mit Worten, die auch sie benutzen würde.

Es war schlichtweg die Art der Gedankenführung, die Mara in den Bann zog.

Merkwürdig, dachte sie.

Sie blickte in den trüben Himmel und beobachtete die Wolken, die in einem ungewöhnlich hohen Tempo über sie hinwegzogen. Genauso unbeständig wie die Wolkenformationen waren auch ihre Gedanken. Viel zu viel ging ihr gleichzeitig durch den Kopf, aber ihr Fokus wollte sich nicht schärfen, und so sprang ihr Gemüt oberflächlich zwischen Queeni und James, Thomas und ihrer Mutter, Eilish und Larry sowie Marc hin und her. Immer in dem Moment, in dem ihr Geist tiefer einsteigen wollte, sprang er schon wieder zum nächsten Thema. Sie fühlte sich auf eine seltsame Art und Weise voll und leer zugleich.

Es kam ihr vor, als hätte sie in den letzten Tagen so viel gefühlt wie normalerweise in einem ganzen Jahr nicht, sowohl Positives als auch Negatives, und diese Vielzahl an Empfindungen ließ eine Leere zurück, die sie nahezu betäubte.

Wie ausgelutscht, dachte sie schwach.

Sie sah zu, wie das letzte bisschen Euphorie, die Queenis Geschichte sie hatte verspüren lassen, in ihrem Inneren verglomm und wollte bereits auf die nächste Seite blättern, als der Wind auffrischte und ihr ein nasses Blatt ins Gesicht wehte.

So gern sie weitergelesen hätte, sie wollte auf keinen Fall riskieren, hier im Nirgendwo mit kaum noch vorhandenem Proviant wieder vom Regen überrascht zu werden. Also zog sie ihren treuen Begleiter, ihren Talisman heraus, um sich zu orientieren. Zum Glück machte ihre exponierte Ausgangslage es ihr leicht, und nach einem kurzen Blick in die Karte meinte sie zu wissen, wo ihr Weg weitergehen würde. Zumindest auf den *Sheep's Head Way* bezogen.

Sie rappelte sich mühevoll hoch, schüttelte sich, als könnte sie so für einen klaren Kopf sorgen, schulterte ihr Gepäck und ging los. Nicht ohne einen letzten Blick in die endlose See und mit einem letzten schmerzenden Gedanken an Marc. Ihr Kopf holte verlässlich die Bilder von vorletzter Nacht aus dem Archiv und begann, sie ihr erneut vorzuspielen.

Sein Atem auf ihrer Haut, das verschmitzte Lächeln und der warme Blick ...

„Nein! Stopp!“, schrie Mara, sprang dabei sogar kurz in die Luft und stapfte daraufhin wütend los, wütend auf Marc und noch viel wütender auf sich.

Schnell hatte sie die Spur der gelben Markierungen wieder aufgenommen, das Meer hatte nun seinen Platz an ihrer Seite getauscht und lag zu ihrer Rechten. Zunächst führte sie der Weg querfeldein so wie auch schon in den Tagen zuvor, doch nach und nach wurde er steiler, und Mara kam in eine kargere Vegetationsschicht. Anders als der Weg zum Leuchtturm führte der ins Landesinnere direkt über das kleine Gebirge und nicht drumherum. Die satten, grünen Wiesen, die das Licht in sich aufsogen und doppelt so hell wieder zurückwarfen, endeten und tauschten ihren Platz mit moosig wirkenden Geflechten, die im Vergleich gelb und ausgeblichen wirkten. Hin und wieder schlug Mara sogar große Bögen um sumpfig anmutende Stellen.

Wenn sie hier stecken blieb, dürfte sie ein größeres Problem als Regen haben. Und obwohl sie jeden Gedanken an ihn vehement beiseitegeschoben hatte, drängte sich ihr das Bild von Marc in den Kopf, der sie fand und aus dem Morast zog.

Kurz spürte sie wieder das Kribbeln auf ihrer Haut, und als sie an seine Augen dachte, brannten ihre Lippen wie nach einem innigen Kuss. Gleich darauf folgte der Schlag in den Magen und das Gefühl, zurückgewiesen und benutzt worden zu sein.

„Wie erbärmlich kann man eigentlich sein“, unterbrach sie ihr Nachsinnen. „Nicht mal der Held des eigenen Tagtraums!“

Erbost zog sie wieder die Karte aus der Tasche, nicht weil sie das Gefühl hatte, den Weg verloren zu haben, sondern weil es zu einer Art Reflex geworden war. Es beruhigte sie, Eilishs liebevolle Notizen zu lesen.

Sie fuhr mit dem Finger vom Leuchtturm die Küste entlang, und langsam verstand sie, was die Kringel, Kreise und Linien auf der Karte zu bedeuten hatten. Sie war anscheinend bereits zweihundertzwanzig Meter über dem Meeresspiegel, wenn sie die topografischen Farben richtig interpretierte, und der Weg schien sie noch circa hundertfünfzig Meter höher zu führen.

Mara ließ die Luft aus ihrem Brustkorb entweichen. Motivation sah eindeutig anders aus. Ihr von blauen Flecken übersäter Körper nahm ihr jede Bewegung übel, außerdem öffnete sich gerade eine Blase an ihrem linken Fuß, wie ihr ein unangenehmes Brennen in der Zehenregion verriet. Und dann fiel ihr Eilishs schnörkelige Handschrift ins Auge. Da war wieder eine kleine Skizze eines Zelts, daneben eine Schneeflocke. Darunter standen die Worte:

Sleep naked. Wear your hat. Schlaf nackt, trag deine Mütze?

Mara musste angesichts dieser merkwürdigen Aufforderung lachen, sie konnte sich nicht vorstellen, dass dieser Rat ernst gemeint war. Gerade wollte sie die Karte wieder wegstecken, da fand sie eine weitere Notiz ganz in der Nähe von dem Punkt, an dem sie sich gerade befand.

Turn left. Dreh dich nach links …

Fast etwas ängstlich wandte Mara sich etwas nach links. War Eilish jetzt etwa auch noch eine Hellseherin? Doch der Anblick, der sich ihr bot, stoppte jegliche Ironie in ihr.

Vor ihr fiel das Land steil ab und ließ dem dunklen, wilden Meer Platz. In dieser Richtung war der Himmel so klar und ihre Sicht so ungetrübt, dass sie nicht nur das Meer vor sich sah, sondern dahinter wieder das Land und wieder das Meer und dahinter abermals eine große Landmasse. Das irische Land schien seine Finger nach dem Meer auszustrecken, und sie selbst stand auf einem Knöchel des Zeigefingers.

Sie senkte den Blick auf die Karte und las. Der erste Landarm unmittelbar vor ihr schien die Beara-Halbinsel zu sein, durch und um die der Beara Way führte. Dahinter wiederum lag die Iveragh-Halbinsel, und ein weiteres Wandersymbol verriet ihr, dass sich dort wohl ein noch größerer Wanderweg erstreckte.

„*Kerry Way*!“, las sie laut.

Sie hob erneut den Kopf, und ihre Augen ruhten auf dieser spröden Schönheit des irischen Landes. Die fast schon schwarzen Klippen ragten an einigen Stellen hoch auf, um dann rasant bis zum Meeresspiegel abzufallen, anderswo bildeten sie eine Art dunkle steinerne Treppe bis kurz über die Wellen.

Auf den anderen Halbinseln schien die Landschaft genauso launisch wie auf ihrer eigenen. Sanfte Wiesen endeten abrupt an sich auftürmenden Bergwänden, stille Bäche fielen als rauschende Wasserfälle irgendwo ins Meer, und auch das Wetter hielt seine Balance, indem es einen Fleck mit Sonne flutete und keine fünfzig Kilometer Luftlinie entfernt die Wolken unter der Last des Regens brachen.

In diesem Moment traf ein warmer Strahl ihr Gesicht, eine große graue Wolke hatte sich bewegt und den Weg freigegeben für die Sonne, die nun mit aller Freundlichkeit auf sie herabschien. Gierig sog sie die Wärme in sich auf und bildete sich ein, zu spüren, wie ihre Haut anfing, Vitamin D zu produzieren, und sich damit auch augenblicklich ihre Laune hob.

Sie ließ nur schwer von dem Naturschauspiel ab und machte sich beschwingt auf in noch höhere Gefilde, um vielleicht sogar einen noch besseren Ausblick zu erhaschen. Voller neuem Übermut stapfte sie über Steine und Büsche, kletterte auf allen vieren sehr steile Abschnitte empor und genoss sogar ein wenig das Ziepen ihrer Muskeln. Viel zu lange hatte sie sich nicht mehr so viel bewegt. *Und Bewegung macht bekanntlich glücklich*, dachte Mara, immer noch angetrieben von dem sonnigen Moment, der sich wenige Meter weiter allerdings bereits verflüchtigt hatte.

Genauso unbeständig und sprunghaft wie ihre Laune schien auch das Wetter heute, wie ein Spiegel ihres Innenlebens veränderte es sich permanent. Und als wäre beides wirklich miteinander verknüpft, wurden auch Maras Gedanken unweigerlich wieder düster, als der wechselhafte irische Himmel sich zuzog und schließlich verhangen blieb. Es dauerte nicht lange, und um sie herum herrschte ein eisiger Wind, die Sicht wurde schlecht, und Regen setzte ein.

„Ach, komm schon!"

Mara stöhnte genervt auf, sie hatte das Gefühl, jemand würde absichtlich auf ihr herumtrampeln. Sie griff routiniert in ihre Hosentasche und öffnete die Karte gerade so weit, dass sie den nächsten Abschnitt des Weges erkennen konnte. Sie beugte sich weit über sie, damit der Regen sie nicht erreichen konnte.

Erleichtert atmete sie aus, als sie erneut und wie erhofft Eilishs verschlungene Schrift sah: *Seamount Bed & Breakfast.*

Sie konnte nichts mit Kartenmaßstäben anfangen, deshalb war es schwer einzuschätzen, wie weit sie gehen müsste, um die Unterkunft zu erreichen. Andererseits hatte sie den richtigen Moment, um das Zelt aufzuschlagen, ohnehin schon verpasst, also konnte sie es wohl ebenso gut versuchen, solange sie etwas sehen konnte.

Sie lief los, während die skeptische Stimme in ihrem Kopf, die sie ihr ganzes Leben lang schon begleitet hatte, immer lauter wurde. Oft hörte sie sich an wie die Stimme ihrer Mutter, manchmal war es ihre eigene. Aber sie wollte nicht an Aufgeben denken, und wenn sie eines in den letzten Tagen gelernt hatte, dann, dass es immer weitergeht.

Allmählich wurde es finster, das letzte bisschen Licht wurde vom Horizont verschluckt, und das schwarze Meer verschwamm langsam mit dem sich verdunkelnden Himmel. Ein leises Gefühl von Unruhe stieg in ihr auf. Wie gefährlich war das, was sie hier gerade machte?

Eigentlich wollte sie die Antwort darauf gar nicht wissen. Statt weiter drüber nachzudenken, ging sie, so schnell ihr immer schwerer werdender Rucksack und ihre schmatzenden Schuhe es zuließen, geradewegs durch die Dunkelheit.

Und plötzlich, als ihre Zweifel erneut lautstark Alarm schlugen, sah sie es.

Sie stand am Ende der Wiese auf der Spitze eines Hanges, unter ihr fiel er steil ab und mündete in einem schmalen Tal am Meer. Und genau dort, am äußersten Rande der Küste, wo die Klippen auf das Meer trafen, stand ein von Lichterketten erleuchtetes Häuschen.

Abgesehen von diesen Lichterketten wies nichts auf die Anwesenheit der Bewohner hin. Die Fenster, die in ihre Richtung zeigten, waren dunkel, und Mara beschlich ein ungutes Gefühl.

Sie passierte den kleinen Zaun, der über und über bewuchert war, und schritt auf dem kleinen Steinweg vorbei an einem Brunnen Richtung Haustür. Nirgends war eine Klingel, eine Glocke oder ein Türklopfer zu erkennen, und so stand sie einige Sekunden unschlüssig auf der Veranda des Häuschens. Sie hielt beinahe die Luft an, um nach eventuellen Geräuschen im Inneren zu lauschen, aber hörte nichts außer den prasselnden Regen und das Heulen des Windes.

Langsam kam sie sich vor wie ein Einbrecher. Gerade, als sie einen Schritt zurückging, um das Haus von einer anderen Seite zu erkunden, ertönte ein metallisches Scheppern zu ihren Füßen, und nahezu gleichzeitig erklang das aufgeregte Bellen eines Hundes.

„Ruhig, Sweeney! Beruhige dich!“

Eine tiefe Stimme dröhnte durch die Wände des Hauses, und jemand versuchte offenbar, Sweeneys Aufregung zu dämpfen. Danach erwachte das Haus vor ihr zum Leben. Einige Lichter wurden angeschaltet und erhellten es von innen, während Schritte das Öffnen der Tür ankündigten.

„Guten Abend! Da haben Sie es ja gerade noch … Donnerlittchen!“

Der Mann vor ihr unterbrach sich selbst, als Mara die Kapuze herunterzog und in den Lichtkegel des automatisch aufflammenden Türlichts trat.

„Das gibt’s ja nicht!“

Mit offenem Mund sah er Mara ins Gesicht, die von seiner Reaktion genauso erschrocken war, wie er anscheinend von ihrem Anblick. Der Mann sah aus, als würde er ein Gespenst sehen.

„Louise! Bärchen, komm schnell, sieh dir das an!“

Und ein weiteres Poltern, irgendwo im ersten Stock des Hauses, verriet, dass Louise-Bärchen sich in Bewegung setzte, um dem Rufen des Mannes zu folgen.

„John, um Himmels willen, du hörst dich an wie bei einem Überfall!“

Hinter John kam eine kleine Frau Mitte fünfzig zum Vorschein, die einen höchst skeptischen Gesichtsausdruck aufgesetzt hatte. Offenbar konnte sie sich ebenfalls nicht vorstellen, was bei ihrem Mann so viel Aufregung hervorrufen könnte.

„Na, mein Herz, was …“

Louise erstarrte augenblicklich zur Salzsäule, nachdem sie John ein wenig zur Seite geschoben hatte, um zu sehen, worum es hier eigentlich ging.

„Donnerlittchen … Anne?“

Kapitel 10

„NEIN, Mara“, antwortete Mara so unsicher, dass es fast so klang, als wäre sie sich selbst nicht zu hundert Prozent sicher.

John und Louise tauschten einen bedeutungsschweren Blick aus.

Keiner der drei fand auf Anhieb die richtigen Worte, um fortzufahren.

„Entschuldigen Sie bitte, dass ich so spät störe“, begann Mara, obwohl sie eigentlich fragen wollte, warum diese fremde Frau sie mit dem Namen ihrer Mutter angesprochen hatte, „aber hätten Sie vielleicht noch ein Zimmer frei für diese Nacht?“ Ihre Lippen bebten.

Louise und John, die beide nach wie vor wie Salzsäulen vor ihr standen, fanden gleichzeitig die Sprache wieder, als Mara deutlich vernehmbar mit den Zähnen klapperte.

„Aber natürlich“, fing John an.

„Wie unhöflich von uns“, sagte Louise.

„Bitte, kommen Sie doch … Liebling, kannst du?“

„Ach ja, selbstverständlich.“

„Kannst du vielleicht Tee … Oder ich mach Tee, und du beziehst …“

Die beiden rannten umher wie zwei kopflose Hühner und versperrten sich gegenseitig den Weg, während sie versuchten, Mara Platz zu machen, damit sie eintreten konnte. Verdutzt und belustigt sah Mara ihnen dabei zu, wie sie sich in dem schmalen Gang aneinander vorbeiquetschten, um gleich danach doch die Richtung zu wechseln, bis John Louise gerade noch an den Schultern packte, kurz bevor sie um ein Haar schwungvoll frontal ineinander gekracht wären. Die beiden sahen einander mit großen Augen an, als hätten sie total vergessen, dass der andere überhaupt da war, und begannen, herzlichst zu lachen.

Sie hielten sich immer noch an den Armen, als das Lachen langsam verebbte und sie sich beide wieder Mara zuwandten.

„Entschuldigen Sie bitte“, begann Louise.

„Sie freuen sich doch bestimmt über eine heiße Dusche, während wir etwas zum Abendessen vorbereiten?“, fuhr John fort. „Liebling, ich mache schnell das Zimmer fertig und du zeigst unserem Gast, wo man es sich bei uns gemütlich machen kann, ja?“

„Vortreffliche Idee“, stimmte Louise zu, und John machte sich auf den Weg in den ersten Stock.

„Also erst mal“, begann Louise, als sie mit Mara in dem schmalen hölzernen Gang zurückblieb, und streckte ihr die Hand entgegen, „ich bin Louise, und das war mein Mann John.“

„Mara“, wiederholte sie, als sie Louises warme Hand ergriff.

„Mara“, wiederholte Louise fast schon gerührt. „Freut mich sehr, dich kennenzulernen. Und jetzt wärmen wir dich erst mal auf, bevor wir dich in unseren kleinen Wahnsinn einweihen.“

Louise lachte, als sie ihre Reaktion offenbar selbst noch mal Revue passieren ließ.

„Uiuiui, der ist ganz schön schwer, die Sachen müssen wir wahrscheinlich alle aufhängen.“

„Das wäre wahrscheinlich nicht schlecht. Haben Sie … Ich meine, hast du denn etwas …“

„Mach dir mal keine Sorgen! Erst mal raus aus den nassen Klamotten und rein in die gute Stube.“

Sie nahm Mara noch die triefende Regenjacke ab und öffnete schwungvoll die Tür zur Küche. „Schau mal, Sweeney, da kommt uns jemand besuchen!“

Sweeney, ein riesiger, offenbar halb blinder, weiß-schwarzer Hund wackelte schwungvoll um die Ecke und warf sich Mara zu Füßen. Sie wusste nie genau, wie sie auf so etwas reagieren sollte, ihre Eltern hatten nie Haustiere gewollt, und irgendwann hatte sie den Zeitpunkt, sich an Tiere zu gewöhnen, verpasst.

„Sweeney, lass unseren Gast doch erst mal reinkommen.“

Louise kraulte Sweeney kurz hinter einem Ohr und zog ihn dann, er lag immer noch auf dem Rücken, liebevoll ein Stück zur Seite, damit Mara in die Stube treten konnte. Als die Wärme des Hauses auf ihre eiskalte Haut traf, begann Mara augenblicklich zu zittern. Jetzt erst wurde ihr bewusst, wie sehr sie fror.

„So, jetzt aber schnell, setz dich rasch da drüben an den Kachelofen."

Louise wies auf den grün-weiß gekachelten Ofen, drückte ihr eine Decke in die Hand und widmete sich dann dem Wasserkocher. Als der leise vor sich hin zu blubbern begann, beruhigte sie den armen Sweeney, der nicht genau wusste, wie er mit dieser neuen Situation umgehen sollte.

Oh Sweeney, ich fühl mich ganz genau wie du, dachte Mara und beobachtete den umherwuselnden großen Hund, der mindestens aus zwölf verschiedenen Hunderassen zusammengewürfelt sein musste.

„Danke, das ist wirklich sehr lieb", brachte Mara mit noch immer zitterndem Unterkiefer hervor.

„Das ist ja wohl das Mindeste nach dem Zirkus, den wir veranstaltet haben. Glaub mir, ich liebe diesen Mann." Louise nickte zur Decke, während sie das heiße Wasser erst in eine Tasse und dann in eine große Schüssel laufen ließ. „Aber manchmal bräuchten wir jemand Drittes, der unser wirres Gegacker entknotet."

Mara lächelte ihr zu.

Genau wie alle anderen zuvor sprach Louise ohne Umschweife über ihre tiefsten Gefühle mit ihr und das, ohne jegliche Ironie oder Scham in der Stimme. Sie dachte an Marc, die Holzsilos und das Leuchten in seinen so ehrlichen Augen. Ihr Herz verkrampfte sich für einen Augenblick.

„So, hier, für die Wärme von innen." Louise reichte ihr die Tasse Tee. „Und hier", sie stellte den großen Topf vor Mara auf den Boden, „um die Füße aufzutauen, nur zu, das wirkt wahre Wunder."

Mara steckte vorsichtig einen großen Zeh in das dampfende Wasser und ließ dann sehr langsam den Rest ihres Fußes hineingleiten. Wie bei einem Goldfisch, den man erst langsam an eine neue Wassertemperatur gewöhnen musste. Augenblicklich stachen viele kleine Nadeln in ihre Haut, weil die Hitze des Wassers den eiskalten Fuß aufzutauen begann, und sie überkam ein wohliges Wonnegrausen über den aushaltbaren Schmerz. Das hatte sie als Kind schon immer gemocht, wenn sie aus der Kälte draußen zu ihren Eltern ins Haus gekommen war.

Nun steckte sie auch den zweiten Fuß in den kleinen Zuber und freute sich über die bekannte Reaktion ihres Körpers, als auch dieser gänzlich von Wasser bedeckt war.

„Ahhh." Ein genussvoller Laut entrang sich ihrer Kehle, als die Wärme langsam ihre eingefrorenen Gliedmaßen hinaufwanderte und das Beben verebbte.

„So gefällst du mir schon viel besser." Louise strahlte sie an.

Mara lächelte und trank einen Schluck ihres Tees, der sie nun wie versprochen auch von innen auftaute. „Danke, Louise. Du hast recht, das tut wirklich gut."

So merkwürdig diese Begegnung begonnen hatte, so wohl fühlte sich Mara bereits in diesem Haus. Von Louise und John ging eine Wärme aus, die nicht minder guttat als die des Wassers und des Tees. Man spürte die Liebe, die an diesem Ort zu Hause war.

Ganz tief in ihren Erinnerungen regte sich etwas, aber sie vermochte nicht zu sagen, was. Wie ein Wort, das einem auf der Zunge lag und das man immer weniger greifen konnte, je mehr man sich darauf konzentrierte.

Erst jetzt bemerkte sie, wie klein hier alles war. Nicht nur der Gang draußen war schmal gewesen, auch die Räume schienen ein wenig niedriger zu sein als in anderen Häusern. Wie zu Demonstrationszwecken kam John in diesem Moment in die Stube und musste den Kopf einziehen, um durch den Türrahmen zu passen.

„Ah, wunderbar, da sehe ich ja wieder etwas Farbe in Ihrem Gesicht", sagte er, ging zu seiner Frau, die gerade am Herd hantierte, und gab ihr einen Kuss auf die Wange.

Dann wandte er sich wieder Mara zu. „Oben ist jetzt alles bereit für Sie, Sie können erst mal heiß duschen vor dem Abendessen. Und ich hab Ihnen ein paar trockene Sachen von Louise aufs Bett gelegt."

Johns Schnauzer tanzte vergnügt, während er sprach, dann reichte er ihr ein Handtuch, das er aus einer kleinen Truhe neben der Tür nahm.

„Das ist wirklich sehr lieb. Bitte nennen Sie mich Mara", sagte sie, während sie sich die Füße abtrocknete, um keine Wasserspur auf dem Küchenboden zu hinterlassen. John lächelte bei ihrem Namen etwas wehmütig, wie seine Frau Minuten zuvor.

„Lass ruhig", sagte er, als er ihren fragenden Blick sah. „Ich räum das weg. Geh hoch, und fühl dich wie zu Hause, Mara. Den Gang entlang, die hinterste Tür."

Sie nickte dankbar und verließ mit vorsichtigen Schritten die Stube. Jetzt bemerkte sie erst, wie kraftlos ihre Gliedmaßen waren.

Vor der Tür hörte sie die gedämpften Stimmen von Louise und John, aber trotz der vielen Fragzeichen in ihrem Kopf und der brodelnden Neugier in ihrem Bauch wollte sie nicht lauschen. Langsam stieg sie hinauf in den ersten Stock und folgte auch hier dem winzigen Gang, von dem gerade mal vier Türen abgingen. Zwei rechts, eine links und ganz am Ende eine weitere.

Sie öffnete die kleine Tür, und obwohl sie erhobenen Hauptes hindurchgehen konnte, war sie sich sicher, dass diese ebenfalls keine Standardmaße besaß. Anscheinend war alles auf Louises Größe oder die einer ebenso kleinen Person abgestimmt, und eine weitere Woge an Rührung überkam Mara, denn John war ganz und gar kein kleiner Mann, und er stieß sich sicher nicht selten den Kopf an irgendwelchen Schränken und Türrahmen.

Die Decke des kleinen Zimmers bestand nur aus Dachschrägen, und an der Wand neben der Tür, die offensichtlich ins Bad führte, stand auf einem zwei Quadratmeter großen gefliesten Viereck eine Badewanne, die wohl keinen Platz mehr gefunden hatte.

Mara schälte sich aus ihren nassen Sachen, zog den Vorhang zu und stellte sich unter den wärmenden Strahl der Dusche. Während das Wasser an ihrem Körper herunterlief, schien ihr Geist langsam wieder in Fahrt zu kommen. Anne … Mara kam Louises und Johns Gesichtsausdruck in den Sinn, als die beiden sie erblickt hatten. Es war eine Mischung aus völliger Ungläubigkeit, Schmerz und Freude gewesen, mit dem die beiden sie betrachtet hatten.

Kannten sie ihre Mutter? Das konnte doch gar nicht sein … Woher? Mara hatte Vorfahren in Irland, das wusste sie, aber ihre Mutter war in Deutschland aufgewachsen, war höchstens ein, zwei Mal als Kind in irgendwelchen Schulferien hier gewesen, und seit Mara denken konnte, hatte sie keinen Fuß mehr auf diese Insel gesetzt. Fast fünfzig Jahre musste es her sein, seit sie das letzte Mal hier gewesen war. Woher sollten Louise und John …

Moment. Louise und John?

Mara erstarrte, sah dem aberwitzigen Gedanken dabei zu, wie er sich formte und immer klarer wurde.

War das möglich?

Obwohl keine Faser ihres Körpers aus der warmen Dusche rauswollte, stellte Mara das Wasser ab, griff zu dem Handtuch, das neben der Wanne lag, und sprang hinaus.

Das würde ja bedeuten, dass ...

Der Drang zu erfahren, was hier vor sich ging, wurde einfach zu groß.

Sie rubbelte sich die roten Locken ab, damit sie nicht trieften, obwohl sie wusste, dass sie später eine Ewigkeit das dadurch entstandene Vogelnest würde entwirren müssen.

Aber Queeni, woher sollte dieser Name ...

Dann schlüpfte sie noch in den altrosafarbenen Jogginganzug und die mintfarbenen Stricksocken von Louise und rannte vor Aufregung die Treppenstufen hinunter.

Bevor sie zurück zu John und Louise ging, machte sie einen kurzen Stopp an ihrer Jacke und sah auf ihr Handy. Angi hatte zweimal versucht, sie zu erreichen.

„Tut mir leid, Angi. Das ist leider wichtig“, murmelte sie und tippte schnell eine kurze Antwort – *Mir geht's gut. Melde mich bald.* – und steckte das Handy in eine der flauschigen Taschen in ihrer Hose. Dann griff sie noch schnell nach etwas anderem, bevor sie wieder in die Stube eintrat.

John und Louise, die zuvor noch angeregt miteinander gesprochen hatten, verstummten, als sie die Tür öffnete. Louise deutete auf die kleine Eckbank am Fenster, und Mara nahm Platz.

Abermals konnte sie das Miteinander der beiden beobachten, wie sie dieses Mal in einer eingespielten Choreografie den Tisch deckten und das Essen auftrugen. Während John die Teller aus dem oberen Küchenschrank nahm, öffnete er mit dem rechten Fuß den Ofen, sodass Louise die Auflaufform herausnehmen konnte. Bevor sie den Tisch erreichte, hob sie die Hand, in die John ein Geschirrtuch warf, welches sie als Untersetzer für die Form benutzte. Danach ging sie zum Schrank, um ein paar Gläser herauszuholen, und flötete im richtigen Moment „Ducken“, sodass John nicht die Schranktür gegen die Stirn bekam, während er noch ein Bund Petersilie auf der Anrichte hackte.

Er nahm ihr die Gläser ab, damit sie die kleine Schüssel, die sie ebenfalls hervorgekramt hatte, unter die Anrichte halten und die klein geschnittenen Kräuter mit der Hand hineinkehren konnte. Anscheinend hatte Mara die beiden vorhin ganz schön aus dem Konzept gebracht, denn jetzt funktionierten sie wie ein frisch geöltes Uhrwerk. Gemeinsam kamen sie nun an den Tisch und setzten sich Mara gegenüber auf die beiden Stühle.

„Das ist Johns Lieblingsessen. Ein traditioneller *Shepherd's Pie*. Nur ein bisschen gesünder, damit ich dich noch eine Weile habe", sagte Louise verschmitzt erst an Mara, dann an John gerichtet.

Johns Gesichtsausdruck ließ deutlich erkennen, dass ihm die ungesunde Variante lieber gewesen wäre, doch er lächelte und sagte: „Danke, Liebling. Was hast du dieses Mal als Fleischersatz genommen?"

„Tjaha! Das verrate ich nicht. Esst und findet es heraus", entgegnete Louise mit einem verschwörerischen Lächeln.

Mara schob sich gierig die erste Gabel in den Mund und verbrannte sich sofort den Gaumen mit dem heißen Käse. Danach hielt sie sich etwas zurück. In ihrem Inneren rumorte es, aber nicht wegen des Essens.

Wie soll ich nur anfangen?, fragte sie sich nervös.

„Sag, Liebes, soll ich mir später mal diese üble Schramme auf deiner Stirn ansehen? Nicht, dass sich da noch etwas entzündet", bot Louise mit mütterlich besorgtem Unterton an, während sie sie kritisch beäugte. Sie war anscheinend als Einzige am Tisch in der Lage, den dampfenden Auflauf mit Würde zu essen, denn sowohl Mara als auch John hing mindestens ein Käsefaden aus dem Mund.

Als John fast unverständlich hinzufügte: „Das ist eine ganz wunderbare Idee, Liebling", fiel ihm die Hälfte seines Essens aus dem Mund und blieb auf halbem Wege im Bart hängen. Mara grinste und entschied sich für ein dankbares Nicken, während Louise ihrem Mann half, sein Äußeres wieder einigermaßen instand zu setzen. Mara sah ihnen zu, wie sie sich liebevoll gegenseitig foppten, und ihre Gedanken sprangen unweigerlich zurück zu Marc, der ihre Wunde abgetupft und einen Gesichtsausdruck gebührend einer OP am offenen Herzen aufgesetzt hatte. Bei dem Gedanken musste sie zwar schmunzeln, doch ihr Herz zog sich abermals ein kleines Stück zusammen. Schnell richtete sie ihre Aufmerksamkeit wieder auf den Auflauf.

„Und?“, fragte dann Louise, nachdem sie alle drei eine Weile lang still vor sich hin gekaut hatten. „Was denkt ihr?“

Jetzt erst fiel Mara wieder ein, was die eigentliche Aufgabe gewesen war, und so versuchte sie zu identifizieren, was sich in ihrem Mund befand.

Ein würziger Kartoffelauflauf mit Hackfleisch? Doch das konnte nicht stimmen, Louise hatte das Fleisch ersetzt. Mara hatte keine Ahnung vom Kochen, außerdem hatte sie sich die letzten Jahre hauptsächlich von Salat und Smoothies ernährt, um in der Agentur nicht unangenehm aufzufallen.

„Keine Ahnung“, brachte sie schließlich mit halb vollem Mund hervor und sah hilfesuchend zu John, der ebenfalls mit den Schultern zuckte.

„Hab ich’s doch gewusst. Siehst du, mein Herz, ich sagte doch, du wirst keinen Unterschied bemerken.“ Triumphierend reckte Louise das Kinn in die Luft. „Das ist eine Mischung aus eingeweichten Haferflocken und Pilzen, genauso gewürzt wie das Hackfleisch und, voilà, genauso lecker.“

Louise grinste, als hätte sie John gerade vor einem auf ihn zurasendes Auto gerettet, und John erwiderte ihren Blick liebevoll.

Er wird ihr niemals sagen, dass es nicht dasselbe ist, dachte Mara schmunzelnd, aß den köstlichen Gemüseauflauf weiter und nahm sich dann sogar noch eine zweite Portion, während sie sich nach wie vor den Kopf über den richtigen Gesprächsanfang zerbrach. Als sie die Reste auf ihrem Teller zusammenkratzte, spürte sie deutlich ihren Herzschlag über ihrem gefüllten Magen, räusperte sich schließlich und blickte dann zu Louise und John auf.

„Danke für das wunderbare Essen! Danke für eure spontane Gastfreundschaft. Ähm … darf ich … darf ich euch jetzt fragen, wieso ihr mich vorhin *Anne* genannt habt?“

Mara blickte die beiden gespannt an und griff unter dem Tisch instinktiv nach dem Notizbuch, das sie neben sich auf die Bank gelegt hatte.

Louise und John hielten augenblicklich in ihrer jeweiligen Bewegung inne und sahen einander an. Dann legte John sein Besteck an den Tellerrand. „Mara, heißt du zufälligerweise mit Nachnamen Quin?“, sagte er so langsam, als würden ihn die Worte ebenso viel Überwindung kosten wie Mara zuvor.

Louise sog hörbar Luft ein und hielt sie dann an.

„Nein“, erwiderte Mara nach einem kurzen Moment der Stille, und Louise hob überrascht den Kopf. „Aber meine Mutter schon, zumindest früher mal.“

Kapitel 11

„UND ihr habt mich einfach … erkannt?“, fragte Mara verwirrt, das Tagebuch jetzt in beiden Händen haltend. Sie fand die Vorstellung etwas hanebüchen, dass sie und das dreißigjährige Ich ihrer Mutter sich ähnlich genug waren, um auf eine eindeutige Verwandtschaft zu schlussfolgern.

Auf Louises Stirn bildeten sich ebenfalls einige Falten, hilfesuchend sah sie zu John, der das Reden übernahm.

„Du bist ihr wie aus dem Gesicht geschnitten.“

Mara schluckte. Konnte das wirklich sein? Konnten all die Geschichten, die sie gelesen hatte, die Geschichten ihrer Mutter sein?

„Aber sie hat nie von euch … Also sie hat nie etwas davon erzählt, dass sie hier gelebt hat, sie hat … nie von euch erzählt.“

So abrupt Mara den Satz begonnen hatte, so zaghaft sprach sie ihn zu Ende. Sie hatte den Ausdruck in Louises Augen gesehen, den Schmerz, der sie durchzuckt hatte.

John nahm beruhigend die Hand seiner Frau und wandte sich dann wieder an Mara.

„Liebes, sag, wieso bist du nach Irland gekommen? Wenn du gar nichts von all dem wusstest?“

„Ich …“ Ihr schwirrte der Kopf. Im nächsten Moment fiel ihr wieder das Notizbuch in ihren Händen ein. Sie zerdrückte es fast, so angespannt klammerte sie sich daran fest. „Ich weiß nicht. Ich hab einfach den erstbesten Flieger genommen, aber langsam glaube ich, dass das alles einfach kein Zufall ist. Als ich meinen Pass gesucht habe … da habe ich das hier gefunden.“

Mara legte das schwarze Büchlein auf den Tisch. Augenblicklich schien jeder die Luft anzuhalten.

„Das gibt’s doch nicht“, keuchte Louise plötzlich. „Dass das alte Ding überlebt hat.“

Sie nahm es in die Hände und sah es ehrfürchtig an, wie ein archäologisches Relikt aus einer längst vergangenen Zeit, und eine Weile sagte niemand etwas.

„Als ich klein war, da hat mir meine Mutter, Anne … Sie hat mir früher öfter von Feen und Kobolden erzählt. Von alten, irischen Geschichten, die sie als Kind vorgelesen bekommen hatte."

John und Louise blickten sie aufmerksam an.

„Ich dachte, weil ihre Großeltern aus Irland kamen und sie in den Schulferien ein paar Mal hier gewesen war …"

Mara sah in die liebevollen Gesichter vor sich und bemerkte, wie die Verwirrung in ihren Augen schwand und einem Ausdruck tiefen Mitgefühls Platz machte.

Nach einem weiteren langen Moment der Stille fügte sie hinzu: „Ich hatte wirklich keine Ahnung von … von dieser irischen Anne."

John drückte Louises Hand fester, während sich deren Augen mit Tränen füllten. „Entschuldigt bitte", sagte sie, während sie aufstand, zur Anrichte ging und sich die Augen mit einem Stofftuch trocknete. Maras und Johns Blicke ruhten auf ihrem Rücken. Ihr Schmerz war fast greifbar.

„Warum …" Maras Stimme war brüchig, zaghaft schob sie die Worte in ihrem Kopf hin und her. „Ich meine, wie kam es, dass sie … dass sie Irland wieder verlassen hat?"

Louise drehte sich so abrupt um, dass Mara und John kurz zusammenzuckten. „Kann es sein …", murmelte sie und kam schnellen Schrittes zurück an den Tisch. Sie nahm das Tagebuch in die Hand und schlug die letzte Seite auf. Dort befand sich am Einband eine Art geheime Papiertasche, in der gerade mal genug Platz war für ein paar Notizen. Mara sah gebannt zu, wie Louise das Versteck öffnete und ein zusammengefaltetes Stück Papier herauszog.

„Tatsächlich", stieß sie atemlos hervor.

In ihren Augen lag ein seltsamer Ausdruck, den Mara nicht zu deuten wusste, und ihre Hände zitterten.

„Das ist der Grund dafür, dass Anne Irland verlassen hat."

Die Stille, während Louise las, pulsierte regelrecht vor Spannung. Mara ertappte sich, wie sie schnappartig die Luft einsog, nachdem sie sie offenbar eine Weile angehalten hatte.

Als Louise endlich den Kopf hob, erschrak Mara. Das liebevolle, rundliche Gesicht war plötzlich das einer alten Frau. Jegliche Farbe war aus den rosigen Wangen gewichen, und unendlicher Schmerz schien die Falten in tiefe Furchen verwandelt zu haben.

„Das ist ein Brief deines Großvaters." Ihre Stimme war leise und zaghaft, als versuchte sie, die Worte vor ihren eigenen Ohren zu verstecken, als wolle sie sie selbst nicht hören. „Er schreibt, dass Anne heimkommen muss, weil … weil das Familienunternehmen wankt und weil Annes Mutter, deine Großmutter, sehr krank ist. Sehr krank war, meine ich."

Louise räusperte sich und streckte Mara das Schriftstück entgegen.

„Sie hatte keine Wahl damals."

Mara griff sachte nach dem Papier, als drohe es, im nächsten Augenblick zu explodieren. Sie blickte auf die schöne Handschrift ihres Großvaters, der Brief sah aus wie ein Kunstwerk, doch so schön er von außen wirkte, so hässlich war sein Inhalt. Nicht nur die Schicksalsschläge, von denen die Rede war, ließen Mara erschaudern, sondern auch die Art und Weise, wie der Verfasser mit seiner Tochter sprach. Es war herzzerreißend.

Hilflos blickte sie auf, wollte eine Frage stellen, doch ihre fehlte zu viel von dem Puzzle, um irgendwo anzusetzen.

„Liebling, vielleicht fängst du lieber von ganz vorn an? Sieht aus, als würden unserem Gast ein paar Eckpunkte fehlen." John sah seiner Frau in die Augen und legte seine Hand behutsam an ihre Wange. Louise schien nicht minder durcheinander, als Mara sich fühlte.

„Du hast recht. Also, wo fang ich an?" Offensichtlich suchte sie in ihrem Kopf nach dem Punkt, an dem Maras Wahrheit und ihre auseinanderdrifteten. „Deine Mutter ist, als sie neun Jahre alt war, mit ihren Eltern nach Deutschland ausgewandert. Anscheinend …"

Louise fing Maras Blick auf und verstummte kurz, als sie bemerkte, dass sie wohl noch weiter zurückgehen musste. Es fiel ihr sichtlich schwer fortzufahren, aber nach einer kurzen Pause räusperte sie sich und begann von Neuem:

„Deine Mom ist hier geboren. Sie in Bantry und ich hier in diesem Haus. Das sind zwar ein paar Meter von hier bis Bantry, aber du kannst dir sicher vorstellen, dass es in der Gegend nicht so viele Kinder zum Spielen gibt. Und vor über fünfzig Jahren sah das nicht besser aus, im Gegenteil.

Anne und ich waren von der ersten Sekunde an ein Team, wie Pech und Schwefel, wir haben einen Blödsinn nach dem anderen ausgeheckt und hingen Tag und Nacht zusammen. Unsere Eltern hätten uns wohl nicht so oft hin und her gefahren, wenn sie nicht froh gewesen wären, dass wir dann ein paar Stunden nicht bei ihnen Unfug anstellten."

Louises Augen leuchteten, während sie sprach, und ein schelmisches Grinsen lag ihr auf den Lippen, das während der folgenden Sätze wieder verlosch.

„Mitte der Siebziger schien sich für deine Großeltern eine große Chance aufzutun." Sie schluckte. „Sie kauften ein riesiges Waldstück und ein Sägewerk in Deutschland. Und Anne musste mit, sie war ja erst neun Jahre alt. Wer hätte damals auf ein Kind gehört? Und wenn man mal ehrlich ist, fragen die Leute heute ihre Kinder, bevor sie umziehen?"

Louise ließ die Frage einen Moment im Raum stehen. Das verschaffte ihnen allen ein paar Sekunden, um das Gehörte und Gesagte sacken zu lassen.

„Anne war nie wirklich glücklich gewesen in Deutschland. Sobald sie den Schulabschluss in der Tasche hatte, kam sie zurück und baute sich hier ein Leben auf.

Sie träumte von einem kleinen Café, in dem regionale Landwirte und Künstler für sich werben konnten. Es war wundervoll, ihr dabei zuzusehen, wie aus diesem irrwitzigen Traum plötzlich Wirklichkeit wurde. Sie wälzte monatelang irgendwelche verstaubten Bücher und Tabellen, um die Kalkulationen und alles Mögliche selbst zu machen, und obwohl es anfänglich unmachbar schien, schaffte sie es. Alle unterstützten sie, wo sie nur konnten. Es war, als würde sie die verschlafene Region aufwecken und jeden mit ihrem Übermut anstecken. Zu ihren Eltern hatte sie, seit sie fortgegangen war, keinen Kontakt mehr. Sie hat es immer wieder versucht, schrieb Brief um Brief, aber erst kam ewig nichts und dann nur ein Haufen Vorwürfe."

Louise sah Mara aufmerksam dabei zu, wie die Bedeutung der Worte langsam bei ihr ankam, bevor sie fortfuhr:

„Als nach so vielen Jahren dieser Brief kam, sah Anne keine andere Möglichkeit, als zu gehen. Es waren schließlich ihre Eltern, und sie hatte schon so viele Jahre gegen das schlechte Gewissen angekämpft. Außerdem waren wir keine Kinder mehr, sondern beide Mitte zwanzig, und da kann man nicht mehr so einfach wegsehen, schon gar nicht bei der eigenen Familie.

So war es also. Anne ging. Anne ging, und es schien, als wären alle in Schockstarre verfallen. Alle sprachen über sie, als wäre sie noch da, oder als würde sie bald zurückkommen. Doch sie kam nicht. Und irgendwann kamen auch keine Briefe mehr."

Die natürliche Fröhlichkeit in Louises Stimme war der Melancholie gewichen. Prüfend sah sie Mara ins Gesicht, dann schien sie ihre eigenen Gefühle kurz beiseitezuschieben und schenkte ihr ein einfühlsames Lächeln.

„Aber das hast du alles nicht gewusst, stimmt's?"

Mara schluckte und senkte den Blick auf die Tischplatte. „Nein. Nichts davon." Sie sah auf das Stück Papier, das Louise immer noch in der Hand hielt. „Und wie lange … Also wann kam der Brief?"

„Du meinst, wie lange sie bei uns sein durfte?" Louise lächelte und sah fragend zu John, der einen nachdenklichen Ausdruck aufgelegt hatte. „Hm, was meinst du, mein Herz, es müssen etwas über sieben Jahre gewesen sein?"

„Ja, sieben Jahre könnte hinkommen."

Die beiden sahen sich einen Moment fragend an.

„Lasst uns doch nachsehen", schlug Louise vor.

Sie schlug das Tagebuch auf und blätterte schnell zum hinteren Viertel, bis sie anscheinend im richtigen Jahr angekommen war.

Dann räusperte sie sich und begann vorzulesen: *„Die Firma braucht dich. Sechs ganze und ein halbes Jahr zu Hause.*

Liebes Tagebuch, ich weiß nicht, wo ich anfangen soll … Ich hab mir die letzten Jahre immer wieder gewünscht, dass sie mir schreiben, mir vorgestellt, wie sie mich plötzlich verstehen und alles doch noch gut wird zwischen uns. Und jetzt wünschte ich fast, sie hätten meine Adresse nicht gehabt.

Ich rannte, so schnell mich meine Beine trugen, durch das Dorf, den steinernen Pfad entlang über die Wiese bis hin zu dem morschen Zaun, an dem die Kinder und Jugendlichen aus der Umgebung immer ihre Fahrräder ablegen. Ich griff mir das erstbeste und trat in die Pedale des viel zu kleinen Models.

Der Wind peitschte unablässig in mein Gesicht, und als wäre der Himmel mit mir traurig, verdunkelte er sich, und eine große schwarze Regenwolke kündigte Niederschlag an. Ich strampelte die alte Straße, die ich in den letzten Jahren fast täglich gegangen war, entlang, den Brief immer noch in der Hand. Dabei liefen mir Tränen der Wut und der Verzweiflung übers Gesicht und ließen meine Sicht verschwimmen.

Ich strauchelte, verlor das Gleichgewicht und schlingerte in einen kleinen Graben. Ein paar Mal zog ich hektisch am Lenker, um das Rad wieder herauszuziehen, und bemerkte einen Platten am Hinterreifen. Daraufhin warf ich es wieder in den Graben und rannte erneut los. Morgen würde ich es zurückbringen, bei dem Unwetter vermisste es ohnehin niemand.

Ich lief und lief und lief, bis ich das Zwergenhäuschen sah, in dem ich einen Großteil meiner Kindheit und der letzten sieben Jahre verbracht hatte und das für mich pures Glück bedeutete.“

Louise machte eine kurze Pause.

„Ich sprang auf die Veranda und hämmerte gegen die Eingangstür. Meine Hände schmerzten, ich war bei meinem Sturz auf sie gefallen, und da ich verkrampft das Stück Papier umklammert hatte, hatte ich mich nicht richtig abfangen können. Ein tiefes Schluchzen schüttelte meinen Körper, und ich musste mich von drinnen wie ein Poltergeist anhören.

Genauso kreidebleich und erschrocken, wie ich mich fühlte, sah Loui aus, als sie die Haustür endlich öffnete.

‚Anne ... was ist passiert?‘, sagte sie erschüttert, als sie mich sah.

Über und über mit Schlamm beschmiert, mit blutigen Fingerknöcheln, verweint und nicht im Stande, einen klaren Satz zu formulieren, so stand ich vor ihr. Ich versuchte es dennoch: ‚Loui, ich ... Sie haben ... Was kann ich ...‘

Mein Gefasel wurde von Loui unterbrochen, die mich zur Beruhigung fest in die Arme schloss. ‚Schsch, ganz ruhig. Ganz ruhig, tief durchatmen.'

Ihre Umarmung war fest, und sie lockerte sie nicht, bis sie nach einigen Minuten bemerkte, dass ich wieder gleichmäßig atmete und nicht nur hektisch Luft einsog. Der Schluckauf, den ich bis eben nicht bemerkt hatte, war das Einzige, das meine tiefer werdenden Atemzüge immer wieder unterbrach und meinen jetzt kraftlosen Körper durchzuckte.

Die erste Gefühlswelle war über mich hinweggerollt, und ich fühlte mich kaum im Stande zu stehen. Loui schob mich sanft ins Haus, setzte mich an den grün-weißen Kachelofen. Anschließend entfachte sie den Kamin, drückte mir einen Tee in die Hand und umarmte mich abermals.

So saßen wir, bis auch der Schluckauf verebbt war.

‚Anne, lass los, okay?'

Erst jetzt fiel mir der Brief in meiner Hand wieder ein. Loui wollte ihn mir abnehmen, aber meine Finger waren ganz weiß, so fest drückte ich sie zusammen.

‚Keine Sorge, lass einfach los.'

Und ich löste meinen Griff.

Loui begann nicht sofort, ihn zu lesen. Sie hielt mich noch fest, bis sie anscheinend entschied, dass es sicher genug war, mich loszulassen. Sie ist einer der taktvollsten Menschen, die ich je kennengelernt habe."

Louise stockte erneut.

„Irgendwann hob sie den Brief ein kleines Stück und flüsterte: ‚Darf ich?'

Ich nickte kaum merklich. Sie öffnete das Kuvert, zog das gefaltete Blatt heraus, schlug es auf und las.

Obwohl sie sich offensichtlich Mühe gab, nicht zu reagieren, um meinen Zusammenbruch nicht noch mehr anzutreiben, hörte ich, wie es ihr den Atem verschlug, und ich spürte sogar, wie sich ihr Körper verkrampfte. Ihre Hände begannen zu zittern, und ich hörte, dass ihr bereits die Tränen drohten, als sie das nächste Mal durch die Nase einatmete und ein geräuschvolles Schniefen ertönte.

Sie schluckte und ließ die Arme sinken, nur um sie einen Moment später erneut zu heben und das Schriftstück abermals zu lesen. Ich weiß nicht, wie oft sie das tat, bis sie endgültig aufgab.

Eine Weile schwieg sie, dann, ganz leise: ‚Aber ... gibt es denn niemand anderen?'

Obwohl es als Frage formuliert war, war das Rhetorische darin unüberhörbar gewesen. Laut ausgesprochen schwebte sie im Raum und bedurfte keiner Antwort.

Wieder schüttelte mich ein tiefes Schluchzen, aber diesmal war es nicht mein eigenes, sondern das meiner Freundin. Loui, die seit der Diagnose ihres Vaters ..."

Pause. Louise räusperte sich.

„Loui, die seit der Diagnose ihres Vaters bei jedem Gefühl prüfte, ob sie es preisgab oder doch für sich behielt, weinte, und die Tränen wollten gar nicht mehr versiegen. Ich legte meine Arme um sie, und sie erwiderte den Griff so kräftig, als könne sie damit das verhindern, was die Zukunft bringen würde.

So saßen wir beide stundenlang da.

Immer wieder begann eine von uns, eine weitere Frage zu formulieren oder mit dem Funken einer Hoffnung eine Lösung zu spinnen, doch stets brachen die Sätze nach wenigen Worten ab und ließen wieder der ohrenbetäubenden Stille Platz.

Es gab keinen Ausweg, ich musste gehen."

Mara und John hatten wortlos zugehört, auch als Louises Stimme zitterte und immer wieder brach, warteten sie geduldig und stumm, bis sie fortfuhr.

Schließlich nahm Mara das Büchlein an sich und las den Eintrag erneut. Sie las die verschlissenen Seiten einmal, dann noch einmal und dann ein drittes Mal. Aber auch nach mehrmaligem Lesen wollten die Worte einfach keinen Sinn in ihrem Kopf ergeben. Zu weit weg lag diese ganze Geschichte, die Louise erzählt hatte, von der, die Mara kannte.

Soweit sie wusste, hatte ihre Mutter von Kindheit an in Deutschland gelebt und war während irgendwelcher Ferien in Irland gewesen. Später hatte sie BWL studiert, um dann die Holzfirma, die seit Generationen in der Hand der Familie lag, leiten zu können. Natürlich sprach sie außergewöhnlich gut Englisch, aber das gehörte eben dazu, um eine international agierende Firma zu leiten.

Das war Maras Wahrheit gewesen.

Bis jetzt.

Sie hat das gewollt, sie wollte die Firma übernehmen, es hat ihr Spaß gemacht.

Mara konnte sich deutlich daran erinnern, wie ihre Mutter ihr genau das einst gesagt hatte, als es um die Verwirklichung von Maras Träumen ging. Ihre Mutter hatte ihr im selben Gespräch Selbstsucht und Herzlosigkeit vorgeworfen, und Mara hatte das mit einem ironischen Lachen quittiert. Anne hätte genauso gut von sich selbst sprechen können.

Ihre Mutter hatte nie verstanden, dass Mara eigene Vorstellungen vom Leben hatte, weit ab von dem Familienunternehmen, und ihren ganz persönlichen Weg gehen wollte. Sie hätte nach der International School, auf die sie ihre Eltern geschickt hatten, BWL oder Human Ressource Management studieren sollen, ihren Master machen und dann in die Firma einsteigen sollen, um sie Schritt für Schritt zu übernehmen. Genau wie Anne.

Aber das hatte sie nicht getan.

Sie hatte sich an der Modeschule eingeschrieben und trotz drei Nebenjobs immer noch unter der Hand Geld von ihrem Vater angenommen, um die Miete und die Studiengebühren zahlen zu können. Sie hatte nicht gehorcht und sich in den Augen ihrer Mutter gegen ihre Familie entschieden. Ihr beruflicher Weg hatte sie von ihren Wurzeln weggeführt und Anne und sie immer mehr entzweit. Nicht zuletzt hatten sich auch ihre Eltern voneinander entfernt, nachdem Anne Wind davon bekommen hatte, dass ihr Vater sie weiterhin hinter ihrem Rücken unterstützt hatte.

Sie hatte nie verstanden, wie einer Mutter das Glück ihres Kindes so egal sein konnte. *Das muss eine Verwechslung sein*, dachte sie, während sie nun den Brief auffaltete und ihn noch einmal las.

... es ist an der Zeit, falschen Stolz und jugendliche Impulsivität runterzuschlucken und Verantwortung zu übernehmen.

Das hatte ihre Mutter einst Wort für Wort zu ihr gesagt.

Sie war nach vier Jahren mäßigen Kontakts mit ihrem Diplom in der Hand nach Hause gefahren und wollte das Kriegsbeil begraben. Wollte ihren Eltern zeigen, dass sie auf dem richtigen Weg war. Doch Anne hatte fast schon herablassend gemeint, dass sie es ihnen dann ja wohl gezeigt hätte und dass sie jetzt endlich mit den Kindereien aufhören könne.

Sie las den letzten Satz.

Die Firma braucht dich.

Die Firma. Nicht deine Mutter. Nicht Wir. Die Firma.

Maras Hals schnürte sich zusammen. Ihr wurde heiß und kalt gleichzeitig, ihre Hände wurden schwitzig, und ein leises Schluchzen entrang sich ihrer Kehle. Sie hob den Kopf, um John und Louise anzusehen, und spürte erst durch den Lufthauch der Bewegung, dass ihre Wangen feucht waren.

Die beiden blickten Mara gespannt an, und eine große Welle Mitgefühl schwappte ihr durch den kleinen, warmen Raum entgegen.

„Ich … Ich versteh das nicht“, stieß sie mühevoll hervor. Sie wusste nicht, was sie mehr verwirrte. „Mama war immer dagegen, dass ich mir einen Job außerhalb der Firma suche. Und sie hasst die Natur … Ich …“

Maras Weinen schüttelte jetzt ihren ganzen Körper.

John legte seine große, warme Hand auf ihre und drückte sie ganz fest, um sie zu beruhigen. Louise stand auf und setzte sich neben sie auf die Bank, als wären sie schon ewig Freundinnen.

Als Mara bewusst wurde, dass Louise und Anne genauso, im exakt selben Raum, circa dreißig Jahre zuvor gesessen hatten, fielen die letzten Hemmungen. Sie schluchzte, weinte und erwiderte die Umarmung von der fast fremden und liebevollen Frau so innig, dass sie irgendwann Sorge hatte, zu fest zuzudrücken.

Sie konnte sich nicht daran erinnern, wann sie das letzte Mal in einer solchen Heftigkeit, und dann auch noch zweimal in Folge, geweint hatte. Irgendwann auf ihrem Weg hatte sie sich angewöhnt, keine Schwäche mehr zu zeigen, sogar vor Angi fiel es ihr inzwischen schwer, ehrlich zu ihrer Trauer und ihrer Wut zu stehen, doch jetzt kamen die so lange unterdrückten Tränen der Ungerechtigkeit zum Vorschein. Und nicht nur ihre eigenen. Als ihr Schmerz über die Sinnlosigkeit der letzten Jahre nachzulassen schien, weinte sie Annes Tränen.

Annes Tränen, Annes Schmerz, von dem sie nie geahnt hatte, nach dem sie nie gefragt hatte.

Sie fühlte sich wie in einem verworrenen Albtraum.

Kapitel 12

MARA stand erneut an Deck des schwankenden Schiffes. Der Sturm hatte noch an Gewalt zugenommen und offenbar schon einiges an Schaden verursacht, denn der Bug des Schiffes hing schief im Meer. Über ihr schlug ein gleißender Blitz in den Hauptmast, der zerbarst und sie um ein Haar erschlug, wäre sie nicht zur Seite gezogen worden. Jemand hatte sie im letzten Moment am Ärmel gepackt und sie zu Boden gerissen. Marc. Beim Sturz war er auf sie gefallen und stützte sich gerade noch mit einer Hand unter ihr ab. Sein Gesicht war ihr nahe. Und er lachte.

Sie spürte seinen warmen Atem, der Geruch von Minze und frischgeschnittenem Gras lag in der Luft, und dieses Lächeln, das die Macht hatte, jeden Sturm zu vertreiben. Und wirklich war der Sturm vorüber, und einzig und allein Maras Herzschlag war noch zu hören.

Sie sahen sich an, einfach nur an. Glück breitete sich in ihren Adern aus, und alles schien auf einmal zu leuchten. Dann sagte Marc etwas, das Mara nicht verstehen konnte, sie hörte nur ihren Herzschlag.

„Was?“, schrie sie, und Marc begann wieder, tonlos die Lippen zu bewegen. Sie konnte ihn nicht hören, er drang einfach nicht zu ihr durch. Langsam verfinsterte sich sein Gesicht, und Mara wurde panisch.

„Wie bitte?“, schrie sie. „Ich kann dich nicht verstehen!“

Ihr Herz klopfte noch lauter.

Schweißgebadet schlug sie die Augen auf und wusste erst einmal nicht, wo sie war. Die graugrünen Augen, an denen sie sich gerade noch so verzweifelt festgehalten hatte, verblassten und gaben den Blick auf den kleinen, gemütlichen Raum frei. Sie brauchte einige Momente, um das Zimmer zu erkennen und sich klarzumachen, dass sie das nicht ebenfalls alles nur geträumt hatte.

Das Bett, in dem sie lag, stand in Irland, nicht in Deutschland, und ihre schmerzenden Unterschenkel erinnerten sie gewissenhaft an den gestrigen Tag.

Sie wollte sich gerade noch mal umdrehen, da klopfte es, und Louises Stimme drang durch die Zimmertür. Erst jetzt bemerkte Mara, dass sie wohl schon einmal geklopft hatte, und sie dadurch geweckt worden sein musste.

„Mara? Wir würden jetzt frühstücken. Komm einfach runter, wenn du magst.“ Louise ging wieder nach unten, Mara hörte das Knarzen der Stufen und das der Tür zur Stube.

Langsam sickerte der gestrige Tag in ihr Bewusstsein. Ihr Herz zog sich ein kleines Stück zusammen beim Gedanken an ihre Mutter und deren vergessenes Leben. Sogleich überkam sie dieselbe Welle an Hoffnungslosigkeit und Schuldgefühlen wie gestern Abend.

Stopp, stopp, stopp!

Ganz fest kniff sie die Augen zusammen und zog sich die Decke über den Kopf, um einige Stunden später von einem Déjà-vu geweckt zu werden.

„Mara? Wir würden jetzt zu Mittag essen, wenn du magst, komm gern dazu.“ Louises Stimme war etwas lauter als am Morgen und auch eine Spur eindringlicher.

Mara schälte sich mühevoll aus dem Bett und machte eine Katzenwäsche. Ihr Gesicht spannte vor all den getrockneten Tränen, die am gestrigen Tag darüber gerollt waren, und zusätzlich begann die heilende Wunde an ihrem Kopf jetzt unangenehm zu jucken.

Vielleicht weine ich deswegen nie, damit kann man ja gar nicht mehr aufhören, dachte sie zynisch, während sie sich die Wangen wusch. Scham stieg in ihr auf, und sie hielt kurz inne beim Anblick ihres Spiegelbilds. Ungeschminkt, angeschrammt, und so hatte Marc sie geküsst. Normalerweise hätte sie sich dafür ebenfalls geschämt, aber bei ihm war es anders gewesen. Er hatte ihr das Gefühl gegeben, genau richtig zu sein. Sie hatte nicht einen Gedanken an ihr Äußeres verschwendet, während er bei ihr gewesen war. Nicht einen.

Sie riss sich aus ihrer gedankenschweren Starre und ging in die Stube, wo Louise und John schon vor einer Art Spinateintopf am Küchentisch saßen.

„Guten Morgen“, beeilte Mara sich zu sagen und sah in vier erleichtert dreinschauende Augen. „Entschuldigt, ich hab nicht einschlafen können gestern und …“

„Der Tag ist doch noch nicht verloren.“ John stand auf und holte einen dritten Teller und Besteck. „Ich frühstücke auch gern deftig. An deiner Stelle wäre ich ebenfalls liegen geblieben, heute gab’s Magerquark.“

Er warf Louise einen halb neckischen, halb entschuldigenden Blick zu, die seine guten Absichten, Mara aufzumuntern, wohl honorierte, indem sie nicht protestierte.

„Ja, und der junge Herr hier hat es geschafft, Marmelade mit Magerquark zu essen und nicht andersrum“, ergänzte sie mit einem strengen Blick.

„Tja, wenn der Quark wie die Marmelade aus deiner Herstellung kommt, schaff ich vielleicht irgendwann halb halb.“

John setzte eine Unschuldsmiene auf und hatte Erfolg. Dieser eleganten Schmeichelei hielt ihr grimmiger Gesichtsausdruck nicht stand. Sie begann zu lachen und warf ein Geschirrtuch nach ihm.

„Ah, immer kriegst du mich!“

John gab seiner Frau vergnügt einen Kuss auf die Wange und stellte den Teller vor Mara ab.

„Also, was habt ihr heute vor?“ Sie bemühte sich um ein argloses Lächeln, und obwohl ihr Magen sich flau anfühlte, nahm sie einen großen Schluck von dem Kaffee, den John ihr hingestellt hatte.

„Na ja, morgen kommen zwei Pärchen als Gäste, da muss ich noch einiges vorbereiten. Wenn du willst, kannst du mir helfen, Anne, mit den Betten und …“ Louises Stimme brach ab, als sie ihren Fehler bemerkte. „Liebes, entschuldige. Mara natürlich! Ihr seht euch zum Verwechseln ähnlich, wirklich verblüffend. Ich hoffe, du nimmst es mir nicht übel.“

Mara schluckte den Spinat in ihrem Mund runter und schüttelte den Kopf. Sie nahm Louise gar nichts übel. Sie wusste lediglich nicht, wie sie die gestrige Geschichte dieser tollen, fremden Anne mit ihrer Mutter in Einklang bringen sollte.

Und dann fasste sich Mara ein Herz und atmete tief ein. „Louise, kannst du mir … Also würdest du mir vielleicht von ihr erzählen?“

Auf Louises Gesicht breitete sich ein aufgeregtes Lächeln aus. Etwas Verschwörerisches lag in ihrem Blick, als dürfte sie endlich von einem lang gehegten Geheimnis erzählen.

Louises Geschichte begann am selben Tag, an dem auch das Tagebuch begann, am Tag von Annes Rückkehr. Sie schien kein Detail auszulassen, war offenbar richtig in Fahrt.

„Ihr könnt euch das Gesicht von diesem Casanova nicht vorstellen, er sah aus, als hätte er einen Geist gesehen! Aber das beirrte uns nicht die Bohne, wir waren so glücklich und euphorisch, dass wir noch eine ganze Weile kichernd und schnatternd vor dem Auto standen."

In ihren Augen brannte ein Feuer, seit sie über Anne sprach, und ihre Wangen glühten vor Aufregung. Sie sah zehn Jahre jünger aus, während sie erzählte, wie sich die junge Anne und die junge Louise wiederfanden.

„Ich kann dir gar nicht beschreiben, wie glücklich ich war, ich hatte schon als Kind zu Anne aufgesehen. Sie war so mutig und wusste immer genau, was sie wollte, es war beeindruckend."

John lächelte ihr liebevoll zu. „Ihr habt einander gutgetan, sie dir und du ihr", sagte er, anscheinend ebenfalls in Erinnerung schwelgend.

Die beiden sahen sich einen Moment lang tief in die Augen, vielleicht in Gedanken an ein gemeinsames Erlebnis.

„Meine Mutter war die Mutige von euch beiden?" Mara konnte sich die Ungläubigkeit in ihrer Stimme nicht verkneifen.

„O ja! Ich bin immer zurückhaltender gewesen als Anne, aber in der Zeit, in der sie weg war, zwischen neun und achtzehn, wurde es noch extremer. Ich musste damals viele Dinge übernehmen, für die ich eigentlich noch zu klein war. Kannst du dich noch erinnern, mein Herz, wie verschüchtert ich war?"

„Ja. Kaum vorstellbar jetzt", sagte John und stupste seine Frau scherzhaft in die Seite.

„Sei bloß vorsichtig, mein Lieber", drohte Louise, was offensichtlich ganz und gar nicht ernst gemeint war.

„Deine Mutter war die Schwester, die ich nie hatte, und die beste Freundin, die man sich nur vorstellen konnte", richtete sie dann das

Wort erneut an Mara. „Und das gilt nicht nur für mich. Alle liebten sie, auch der junge Charmeur neben mir hatte ein Auge auf sie geworfen.“ Sie warf John erneut einen neckischen Blick zu.

„Also, von einem Auge kann kaum die Rede sein!“

Louise hob skeptisch eine Braue, woraufhin John kleinlaut hinzufügte: „Aber sie war mir auf jeden Fall aufgefallen. Zum Glück, sonst wäre ich an diesem Abend niemals ins *Lucky's* gegangen, und ich hätte dich hinter deinen ganzen Büchern vielleicht nie wahrgenommen.“

Er gab ihr einen Kuss auf die Haare.

„Jaja, gerade noch die Kurve gekriegt!“

Es war eine Freude, den beiden zuzusehen, es lag so viel Vertrauen und Liebe in der Luft, dass sie fast greifbar schienen. Maras Gedanken wanderten immer wieder zu dem zerzausten Lockenkopf und der warmen Stimme, die tief in ihr widerzuhallen schien.

Verzaubert beobachtete sie, wie immer mehr Geschichten aus dem Tagebuch zum Leben erwachten. Es war verrückt, aber sie wusste, wovon die beiden sprachen, weil sie es schon mal gelesen hatte.

„Verrückt, dass du jetzt hier bei uns sitzt“, sagte Louise leise, als hätte sie Maras Gedanken gelesen.

„Stimmt“, erwiderte Mara. *Verrückt* war offenbar die passende Beschreibung für all das.

„Tja, es ist, wie du immer sagst, Liebling. Man kann das Leben nur vorwärts leben und rückwärts verstehen.“

„Wie wahr, mein alter Seebär.“

John schaffte es immer wieder, Louise ein Lächeln aufs Gesicht zu zaubern. Mara sah zu, wie die beiden kurz die Stirn aneinanderlegten und die Augen schlossen, als ihr auffiel, was sie gerade gehört hatte.

Man kann das Leben nur vorwärts leben und rückwärts verstehen ...

„Sag mal“, sprudelte es aus ihr heraus, weil sich gerade eine neue Verbindung zwischen der Geschichte und der Gegenwart auftat. „Du und Anne, ihr kennt doch Eilish, oder?“

„Natürlich kennen wir die alte Mrs Griffin, eine vom ganz rauen Schlag! Für sie wurde die harte Schale und der weiche Kern erfunden“, witzelte John.

„Anne und ich mussten uns diesen Spruch immer und immer wieder von ihr anhören, Tag für Tag“, ergänzte Louise. „Damals haben wir viel Zeit bei ihr im Laden verbracht und Modell für sie gestanden. Sie meinte dann auch immer“, Louise verstellte ihre Stimme, „an toten Puppen kann man doch nicht sehen, ob etwas lebt. Kleider müssen lebendig sein, sonst ist der eigene Tod nicht weit.“

John prustete auf Louises Imitation hin seinen Kaffee über den Tisch, und auch Mara, die Eilish kaum kannte, hatte ganz klar die Stimme der resoluten Dame hören können, während Louise gesprochen hatte.

„Sie war schon in ihrer Jugend sehr eigen gewesen und genau deswegen auch so beliebt“, sagte Louise grinsend.

„Geradlinig. Genau. Hast du sie in Bantry getroffen?“, fragte John und wischte die soeben bereitete Sauerei mit seiner Serviette weg.

„Ich bin für zwei Nächte bei ihr untergekommen. Ich hatte ja nicht vorgehabt, zu wandern, und musste mir noch einige Sachen besorgen. Sie hat mir auch eine Karte gegeben und euer Bed & Breakfast draufgeschrieben“, erklärte sie, während sie selbst verstand, was das wohl bedeutete.

Louise hatte unterdessen eine grüblerische Miene aufgesetzt.

„Ich glaub, ich hab oben sogar noch ein paar alte Kleider von ihr. Ah! Das trifft sich doch gut!“ Beschwingt von ihrer eigenen Idee klatschte sie in die Hände und erhob sich vom Mittagstisch.

„Ich habe deine Sachen gestern alle noch aufgehangen, aber ich fürchte, trotz Heizkeller musst du dich noch ein wenig gedulden. Derweilen schauen wir mal, was für Schätze sich da oben in meinem Chaos noch verstecken.“

Johns Augen blitzten, er beobachtete Louise, wie sie freudig eine kleine Pirouette vollführte, und sein liebevoller Blick versetzte Mara kurz einen kleinen Stich.

Das will ich auch haben.

Und erneut sah sie ein paar graugrüne Augen vor sich, so nah, dass sie beinahe in das wilde Meer, das in ihnen wogte, hätte hineinspringen können. Für einen Moment spürte sie dieses bekannte, aufgeregte Ziehen in ihrem Bauch, dann wurde es zu einem Krampf und ließ ihr die Haare zu Berge stehen.

Schnell wischte sie ihre irrwitzigen Gedanken beiseite und folgte Louise auf den Dachboden.

Oben angekommen war es, als wären sie in eine Zeitmaschine gestiegen. Dort unter dem Dachgiebel stand eine Holztruhe vor einem trüben Spiegel und daneben ein wackelig aussehender Hocker, auf den sie sich setzte und und von dem aus sie staunend zusah, was Louise aus der Kiste zauberte.

Da waren zerknautschte Hüte und zerknitterte Kleider, aber auch alte Fotos und Briefe.

„Sieh nur, das war mein absolutes Lieblingskleid!“, rief Louise entzückt und hielt sich das hochgeschnittene, cremefarbene Kleid vor die Brust, um sich im Spiegel zu betrachten. „Wir sahen fantastisch aus in diesen Sachen! Probier's mal an“, fügte sie nach einem wehmütigen Moment hinzu und warf Mara das Kleid entgegen.

„Nein, das ist dein Kleid. Ich kann doch nicht …“

„Papperlapapp, mir passt es sowieso nicht mehr, es verrottet seit Jahren in der Kiste. Oder sollen wir es erst noch waschen? Deine Mom schien sich ja vor nichts zu ekeln. Sie hat sich gleich in alles reingeworfen, egal wie lang etwas schon vor sich hin moderte.“ Louise lachte bei dem Gedanken und schüttelte sich kurz, als würde ihr selbst ein Ekelschauer über den Rücken laufen.

Mara betrachtete skeptisch den alten Stoff in ihrer Hand, aber abgesehen davon, dass er vom jahrelangen in der Kiste Liegen steif geworden war, sah er tadellos aus, und er roch auch nicht muffig. Sie zuckte kurz mit den Schultern und schlüpfte in das Kleid. Der Kontrast zu ihrem Pyjama hätte nicht größer sein können. Sie sah aus, wie einer Modezeitschrift aus den Fünfzigern entstiegen.

„Wow … und das habt ihr getragen?“ Staunend begann Mara, in Gedanken zurückzurechnen.

„Ja, wenn Eilish uns zu unserem Glück gezwungen hat“, erwiderte Louise, „aber eigentlich liefen wir eher so herum.“

Sie warf Mara einen quietschvioletten Hosenanzug mit ausgestellten Beinen zu, und Mara riss die Augen auf.

„Ja! Die Achtziger sind auch an uns nicht vorübergegangen. Los, schau, ob er dir passt."

Abermals wechselte Mara ihr Outfit, diesmal ohne zu zögern, und fühlte sich gleich viel wohler und etwas weniger verkleidet. Ihre roten Locken fielen über die Schulterpolster und hoben sich leuchtend von dem neonfarbenen Stoff ab. Tatsächlich ließ das Lila sie nicht wie so oft blass und krank wirken, es verlieh ihr eher einen zarten rosigen Hauch, und ihre braunen Augen wirkten satt und warm.

„Du siehst genauso aus wie sie."

Louise stand hinter ihr, und beide betrachteten die Frau im Spiegel.

„Wunderschön!", fügte sie nach einer kleinen Pause noch leise hinzu.

Etwas später zeigte Louise Mara noch Fotos und sogar Briefwechsel von damals. Einige waren kaum mehr zu entziffern, andere ließen ihre Botschaft so klar erkennen wie einst.

Auf dem, den Mara gerade in der Hand hielt, stand:

Loui, ich sterbe vor Neugier! Habt ihr euch geküsst? Anne

„Da hatten wir uns noch lange nicht geküsst. Wir haben einander so verunsichert, dass ich dachte, es würde nie geschehen." Louise lachte und begann, die Dinge wieder in die Kiste zu räumen.

„Aber irgendwer hat sich schließlich doch getraut, und dann habt ihr den ganzen Abend miteinander getanzt, stimmt's?", schlussfolgerte Mara sanft, und ihre Gedanken wanderten automatisch zu Marcs dunklem Lockenkopf.

„Du meinst die Modenschau?", stieß Louise begeistert aus. „An dem Abend haben wir uns gerade erst kennengelernt und glaub mir, wäre Anne nicht gewesen, wäre es bei dem Tanz geblieben, und wir würden uns wohl immer noch nur verträumte Blicke zuwerfen."

Mara grinste. Es klang wie die perfekte Romanze.

„Was meinst du, wollen wir sehen, wie Anne die Sache gesehen hat?"

Louises Frage wirkte fast schüchtern, als hätte sie auch ein wenig Angst, etwas zu erfahren, was sie vielleicht nicht wissen wollte. Aber die Neugier überwog offensichtlich.

Mara nickte und zog das Notizbuch aus der Hosentasche.

„Zwei Jahre und drei Monate zu Hause.

Liebes Tagebuch,

ist das Leben grundsätzlich gerecht? Ich frage mich das schon eine ganze Weile, und ich komme zu keinem Ergebnis. Wenn ich genau hinsehe, habe ich manchmal sogar das Gefühl, das Dunkle überwiegt, wartet in irgendeiner Ecke auf einen besonders glücklichen Moment, um dann polternd herauszuspringen und Buh zu schreien.

Ist das gerecht? Womit haben Loui und Martha das verdient?"

Mara warf Louise einen Blick zu, bevor sie weiter vorlas. Diese schien wohl zu wissen, was auf sie zukam, denn sie nickte aufmunternd.

„‚Okay, wie wär's mit dem verführerischen Vamp?'

Ich hatte den Kopf tief in eine Kiste gesteckt und griff nach einem bordeauxroten Hauch von Nichts. Ich konnte mich dunkel daran erinnern, es vor ungefähr zwei Jahren einmal für Eilish anprobiert zu haben, bevor sie sich dafür entschieden hat, anständige Mode *zu machen, wie sie seinerzeit sagte.*

Stolz hielt ich meinen Fund in die Höhe.

‚Na, das wäre doch perfekt, und dazu vielleicht eine hiervon.' Beherzt griff ich nach einer Federboa vom letzten Karneval und hielt beides demonstrativ in die Höhe.

Louis Blick war einmalig.

Die pure Verachtung.

‚Großartig, dann muss ich auf jeden Fall keine Angst mehr davor haben, was wohl das Peinlichste heute Abend sein wird.'

Ihr Tonfall war halb sarkastisch, halb verzweifelt, und ich spürte, wie viel ihr der Abend bedeutete.

‚Na ja, du müsstest dir auf jeden Fall keine Sorgen mehr machen, dass ihr kein Gesprächsthema findet. Denn dieses Kleid', ich sprach mit einem schlechten französischen Akzent weiter, ‚dieses Kleid, mon amour, sagt mehr als tausend Worte. Au!'

Ein Kissen hatte mich unvermittelt und direkt ins Gesicht getroffen.

‚Jetzt konzentrier dich! Wir müssen danach noch zu Eilish.'

‚Jaja, schon gut.'

Ich versuchte, mich auf die Kiste vor mir zu konzentrieren, die randvoll war mit Kleidern, die es nicht in Eilishs Laden geschafft hatten oder übrig geblieben waren.

Aber eigentlich brannte mir schon seit Tagen etwas anderes auf der Seele, und ich taumelte ständig zwischen Mut und Angst, etwas Falsches zu sagen, hin und her. Einen Moment hörte man nur das Rascheln, das unsere Hände in den Kisten verursachten, und dann hielt ich es einfach nicht mehr aus.

‚Sag mal, Loui, wie geht's eigentlich ... deiner Mom?'

Das war nicht genau die Frage, die ich stellen wollte, aber die einzige, die ich halbwegs aus dem Mund bekam.

Loui stockte. Sie riss sich spürbar zusammen und kramte dann weiter nach potenziellen Outfits für das Date.

‚Ich glaube, nicht gut. Sie tut so, als wäre alles okay, und das macht Dad und mich wahnsinnig ... Sie schleppt ihn zu jedem Arzt in der Gegend, neulich war hier sogar so ein Naturheil-Geister-Hexen-Schamane und hat drei Stunden lang unser Haus von bösen Energien befreit.'

‚Und dein Dad?'

‚Der macht das immer noch mit. Er will sie nicht enttäuschen, und sie klammert sich an jeden Strohhalm.'

Louis Stimme zitterte, während sie sprach. Es bricht mir das Herz, wie sie immer noch versucht, stark zu sein.

‚Und was ist ... also was ist, wenn sie recht hat? Ich meine, es gibt doch Leute, die so etwas überle...'

‚Anni, er hat Knochenkrebs im Endstadium! Es geht nicht um einen zu hohen Cholesterinspiegel, den man mit guter Ernährung wettmachen kann, und es geht auch nicht um starken Glauben. Mein Dad hat sein ganzes Leben lang geglaubt, und was hat ihm das gebracht?' Sie hielt inne. ‚Entschuldige.'

Ich ging zu ihr und nahm ihre Hand, dann drückte ich sie sanft, um einfach nur zu zeigen, dass ich da war.

‚Es gibt im Moment einfach kein anderes Thema bei uns.'

‚Tut mir leid, dass ich gefragt hab.'

‚Muss es nicht.' Sie sah zu Boden und schwieg.

‚Okay, dann würde ich sagen, wir sperren das Thema jetzt für ganze ... achtzehn Stunden und es geht heute nur um dich. Gut?'

Ich sah Loui fest in ihre blauen Augen, dann zog ich neckisch eine Braue nach oben und fragte mit Akzent: ‚Also, was ziehst du drunter?‘

‚Anni! Hör auf damit!‘ Loui lachte und wurde rot, aber sie lachte.

‚Schon klar. Einfach gar nichts, oder?‘

Sie ließ meine Hände los und versuchte, sich ihre Scham nicht anmerken zu lassen, während sie eine neue Kiste öffnete, aber ihr Kichern verriet sie.

‚Ich glaube, John ist eher der Boxershortstyp, oder was meinst du?‘ Ein gelbes oversized Jackett rutschte mir in die Hand, und ich streifte es ohne nachzudenken über.

‚Was? Ich kann dich hier hinten nicht hören!‘ Loui tat genervt, aber eigentlich liebt sie meine Albernheit, das weiß ich ganz genau.

‚Oder glaubst du, er trägt so enge ... Oh, Loui!‘

‚Was?‘ Sie stöhnte demonstrativ.

‚Schau mal! Was ist mit dem hier?‘

Das cremefarbene Kleid war damals übrig geblieben, aber ich erinnerte mich noch gut daran, wie Loui darin ausgesehen hatte. Ich hielt es hoch, und Loui stockte, als sie es sah.

‚Meinst du echt? Ist das nicht zu schick?‘

‚Zu schick? Zu schick, um jemanden umzuhauen? Ich glaube nicht. Komm mal zum Spiegel.‘

Sie stellte sich direkt davor, und ich hielt das Kleid genauso vor ihren Körper, dass wir erahnen konnten, wie es an ihr aussehen würde. Ich sah, wie ihr Blick weicher wurde, und verträumt betrachtete sie ihr Spiegelbild.

Ein Geräusch hinter uns ließ uns aus unserem Schwelgen hochschrecken.

‚Mein Gott, dieser Dachboden bringt mich noch mal ins Grab!‘, schrie ich theatralisch und griff mir an die Stelle, wo mein Herz gerade eine Synkope vollführt hatte.

‚Stell dich nicht so an, das war nur ’ne Maus. Okay, ich probier’s mit dem Kleid, aber ich wasch es erst ... Widerlich, wie du in all die alten Sachen reinsteigst.‘

Mit einem breiten Grinsen sah ich sie an. ‚John wird Hören und Sehen vergehen!‘

Ihre grimmige Miene schwand, und mit dem Anflug eines Lächelns auf den Lippen fragte sie leise: ‚Meinst du?'"

Mara beobachtete Louise eine ganze Weile, die mit ihren Gedanken wohl noch dreißig Jahre in der Vergangenheit steckte.

„Tut mir leid mit deinem Dad", sagte Mara irgendwann unsicher.

Louise sah auf und das Lächeln, das sie ihr zuwarf, war voller Wärme. „Muss es nicht."

Und kurz sah Mara die Vergangenheits-Loui, wie sie genau dasselbe vor so vielen Jahren zu ihrer Mutter gesagt hatte.

Kapitel 13

NACH ihrem kleinen Ausflug in die Vergangenheit bezogen Louise und Mara die Betten für den anstehenden Besuch und verteilten ein paar liebevolle Details. Louise kümmerte sich um Hygieneartikel, und Mara ging in den Garten, um einige wilde Blumen zu pflücken.

Hier draußen sah es aus wie in einem Kinderbuch. Efeu bewucherte den Teil des Hauses, der zum Meer zeigte, und unter einer tief hängenden Weide stand ein Holzhäuschen, zu dem sich von der Hintertür aus ein kleiner Weg aus groben Steinplatten schlängelte. Daneben gab es zwei große Gemüsebeete, die so früh im Jahr außer gepflügter Erde noch nicht viel hergaben. Der Rest des Gartens wiederum war der Natur überlassen, und überall leuchtete es in Weiß und Helllila, Gelb und auch Blau.

Gewitterblumen.

Mara sah auf die winzigen Blüten hinab. Irgendwas regte sich in ihrem Kopf.

Für den Bruchteil einer Sekunde sah sie die etwa fünfjährige Mara auf einer Wiese spielen, sah, wie sie alle möglichen Pflanzen wahllos ausrupfte. Ihre Mutter kam dazu und erklärte ihr, dass sie diese nicht pflücken dürfe, sonst gebe es ein schreckliches Gewitter, was dazu führte, dass die kleine Mara noch beherzter zulangte, da sie Gewitter liebte. Und ihre Mutter … Ihre Mutter musste lachen und half ihr plötzlich, alle blauen Blumen zu eliminieren, um ein Unwetter zu erzeugen. Sie rupften, bis keine einzige Blume mehr stand, und danach sahen sie gespannt in den Himmel, um mögliche Vorboten eines Sturms zu entdecken.

Wie angewurzelt stand sie da und starrte auf die zarten Blüten. Diese Erinnerung hatte sie völlig verdrängt. Zum ersten Mal seit langer Zeit konnte sie sich an eine andere Anne erinnern. Eine, an die sie früher oft zurückgedacht hatte, so oft, dass sie sich irgendwann nicht mehr sicher war, ob es diese Anne wirklich einmal gegeben hatte. Wie bei einem

Traum, der immer wiederkommt, und irgendwann kann man nicht mehr sagen, ob er Wunsch oder Wirklichkeit ist.

Aber da war sie wieder.

Die fröhliche Anne.

Und die Erinnerung war so klar, so deutlich, dass kein Zweifel an ihrer Echtheit bestand. Es war, als hätten das Tagebuch und die Geschichten von Louise und John eine Tür geöffnet, deren Schlüssel lang verschollen gewesen war.

Gerührt setzte sich Mara auf die Knie und pflückte alle Gewitterblumen, die sie zwischen die Finger bekam.

„Hey, Mara."

Johns Stimme klang etwas gedämpft, und es dauerte ein paar Augenblicke, bis sie sein Gesicht hinter der Fensterscheibe des Schuppens ausmachen konnte.

„Komm mal her, ich will dir was zeigen."

Sie legte ihre Blumenernte ab und machte sich auf zu dem kleinen Häuschen.

Die Tür knarzte und im Inneren roch es wundervoll nach Holz. Ohnehin schien dies weniger ein Gartenhäuschen als eine kleine Werkstatt zu sein. Überall gab es Schränkchen, Kommoden und auch geschnitzte Figuren.

John stand an einem kleinen Tisch, vor sich eine Laterne, deren Scharnier lose herumbaumelte.

„Wow, das ist also dein Reich?", sagte Mara beeindruckt von der Vielfältigkeit der Gegenstände.

John lachte beherzt auf. „Ich muss Louise erzählen, dass du mir so viel Fingerfertigkeit zutraust. Nein, leider ist das nicht mein Spezialgebiet, aber Louise erlaubt mir für kleine Handlangerarbeiten ihr Refugium zu betreten."

Er hielt zur Erklärung die Lampe hoch, an der wohl einfach nur der Stift des Scharniers ersetzt werden musste.

„Das war früher die Werkstatt von Louises Vater, und sie werkelte hier mit ihm, seit sie laufen konnte. Was mich auch schon zu meiner Entdeckung bringt."

Er drehte sich um und hob zwei große Bündel vom Boden auf, dann legte er sie vor Mara auf den Tisch.

„Ich weiß gar nicht, ob Louise klar ist, dass sie die zwei überhaupt noch hat“, sagte er, als wüsste Mara genau, worum es sich bei den Haufen vor ihr handelte. John schlug eines der beiden Bündel auf, und Maras erste Idee war ein Zelt, aber dafür war der Gegenstand zu klein. Dann dämmerte es ihr allmählich.

„Sind das … Drachen?“

„Hier steckt ihr, was macht ihr denn … Oh!“ Louise kam zur Tür herein und sah, was da ausgebreitet auf dem Tisch lag. „Wo hast du die denn her?“

John zuckte die Schultern und sah zu Boden, scheinheilig murmelte er: „Ich sag doch, dieser Schuppen ist magisch, man weiß nie, was er noch für einen bereithält.“

Louise legte gerührt die Hand an die Wange ihres Mannes und hob seinen Kopf, um ihm in die Augen sehen zu können. Dann schenkte sie ihm ein dankbares Lächeln, ehe sie sich euphorisch den Drachen zuwandte, um sie komplett auszubreiten.

„Das glaub ich ja wohl nicht. Weißt du, Mara, mein Vater hat Drachen gebaut, und deine Mutter und ich haben leidenschaftlich gern damit gespielt. Als Kinder haben wir uns immer gegenseitig vom Himmel geholt, und als Erwachsene standen wir tagelang da und sahen in den Himmel, fragten uns, was die Zukunft bringen würde.“

Ihr Blick und die Art und Weise, wie sie über die Drachen sprach, machte aus den schon etwas vergammelten Planen eine Kostbarkeit, und auch Mara spürte die Anziehungskraft, die von diesem Stück Vergangenheit ausging.

„Ich kann dir sagen, wir haben uns mehr als einmal verheddert, als wir zusammen im Wind waren, absichtlich und unabsichtlich. Stundenlang haben wir die verflixten Dinger auseinander gefriemelt, und stundenlang haben wir über unseren Wünschen gebrütet. Wir dachten, je näher unsere Wünsche am Himmel sind, desto höher ist die Wahrscheinlichkeit, dass sie erhört werden. Wir schrieben die verrücktesten Dinge auf kleine Papierschnipsel und klemmten sie zwischen die Spannstäbe, und wenn der Schnipsel danach weg war, ging der Wunsch in Erfüllung. So die Theorie.“

Louise lachte auf und versuchte sich unauffällig eine Träne aus dem Augenwinkel zu wischen. Die Wehmut stand ihr ins Gesicht geschrieben, und John legte einen Arm um ihre Schultern. Flüchtig hauchte sie einen Kuss auf seine Hand, bevor sie weitersprach.

„Das war der von deiner Mutter“, sagte Louise und legte Mara einen der zwei Drachen in die Hand.

Mara begutachtete ihn wie einen Schatz. Wie war das alles nur möglich? Abermals war sie völlig überwältigt.

„Weißt du was? Du kannst ihn behalten. Ich bin mir sicher, deiner Mutter macht es nichts aus.“

„Was?“ Mara sah überrascht auf, hin- und hergerissen, welche die richtige Reaktion auf dieses Geschenk war. Sie wusste, Louise wollte ihr eine Freude machen, und andererseits konnte sie sich nicht vorstellen, was sie mit einem fliegenden Haufen Planen anfangen konnte.

Louise schien ihre Verunsicherung zu bemerken, denn als Nächstes nahm sie sie an der Hand und sagte: „Aber zuerst müssen wir natürlich üben!“

Keine Stunde später standen sie zusammen im Wind an den Klippen und hielten gemeinsam Louises Drachen. Louise wollte erst mal sehen, wie Mara mit dem flatternden Kindheitsfreund umging, bevor sie ihr die volle Kontrolle überließ. Doch bald schon ließ sie von ihrem Drachen ab und übergab Mara das Steuer. Diese jauchzte vor Freude, wenn sie von einem besonders kräftigen Windhauch erfasst wurde. Die anfängliche Angst war nach kürzester Zeit verflogen und einem unvergleichlichen Gefühl der Ausgelassenheit gewichen.

„Das ist einfach wunderbar!“, schrie sie aufgeregt, und ihr Lachen vermischte sich mit dem Pfeifen des Windes, während ihre Gedanken immer wieder zu Marc flogen.

Wut

Sechs Jahre und neun Monate zu Hause

Da stand Loui, meine beste Freundin seit so vielen Jahren, wieder einmal direkt an den Klippen, nicht mehr als einen Meter vom Abgrund entfernt und achtete keine Sekunde auf ihren Untergrund. Stattdessen hatte die junge Frau, die Loui jetzt war, den Blick weit nach oben gerichtet und beobachtete aufmerksam, wie der Flugdrache im Wind hin- und herschwebte. Sie justierte immer wieder die Schnur, gab mal mehr, mal weniger frei, und nicht selten lupfte ein mächtiger Windstoß so sehr an ihrem Begleiter, dass sie ein paar Zentimeter in die Luft gezogen wurde und nicht weit entfernt vom Abgrund wieder auf dem Boden aufkam.

So schüchtern sie als Kind gewesen war, so furchtlos war Loui als Erwachsene geworden.

„Da bist du ja!“, schrie ich ihr durch den jaulenden Wind entgegen. Hier an den Klippen schien er schier ungezügelt zu wehen und blies von allen Seiten.

Sie sah mich nicht an, also nahm ich kurzerhand meine Rolle und das feine Tuch, durch das ich die Schnur würde festhalten können, ohne mich zu verbrennen, und ließ meinen Drachen steigen. Loui sah stur nach oben, aber ich bemerkte von der Seite, dass sie schon wieder Tränen in den Augen hatte.

„Was hast du dir gewünscht?“, schrie ich nach einer Weile und wurde von einer Böe erfasst, sodass ich ebenfalls kurz schwebte.

„Was wohl!“, erwiderte sie immer noch starr auf ihren Drachen blickend.

Es zerbricht mir das Herz, wenn meine kleine Loui so abweisend zu mir ist.

Ich wollte etwas sagen, aber die Worte blieben mir im Halse stecken. Es gab nichts, was die Sache besser machen würde.

Warum muss das alles gleichzeitig geschehen? Warum jetzt, wo es Louis Eltern nicht gut geht und sie sich fast allein um alles kümmern muss, wieso kann das Ganze nicht noch ein bisschen Zeit haben?

Aber seit der Brief angekommen ist, sind schon drei Monate verstrichen, und ich habe bereits die meisten Sachen geregelt. Die Verträge mit den Bauern gelöst, die Künstler benachrichtigt, Charlotte gekündigt, nachdem ich sie gerade erst eingestellt hatte ... Gott, war das furchtbar. *Und sobald der Verkauf des Ladens durch ist, werde ich gehen müssen. Larry sieht mir schon seit Tagen nicht mehr richtig in die Augen, und auch wenn Lis ihm schnell in die Seite stößt, damit er ein gequältes Lächeln aufsetzen kann, merke ich, wie er jedes Mal zusammenzuckt, wenn er mich sieht. Und ich verstehe es.*

Ich weiß beim besten Willen nicht, was ich zu ihm sagen soll. Er hat mich aufgenommen, mich unterstützt, wo auch immer es ging, mir seinen Schatz anvertraut, und ich werfe ihn jetzt achtlos weg.

Und James ...

Es ist furchtbar, alle um mich herum so zu enttäuschen. Je schneller ich gehe, desto schneller wird es ihnen besser gehen. Und es gibt keinen Grund mehr, den Abschied länger als nötig hinauszuzögern, und meine Eltern brauchen mich genauso wie Louis Eltern sie.

Sie hier allein zurückzulassen, fühlt sich trotzdem wie der größte Fehler meines Lebens an. Ich weiß, ich werde es mir gleichermaßen übelnehmen, wie ich es tun würde, ließe ich meine Eltern im Stich.

Es gibt einfach nicht die richtige Entscheidung.

„Loui?" Meine Stimme brach. „Wirst du mir für immer böse sein?"

Sie schluchzte, immer noch den Blick in der Luft.

„Nein!", rief sie nach einer Weile. „Nur wenn du mich vergisst!"

„Was redest du für einen Unsinn!"

„Hey, was ...!"

Mein Drache krachte in ihren, als ich einen Schritt auf sie zu machte und sie in die Arme schloss.

„Ich melde mich, jeden Tag. Du wirst dir vorkommen, als hättest du einen Stalker."

„Ich denke, der würde versuchen, näher an mir dran zu sein und nicht so weit wie möglich entfernt. Es tut mir leid, ich kann einfach nicht anders", schniefte sie schuldbewusst.

„Loui, ich verspreche dir, ich bin nicht für immer weg."

Wir sahen uns lange in die schwimmenden Augen, wir waren so wütend. So wütend, weil niemand Schuld hatte.

Kapitel 14

MARA saß am Küchentisch und genoss die Wärme der Stube. Louise und sie hatten, solange es das Tageslicht zugelassen hatte, draußen gestanden und waren schließlich bibbernd und mit schmerzenden Armen zurück ins Haus gerannt. Ihre Arme lagen nun schwer vor ihr auf dem Tisch, zwischen ihnen das Notizbuch. Maras Bauch und ihr Hals taten weh vom Lachen und Kreischen, und langsam öffneten sich die ersten Blasen der Wanderung.

Trotz alledem fühlte sie sich wunderbar.

Ihr Körper war ausgelaugt und entspannt. Innerlich kämpften ihr Herz und ihr Verstand noch mit dieser neuen Realität, die sich vor ihr aufgetan hatte, dazu Marc, der sich hartnäckig in ihre Gedanken schlich.

Und in mein Herz ...

Für einen Moment gab sie sich der schönen Leichtigkeit hin, die sich in ihr ausbreitete, wenn sie die äußeren Umstände und Verstrickungen ignorierte. Bald aber wanderte ihr Fokus zurück zu Anne. Ihre Mutter, eine eigensinnige, impulsive Frau, die auf dem besten Weg gewesen war, ihren Traum zu verwirklichen, abseits der Familienbande, und zwar gegen den Willen ihrer Eltern.

Klingt nach mir, dachte Mara und nippte an ihrer dritten Tasse Tee.

Sie fühlte sich so wohl in diesem Haus und hatte in der kurzen Zeit, in der sie hier war, vermutlich mehr Empfindungen freien Lauf gelassen als in ihrer gesamten Zeit in der Agentur. Durch die Geschichten und Erzählungen war das Ganze wie eine Reise durch die Vergangenheit, und gleichzeitig schien sie sich selbst im Hier und Jetzt ein großes Stück nähergekommen zu sein. Da waren so viele Dinge, die sie zu verstehen begann.

Sie sah zu Louise, die inzwischen an der Spüle stand und emsig vor sich hin werkelte.

„Warst du böse, weil sie gegangen ist?“, fragte Mara unvermittelt.

Louise hielt in ihrer Bewegung inne und ließ dann langsam den Topf sinken, den sie gerade in den Schrank stellen wollte.

„Ich war einfach unendlich traurig. Ich hab lange nicht verstanden, warum es keinen Ausweg geben sollte, und der Zeitpunkt war denkbar schlecht. Mein Vater war krank, meine Mutter rund um die Uhr mit seiner Pflege beschäftigt, und ich musste von heute auf morgen das Bed & Breakfast übernehmen … Aber ja, wahrscheinlich habe ich ihr eine Zeit lang die Schuld gegeben. Es war leichter … Und als sie einfach weg war, da war es anfangs furchtbar schwer. Ich schrieb noch einige Briefe, die ich letztlich nie abschickte. Aber mit der Zeit wurde es irgendwann besser. Jeder Brief, den ich schrieb, erinnerte mich daran, dass sie fort war und nicht mehr wiederkommen würde. Das tat so unendlich weh. Und als ich damit aufhörte, konnte die Wunde irgendwann anfangen zu heilen. Ich glaube, das ist auch der Grund dafür, dass sie sich nicht mehr gemeldet hat."

„Sie hat uns alle sehr geliebt", schaltete John sich ein, der gerade ein Kreuzworträtsel angefangen hatte. „Besonders dich, meine Sonne. Sie wollte wahrscheinlich nicht ständig daran erinnert werden, was sie zurücklassen musste."

Louise presste die Lippen aufeinander und zuckte fast unmerklich die Schultern.

Sie vermisst sie immer noch, dachte Mara.

Und ein kleiner Stich durchfuhr ihre Brust, als sie an Angi dachte, die bestimmt verrückt vor Sorge um sie war.

„Wieso hast du die Briefe nie abgeschickt?", fragte sie leise.

Louise sah sie eine Weile wortlos an. „Weil ich mich geschämt habe", erwiderte sie dann. „Ich habe mich geschämt, sie so sehr zu brauchen, und ich habe mich geschämt, dass ich sie bei unserem letzten Treffen versetzt habe. Ich bin einfach nicht hin, und das habe ich mir nie verziehen. Ich war schuld, dass die Geschichte kein Ende hatte."

„Und wieso hat sie sich nicht gemeldet? Ich meine, wieso war sie so stolz? Es ging dir doch damals sehr schlecht, sie hätte dir keinen Vorwurf daraus machen dürfen."

Mara spürte, wie sie begann, sich in Rage zu reden. Diese Unfairness hielt sie kaum aus.

„Wisst ihr, für mich ist das alles ziemlich unglaublich. Ich kenne meine Mutter, so wie ihr von ihr sprecht, nicht, und vieles ergibt keinen Sinn in meinen Ohren. Aber dass du jetzt ein schlechtes Gewissen hast und sie ... Und sie nichts dafür kann, das klingt viel mehr nach der Anne, die mir vertraut ist.“ Sie warf den beiden einen verwirrten Blick zu. „Wieso hat sie mir nichts von alledem gesagt? Irland einfach verheimlicht? Euch verheimlicht!“

Mara bereute die Worte bereits, während sie sie aussprach, sie wollte Louise eigentlich nicht noch mehr verletzen. Trotzdem konnte sie nicht an sich halten und redete weiter.

„Und wenn sie wusste, wie es ist, ein anderes Leben führen zu wollen als das, was einem aufgezwungen wird, wie schmerzhaft es ist, nicht gefragt zu werden ... Wieso hat sie es mir dann nicht erlaubt? Hat sie es mir nicht gegönnt, weil sie es nicht haben durfte?“

Ihre Stimme hinterließ eine laute Stille im Raum, die einige Sekunden in der Luft hing und Mara Unbehagen bereitete. *Das war sehr kindisch!*

Peinlich berührt senkte sie den Kopf, bis sie spürte, dass Louise sich ihr gegenüber an den Tisch setzte. Sie sah die Frau mit den liebevollen Pausbäckchen an, blickte in die strahlend blauen Augen, die von unzähligen Lachfalten umspielt wurden. Ihre hellbraunen mit grauen Strähnen durchzogenen Haare trug sie locker zu einem Dutt geschlungen im Nacken. Louise war eine schöne Frau, nicht zuletzt durch ihre Art sich auszudrücken.

„Mara, ich weiß nicht, was zwischen dir und deiner Mutter vorgefallen ist.“ Sie machte eine kurze Pause und sprach dann langsam und behutsam weiter, nicht ohne Maras Reaktion genau im Blick zu behalten. „Mir ist die Anne, die du beschreibst, genauso fremd wie dir die Anne, die ich kenne. Aber über eines bin ich mir ganz sicher. Auch wenn es nicht immer entschuldbar ist, was man tut, so ist es aus der richtigen Perspektive meist nachvollziehbar. Und nur weil man ein paar Mal im Leben falsch abgebogen ist, heißt das nicht, dass man nicht wieder auf den rechten Weg zurückfinden kann. Gib euch Zeit. Ihr seid euch wahrscheinlich ähnlicher, als du denkst.“

„Und wer weiß, vielleicht kannst du dir sogar ein paar Dinge von ihr abschauen, auch wenn das nur heißt, ein paar Dinge nicht zu tun“, sagte John und sah von seiner Zeitung auf.

Mara hatte schon eine Weile lang das Gefühl, dass er mit seiner Aufmerksamkeit mehr bei ihnen als bei seinem Rätsel war, die beiden Frauen jedoch nicht stören wollte.

„Ja, zum Beispiel diesen furchtbaren Pony, den sie eine Weile getragen hat“, erinnerte sich Louise laut, und Mara musste unwillkürlich lachen.

„Meine Mutter hat einen Pony getragen? Wow, das ist irgendwie von allem, was ihr erzählt, das Unglaubwürdigste“, witzelte Mara, und sie spürte, wie dieses Gefühl der Hilflosigkeit, das sie bis eben fest im Griff gehabt hatte, langsam wieder von ihr abließ.

„Nicht nur das“, entgegnete John, sichtlich froh, wieder ins Gespräch einsteigen zu können. „Weißt du noch, diese Phase, in der sie jeden Tag diese Schiebermütze aufhatte?“

„Sie sah aus wie eine Kleinkriminelle“, sagte Louise lachend.

„Oder ein Golfspieler weit ab vom Feld“, setzte John noch einen drauf.

„Aber sie hätte sich niemals davon abbringen lassen. Dass ihr das alte Ding überhaupt passte mit dem Dickschädel.“

Die zwei lachten, und Mara lauschte gebannt den Anekdoten, die die beiden aus den Tiefen ihres Gedächtnisses kramten und nacheinander zum Besten gaben. Eine Erinnerungsreise, gespickt von aberwitzigen, humorvollen Abenteuern, eines erstaunlicher als das vorherige. Im Kern handelten jedoch alle von einer unendlich beeindruckenden, willensstarken, liebevollen Frau.

Und diese Frau war Maras Mutter.

Ihr wurde warm ums Herz, und auch Wehmut stieg in ihr auf hinsichtlich des bevorstehenden Abschieds am folgenden Tag. Obwohl sie sich hier so willkommen fühlte, war es an der Zeit weiterzugehen. Umso mehr versuchte sie, sich so viel wie möglich einzuprägen und alles aufzusaugen, was sie hörte. Die Geschichten, die Wärme, die Leichtigkeit, das Gefühl, richtig zu sein, und natürlich Sweeney, der mit seinem aufgeregten Bellen so oft in ihr Lachen einzustimmen schien. Flink sprang er in der Stube hin und her, ebenfalls gepackt von der Welle der Nostalgie, die den gesamten Raum überflutete. Und nach einer ganz besonders freudvollen Geschichte fielen Mara irgendwann einfach die Augen zu.

Kapitel 15

AM nächsten Morgen wachte sie auf der Couch auf, begraben unter einer Vielzahl verschiedener Decken. Ihre Aufmerksamkeit hing noch an ihrem Traum von dem Mann mit den graugrünen Augen, bis ihr wieder dämmerte, wo sie sich befand. Sofort ärgerte sie sich darüber, wie wenig sie ihre Gedanken unter Kontrolle hatte. Am Tag gelang es ihr gut, das Kribbeln in ihrem Bauch und das Ziehen in ihrem Herzen zu verdrängen, nicht zuletzt durch die aktuellen Ereignisse. Doch nachts entglitten ihr ihre Träume und führten sie in eine kleine Parallelwelt, die sie dann in der Früh wieder fest zusammenschnüren musste und in eine der hintersten Ecken ihres Kopfes verstaute.

Du benutzt ihn doch nur, um nicht an Thomas zu denken ...

Mara stockte und sah gebannt zu, wie der Hauch einer klitzekleinen Ahnung in ihrem Inneren heranwuchs. Vielleicht brauchte sie genau dieses Drama jetzt, um sich nicht auf die wesentlichen Probleme in ihrem Leben konzentrieren zu müssen. Vielleicht gab sie Marc mehr Schuld, als er wirklich verdiente.

Genau das, was ich meiner Mutter gestern Abend vorgeworfen hatte. Problemverlagerung ...

Erdrückt von diesem Gedanken und um Luft ringend, wühlte sie sich aus ihrem jetzt viel zu engen und warmen Schlaflager. Anscheinend hatten Louise und John sie nicht wecken wollen, sie aber logischerweise nicht bis in ihr Zimmer tragen können, daher hatten sie ihr ein gemütliches Nest aus Decken auf der Couch bereitet. Sie gähnte, rekelte sich und schüttelte die viel zu frühen ernsten Gedanken des Tages von sich ab. Danach verschaffte sie sich erst mal einen Überblick.

Der Kamin war offenbar die Nacht über an gewesen, sie sah noch eine feine Glut durch die rußige Scheibe hindurch glimmen. Draußen war es noch nicht ganz hell, und die ersten Vögel begannen in diesem Moment, sich einzusingen. Alles war in das typische zaghafte Licht des Morgens getaucht, das noch zu verschlafen war, um warm und golden zu sein.

Nirgends eine Spur von John und Louise.

Mara schälte sich aus den Decken und tapste mit nackten Füßen behutsam über den sogleich knarzenden Holzboden. Ihre Socken hatte sie sich, wie so oft, wenn sie vor lauter Übermüdung über ihren Skizzen im Bett eingeschlafen war, nachts weggestrampelt.

Sie trat an die Verandatür und drehte langsam den hölzernen Griff. Kühle Luft strömte durch den Spalt, und sie folgte ihm auf die noch feuchte Veranda. Das Bed & Breakfast von Louise und John stand in einem kleinen Kessel zwischen den Bergen, und auf den Wiesen um sie herum lag eine dünne Nebelschicht, die sich oben schon gelöst hatte und die Sicht auf die nahen, hohen Gipfel freigab. Die fast waagerechten Strahlen der Sonne glitten darunter hindurch und verliehen dem Dunst ein magisches Leuchten. Mara schmunzelte. Es wirkte, als hätte ein Kobold seinen Topf voll Gold versehentlich umgestoßen und über die Weiden verstreut. Dieser Anblick schenkte ihr wie so vieles bei dieser Reise ein ungewöhnliches Gefühl von Ruhe und Vertrauen.

Sie blinzelte sich den Schlaf aus den Augen, ihre Haut spannte erneut von dem getrockneten Salzwasser der unzähligen Tränen des letzten Abends, die erst wegen Trauer und Wut und dann wegen Freude und Lachen ihr Gesicht geflutet hatten. Tief bewegt stand sie eine Weile da und lauschte der Natur und ihren Gedanken, bis ihr klar wurde, was sich hinter dem Gezwitscher und dem sanften Wiegen der Büsche verbarg.

Als sie das rhythmische Geräusch endlich zuordnen konnte, rannte sie schnell an die Stelle zurück, an der sie gestern die Drachen in der Luft gehalten hatten. Erst musste sie um das Haus in den Garten, den kleinen Steinweg aus verschieden großen Fliesen entlang und dann den abfallenden Weg hinunter, der sie auch schon nach wenigen Metern ans Ziel führte.

Sie stand direkt am Meer.

Die Wellen klatschten gegen die steinerne Küste, und die Gischt blitzte in der Luft. Mara war so dicht am Wasser, dass ihr die kühle Feuchtigkeit einen Schauer über den Körper jagte, und sie blickte nach unten in den dunklen Strudel.

Die Wellen trieben die weißen Schaumkronen an Land und wirbelten um die Felsen, im nächsten Moment zogen sie sich auch schon wieder zurück, um neu Anlauf zu nehmen. Das Hin und Her des Meeres wirkte auf den ersten Blick ungeordnet und wild, doch je länger Mara hinsah, desto deutlicher sah sie den immer wiederkehrenden Rhythmus, das große System, in dem das vermeintliche Chaos wütete und seinen Lauf nahm.

„Wie kann es nur sein, dass ich dich gar nicht kenne?“, fragte Mara die Wellen, während ihre Gedanken längst zurück zu Anne gewandert waren.

Auch das hatte sie ihrer Mutter immer vorgeworfen: dass sie Mara nicht kannte und auch kein Interesse an ihr hatte, an ihren Wünschen und Träumen. Doch jetzt schien es plötzlich, als hätte sich der Spieß umgedreht.

Mara spürte deutlich, wie es an ihr rüttelte und etwas in ihr ins Wanken geriet.

Während sie dem Märchen dabei zusah, wie es sich in ihrem Kopf veränderte und die Prinzessin im ganzen Land Lügengeschichten über die Königin, ihre warmherzige Stiefmutter, verbreitete, senkte sich ein schweres Gefühl der Schuld auf ihre Schultern und schlug ihr auf den Magen.

Was ist, wenn das noch gar nicht alles ist, was ich mir eingeredet habe …

Bei diesem Gedanken wurde ihr noch flauer, und als sich Marcs graugrüne Augen in ihrem Kopf für einen Moment in die stählernen, kalten Augen von Thomas verwandelten, ergriff sie eine unbestimmte Angst.

Sie saß noch einmal im Präsentationsraum und hörte, wie der Applaus aufbrandete, sah Thomas, wie er gespielt bescheiden zu Boden blickte, ganz so, als wäre ihm so viel Aufmerksamkeit unangenehm. Dann ergriff Diana, ihre Chefin, das Wort und bedankte sich für die gelungene und unerwartete Vorstellung. Sie hörte beim Rausschleichen, wie ihr Name genannt wurde und ließ gerade noch rechtzeitig die Tür ins Schloss fallen, sodass niemand sah, wie sie in ihr Büro rannte, um ihre Sachen zu holen. Niemand außer Thomas, der ein paar Augenblicke später neben ihr stand.

„… und in ein paar Wochen wirst du sehen, dass ich recht hatte.“

Anschließend verschwand er, und als Mara zum Aufzug stürzte und sich umblickte, ob sie jemand bei ihrer feigen Flucht beobachtete, sah sie die beiden. Thomas und Diana, dicht an dicht an eine Wand gelehnt. Vertraut flüsterte er ihr etwas ins Ohr, sie lachte, als hätte er gerade das Lustigste gesagt, was sie jemals gehört hatte, und dann warf sie ihm diesen bestimmten Blick zu.

Und Mara war nur noch gerannt, so wie sie auch vor Marc weggerannt war.

Gerade als die Verzweiflung im Begriff war, endgültig die Oberhand zu gewinnen, stupste etwas an ihre Füße. Kalte schnelle Luftstöße und eine noch kältere Schnauze umspielten ihre Zehen.

„Sweeney!"

Johns kräftige Stimme wurde fast gänzlich vom Wind verschluckt.

Aufgeregt inspizierte Sweeney Maras Füße und legte sich dann rücklings darauf. Diese Aufforderung war unmissverständlich, und sie begann umgehend, den warmen, flauschigen Hundebauch zu kraulen. Das weiße Fell wurde hier lichter und die schwarzen Flecken zogen sich bis auf die hellrosa schimmernde Haut.

Sweeney ließ zufrieden die Zunge aus dem offenen Maul hängen und wandte sich vergnügt am Boden hin und her. Der kleine Rabauke, dem wohl gar nicht bewusst war, dass er die Größe eines Babybären besaß, und seine überschwängliche Freude zauberten Mara ein Lächeln ins Gesicht. Die wenigen Momente, die so vergingen, bis John neben ihr stand, genügten, um die dunklen Wolken fast gänzlich zu vertreiben.

„Ah, da ist er! Dachte schon, er ist wieder mal baden gegangen", keuchte John etwas aus der Puste. Offenbar war er den Weg entlanggerannt, um Sweeney vor jeglichen drohenden Gefahren zu schützen.

„Nein, er war ganz brav", sagte Mara, während sie mit den Fingern eine Stelle hinter dem großen Hundeohr kratzte und Sweeney genussvoll seinen Kopf in ihre Hand drückte.

„Na, da hast du wohl wieder jemanden gefunden, der für dich flunkert, du Missetäter", gluckste John, bevor er sah, wo Sweeney sich rekelte.

„Mara, ab ins Haus mit dir. Du holst dir noch den Tod."

Mara grinste wegen Johns väterlicher Anweisung. „Holt der nicht eher mich?"

John stutzte einen Moment, dann presste er belustigt die Lippen aufeinander und wedelte mit dem Arm in der Luft herum, als wollte er die wirren Gedanken vertreiben.

„So oder so bringt Louise uns beide um, wenn sie dich so sieht. Auf, auf!“

Kapitel 16

„ALSO wirklich, spring doch gleich die Klippen runter, dann hast du's wenigstens hinter dir!"

Louise stellte aufgebracht die Tassen für das Frühstück auf den Tisch. Natürlich war ihr nicht entgangen, dass Mara ohne Schuhwerk ins Haus geschlichen war. Ihren Argusaugen entging offenbar nichts, denn gleich darauf fügte sie beim Blick auf Sweeneys feuchtes Fell hinzu:

„Ihr wart am Meer! Dann wart ihr wohl sowieso nicht mehr weit vom Sprung entfernt."

Sie murmelte noch ein wenig in sich hinein, während sie emsig das Frühstück zubereitete und John immer mehr Gegenstände in die Hand drückte, die er auf den Tisch stellen sollte.

„Bärchen", setzte John an, doch als hätte Louise nur auf Widerworte gewartet, stand sie blitzartig vor ihm und hielt bedrohlich den Zeigefinger in die Luft.

„Hör auf, mich zu bärchen!"

John hob ertappt die Hände und warf Mara ein schiefes Lächeln zu. Schmunzelnd half sie ihm, den Tisch fertig zu decken.

Als sie am Frühstückstisch saßen, schien der größte Ärger verraucht und wieder Platz für Späßchen, denn Mara beobachtete John, wie er aus seinem Speck das Wort *SORRY* schrieb und mit den Tomaten ein Herz daneben malte.

Schelmisch schob er den Teller seiner Frau entgegen, die nach einem kurzen Blick darauf ein Lächeln nicht unterdrücken konnte.

„Hast du ein Glück mit mir", sagte sie in gespielt erbosten Tonfall.

„Und wie ich das hab", entgegnete John und strahlte von einem Ohr zum anderen.

Wenig später standen sie tatsächlich zu dritt auf der Veranda, um sich zu verabschieden. Die wenigen Tage hatten sich wie Wochen angefühlt, und die beiden hatten sich einen festen Platz in Maras Herz erobert.

Obwohl sie ihr angeboten hatten, so lange zu bleiben, wie sie wollte, spürte sie, dass sie weiter musste, um irgendwann anzukommen. Jetzt verstand sie, was Eilish gemeint hatte mit ihrem *Je früher du losgehst, desto früher kommst du an.*

„Du musst uns unbedingt auf dem Laufenden halten, ja?", sagte John, während er sie in die Arme zog.

„Na klar, ich ruf euch an", versprach Mara und rang nach Luft, weil John es ein wenig zu gut mit der Umarmung meinte.

„Ach, bevor ich's vergesse!" John wandte sich ihrem großen Rucksack zu, der nun, bestückt mit dem Lenkdrachen an der Seite, noch ausladender war als zuvor. „Hier hast du eine Regenabdeckung, also einfach drüberziehen, wenn's dich noch mal erwischt."

Er öffnete einen von Mara noch nie bemerkten Reißverschluss am anderen Ende des Kopfstückes und zog einen Plastiküberzieher heraus, der sich auf die Größe des Rucksackes aufspannen ließ.

„Und ich hab mich schon gefragt, wie die richtigen Bergsteiger das machen. Danke, John. Und danke, Louise!"

Mara sah die beiden an. In den zwei Nächten, die sie hier verbracht hatte, waren sie ihr so vertraut geworden, dass es sich anfühlte, als würde sie sich von alten Freunden trennen müssen.

„Wirklich, ich weiß nicht, wie ich das wiedergutmachen kann."

„Wiedergutmachen? Jetzt reicht's aber! Liebe Mara, es war sehr schön, dich bei uns zu haben, und wir freuen uns, dich bald wieder zu sehen." Louise riss sich eindeutig zusammen, um nicht zu weinen, was es Mara noch schwerer machte.

Sie drückte die kleine Frau an sich, und nach einer langen Umarmung schnallte sie sich den Rucksack auf den Rücken und schritt durch den kleinen Garten und die ausladenden, grünen Weiden in Richtung Berge.

Es war wie immer nach einer besonders schönen Zeit, einem besonders schönen Erlebnis und besonders viel Glück. Der Nachhall der letzten Tage begleitete Mara noch einige Stunden und ließ sie den Weg förmlich entlangfliegen. Doch dann schien die einkehrende Stille plötzlich lauter und einsamer als jede vorherige.

Ungefähr sechs Stunden später war Mara dabei, ihr Zelt aufzubauen. Sie wollte nicht im Dunkeln arbeiten und damit denselben Fehler wiederholen. Da es durch die Weidezäune und abgegrenzten Grundstücke gar nicht so leicht gewesen war, einen passenden Schlafplatz zu finden, dämmerte es bereits und sie beeilte sich, die Stangen in die richtige Position zu bringen.

Anschließend kramte sie nach Gaskartusche, Topf, Nudeln und Pesto, und obwohl sie noch nie einen Campingkocher verwendet hatte, schien es ihr nach den letzten Tagen und allem, was sie gemeistert hatte, wie ein Kinderspiel, die Halterung für den Topf an der Kartusche zu befestigen. Sie entzündete die Flamme, goss ein wenig Wasser in den Topf und beobachtete, wie es sich erhitzte.

Es war ein wunderbarer Tag gewesen. Die Bewegung hatte ihr gutgetan und das taube Gefühl vertrieben. Stattdessen hatte sie ein wunderbares Flirren ergriffen, eines, das sie hoffen ließ, hier keinesfalls auf dem Holzweg unterwegs zu sein. Sie war einfach gegangen, hatte sich den auftauchenden Aufgaben gestellt, hatte sich an jeder Gabelung beherzt für einen Weg entschieden, war im Hier und Jetzt geblieben und hatte sich nicht schon Sorgen um Dinge gemacht, die ihr potenziell bevorstanden oder die sie nicht würde ändern können.

Ein Schritt nach dem anderen. Auch etwas, das ihre Mutter früher gern zu ihr gesagt hatte. Das war noch weit vor der Zeit, als die bloße Erwähnung des Namens ihrer Mutter in Mara automatisch grollende Wut ausgelöst hatte, bevor Anne ihrer eigenen Tochter Egoismus und fehlendes Verantwortungsbewusstsein vorgeworfen hatte, bevor die beiden Frauen kaum mehr miteinander gesprochen hatten und bevor sie beschlossen hatte, ihre Mutter aus ihren Erinnerungen und ihrem Leben fernzuhalten.

Es hatte einfach zu sehr wehgetan.

Aber in diesem Moment machte sie der Gedanke an ihre Mutter nicht wütend. Er machte sie stattdessen traurig. Ihr fehlte diese wunderbare Frau, die ihr die Erinnerungen an ihre Kindheitstage und Louises Geschichten ins Gedächtnis zurückgebracht hatten, die ihr näher gewesen war als jeder andere Mensch und die sie immer wieder zum Aufstehen animiert hatte.

Wie konnte so viel nur so falsch laufen?

Der Gedanke an Thomas tat hingegen nach diesem Tag nicht mehr ganz so weh, er entlockte ihr sogar ein mitleidiges Lächeln. Sollte er doch glücklich werden mit seiner Lüge.

Wenn sie die Sache nüchtern betrachtete, wäre es für sie in der Agentur die nächsten Jahre genauso weitergegangen wie bisher. Sie hätte den Großteil ihrer Zeit damit verbracht, mit den *richtigen* Leuten zu sprechen, sich beliebt zu machen und nicht verrückt zu werden, aber das Designen wäre absolute Nebensache geblieben. Diese Branche war mehr Schein als Sein, und sie wollte schließlich Dinge erschaffen, Mode kreieren und nicht nur der Handlanger für unglückliche Kollegen sein.

Kaum zu fassen, was diese wenigen Tage bereits mit ihr gemacht hatten. Mara blickte in die Flamme der Gaskartusche, und in ihr entzündete sich ein glühender Funken Hoffnung. Einerseits war sie vollkommen allein mit sich in der verwunschenen Landschaft dieser grünen Insel und andererseits umringt von warmherzigen, fremden Menschen. Sie war weiter von daheim entfernt als je zuvor, aber sie spürte, dass sie etwas auf der Spur war.

Ein vages Gefühl davon, wie viel Energie sie in den letzten Jahren damit verschwendet hatte, zu versuchen, jemand ganz anderes zu sein, beschlich sie. Die durch und durch starke Frau, der die Familienbande egal sind, und die, die Neid und Missgunst einfach an sich abperlen lässt, die über Leichen geht, um sich beruflich durchzusetzen, bevor sie selbst übergangen werden kann …

„Oh, Danny boy, the pipes, the pipes are calling …“ Maras müde Stimme klang schwach, aber unangestrengt, und sie hatte etwas sehr Klares.

Der überschwängliche Tatendrang des Tages hatte sich gelegt, und ein tiefes Gefühl der Zuversicht breitete sich allmählich in ihr aus. Sie war ganz auf sich allein gestellt und fühlte sich kein bisschen einsam.

Sie dachte an die starke Eilish, die keine Gelegenheit für eine Spitze verstreichen ließ und ihr dann detaillierte Notizen machte, sie dachte an Louise, die so vieles hatte meistern müssen und nur so vor Wärme und Hilfsbereitschaft strotzte, sie dachte an John und Ernie, ja sogar an den Griesgram Earl. Und dann dachte sie wieder an Marc, der ihr vielleicht doch durch den Sturm gefolgt war und nicht irgendeinem entlaufenen

Schaf. Sie dachte daran, wie er ihren Blick hielt, bis ihr Herz so hochschlug, dass er es durch ihre Augen hätte sehen müssen.

Vielleicht war es doch ein Missverständnis gewesen. Vielleicht gab es eine Erklärung. Mara wollte das plötzlich so gern glauben.

Ein wohliges Wonnegrausen lief ihr über den Körper.

Sie liebte dieses Gefühl, das dieser raue Fremde von Anfang an in ihr ausgelöst hatte, und gleichzeitig machte die Intensität ihr Angst. Außerdem gab es ohnehin nicht die Möglichkeit, diesem Gefühl nachzugeben, denn im Moment sprach zu viel dafür, dass Marc vergeben und das alles nur ein Tagtraum war.

Nein, es muss ein Missverständnis sein. Marc ist so nicht ...

„Im Zweifel für den Angeklagten“, flüsterte sie sich selbst zu.

Kurz ließ sie diesem hoffnungsvollen Gedanken Raum, genoss das aufgeregte Ziehen in ihrem Bauch und das Kribbeln in ihrem Nacken. Dann schüttelte sie sich, um sich dem kräftigen Sog zu entziehen.

Und jetzt, Mara, Konzentration! Es geht hier nicht um irgendeinen Mann, es geht um dich!

Sie lenkte ihre Gedanken zurück zu der Frage, die sie überhaupt erst dazu beflügelt hatte loszugehen und begann sich auszumalen, wie ihr Leben aussähe, wenn sie entscheiden dürfte. Damit war sie noch bis tief in die Nacht beschäftigt, und auch ihre wirren Träume drehten sich dieses Mal nicht um jemand anderen, sondern ausschließlich um diese eine Frage, die sie in Bantry schon leise flüstern gehört hatte und die sie jetzt förmlich anschrie.

Was macht mich glücklich?

Feigheit

Sieben Jahre und fünf Tage zu Hause

Was unterscheidet den heutigen Tag von den vielen anderen, die ich an den Klippen stand? Es fühlte sich an wie sonst, und doch war es das nicht.

Ich stand direkt am Rand, wie immer.

Hinter mir die grünen Weiden, die endlosen Weiten meines geliebten, irischen Landes.

Hinter mir die Heimat, aber vor und in mir ein tiefer Abgrund, der immer tiefer zu werden schien.

Ich stand vor dem Leuchtturm, genau an der Stelle, an der Louise, ich und die Jungen aus den umliegenden Dörfern uns als Kinder immer gegenseitig angestachelt hatten, von den Klippen zu springen. Gesprungen war zum Glück nie jemand, außer dieser eine Junge, der anscheinend weggezogen war und den keiner von uns wirklich kannte, geschweige denn sich daran erinnern konnte, wie er hieß und aussah. Luke, nein, Leo. Oder doch Lenhardt?

Lenhardt mit hellem, rabenschwarzem Haar und krausen Schnittlauchlocken, ein 1,43 Meter großer Riese mit dunklem, skandinavischem Teint, ein Geist, den alle kannten, aber den noch nie jemand gesehen hatte.

Ich hatte diesen ominösen Lenhardt immer verflucht. Ohne ihn hätte es kein Druckmittel gegeben. Besonders nicht von Robbi, der immer behauptet hatte, mit Lenhardt irgendwie verwandt zu sein.

Meine Zehen endeten genau an der Kante der Felsen, während einzelne Pflanzen und Moose hier noch den Stein teilweise bedeckten, so war schon einen Meter unter mir nur noch schwarzer, steil abfallender Stein.

Die Klippen verliefen fast senkrecht ins Meer, und dort, wo sie sich unter Wasser etwas ebneten, bildete sich eine türkis leuchtende Schicht. Die flachen Stellen ließen das helle Blau-Grün des Wassers zum Vorschein kommen, und es wirkte fast, als würde den Felsen ein aquamarines Leuchten umgeben, welches dann verschluckt wurde von den dunklen Maßen des Meeres.

Mein Blick war starr auf meine Zehen geheftet, die fast in der Luft schwebten, so dicht stand ich am Abhang. Zwischen dem dritten und dem vierten Zeh meines linken Fußes lugte ein Gänseblümchen hervor. Dann schweifte meine Aufmerksamkeit bis ganz hinunter zum Meer in die aufschäumende Gischt.

Genauso hatte ich mich mit sechs Jahren gefühlt.

Ich hatte damals, genau wie heute, ganz dicht am Abhang gestanden, die Rufe der anderen Kinder im Ohr.

Spring! Spring! Spring!

Obwohl sich nie jemand getraut hatte, außer Liam oder Lenhardt, hatte es immer diesen einen Moment gegeben, in dem sich das Umdrehen und Abbrechen genauso verheerend angefühlt hatte wie die Angst vor dem Sprung. In diesem kurzen Augenblick war die Situation aussichtslos erschienen, und so war es auch heute.

Alles in mir schrie mich an, hinzugehen, mich in Bewegung zu setzen und mich auf den Weg zu machen. Aber ich fühlte mich wie damals, wie die kleine Anne an den Klippen, alternativlos, gelähmt von der nackten Angst, eine Entscheidung zu treffen, die sie ihr ganzes Leben lang bereuen würde.

Nach einer endlosen Weile hob ich den Blick zum Leuchtturm. Sein kräftiger Strahl wanderte im immer selben Takt einmal um ihn herum, beleuchtete das Land und das Meer, bis er sich irgendwo in der einsetzenden Dämmerung verlor. Die Sonne ging schon unter.

Es war zu spät.

Zu spät, um zu ihr zu gehen.

Ich schäme mich so sehr.

Ob Loui mir jemals verzeihen kann?

Kapitel 17

MARA stockte, klappte das Tagebuch zu und legte ihre Hände samt Kopf darauf ab.

Wofür hatte Anne sich so geschämt ...?

Irgendwas sagte ihr, dass die Antwort auf diese Frage wichtig war, auch wenn sie jetzt noch nicht greifen konnte, warum. Sie wollte weiterlesen, doch das Ziepen in ihrer Blase erinnerte sie daran, dass sie eigentlich, schon seit sie aufgewacht war, pinkeln musste.

Sie seufzte, drehte sich in ihrem Schlafkokon und zog am Reißverschluss. Sie musste lachen, als sie beim Anblick ihres Slips daran erinnert wurde, wie sie in der Nacht bibbernd aufgewacht war und sich entnervt die Sachen vom Leib gezogen hatte.

„Sleep naked. Was für ein Geheimtipp!“, sagte sie grinsend, während sie versuchte, beim Überstreifen ihres Pullovers die Mütze nicht zu verlieren. Dann stapfte sie aus dem Zelt.

Wieder zurück öffnete sie die vordere Plane und setzte sich halb hinein und halb nach draußen. Zwischen ihren Beinen kochte schon bald das Wasser für ihren Rührkaffee, den sie wenig später auf einem größeren Felsen sitzend und mit der Sonne im Gesicht genoss. Sie blinzelte den hellen Strahlen entgegen und schlug nochmals das Tagebuch auf. Sie überflog den soeben gelesenen Eintrag, doch irgendetwas schien ihr entgangen zu sein. Irgendetwas stimmte da nicht.

Prüfend nahm sie erneut jede Seite einzeln in die Hand und tatsächlich, da klebten einige Seiten aneinander, direkt vor dem letzten Eintrag hatten Feuchtigkeit und Schmutz einen ganzen Tagebucheintrag versteckt.

Vorsichtig löste Mara die Seiten voneinander, bemüht, keine zu beschädigen.

„Na bitte! Angi, du wärst stolz auf mich!“, stieß sie euphorisch hervor und freute sich über ihren Fund. „Also, was hast du da gemeint, Anne?“

Ein Licht im Dunkeln

Sieben Jahre und vier Tage zu Hause

Ich stand in der hintersten Reihe.

Vor mir die vielen, dunklen Silhouetten, die sich von Archie Fitzpatrick verabschieden wollten. Es herrschte allgemeine Stille, während unter den Anwesenden weiße Zettel verteilt wurden. Ganz vorne am Seeufer stand Loui. Ich konnte ihr Gesicht nicht sehen, aber ich hörte das Schluchzen ihrer Mutter, die sie im Arm hielt.

Ich wollte zu ihnen gehen, doch traute mich nicht. Zu groß fühlt sich die Schuld an, die beiden jetzt allein zu lassen. Übermorgen geht die Fähre, und ich komme vielleicht nie wieder hierher zurück.

Also konzentrierte ich mich auf den weißen Zettel in meiner Hand. Ich faltete die Spitzen aufeinander und glättete sorgsam die Kanten, genau wie Archie es mir und wahrscheinlich allen Anwesenden beigebracht hatte, wenn wir uns in seine Werkstatt verlaufen hatten. Mein Boot erinnerte nach dem letzten Knick eher an die lädierte Titanic, aber es würde seinen Zweck erfüllen. Danach nahm ich der alten Miss Figg die Tüte voller Kerzen ab und verteilte sie, damit alle sich eine nehmen und in ihr Schiff setzen konnten. Jeder sollte einen Wunsch für Archie formulieren, oder eine Danksagung, oder was auch immer einem auf der Seele brannte.

Nachdem die letzte Kerze verteilt war, stellte ich mich wieder hinten an, um das Boot zu Wasser zu lassen. Mein Blick ruhte auf Louis Rücken und gerade, als ich endlich wegsehen wollte, drehte sie sich um und ließ einen suchenden Blick durch die Menge schweifen. Als sie mich im schummrigen Licht der Dämmerung erkannte und sich unsere kummervollen Augen trafen, wollte ich am liebsten schreien.

Schreien, wie leid es mir tut.

Schreien, wie ungerecht das alles ist.

Doch ich blieb stumm.

Und Loui, stark wie sie ist, nickte mir zu und bedeutete mir, zu ihr zu kommen. Erleichterung durchströmte meinen Körper, und während ich mich langsam durch die Menge nach vorn stahl, tat sich der leuchtende

See vor mir auf. Hatte er ohnehin immer etwas Magisches an sich durch sein ungewöhnlich sattes, kobaltblaues Strahlen, so wirkte dieser See nun mit den ersten Lichtern, die auf seiner Oberfläche schwammen, fast wie aus der Welt gerückt. Ein kleiner Teil einer anderen, fantastischen Welt, die sich uns allen heute Nacht mitsamt ihrer Wunder zeigte.

„Morgen wie ausgemacht?“, flüsterte Loui irgendwann.

Ich fing ihren Blick und nickte. „Wie ausgemacht.“

Morgen ist mein letzter Tag zu Hause ... Diesen Satz zu schreiben, fühlt sich unwirklicher an als jeder einzelne Satz zuvor in diesem Buch.

Mara blickte auf, während sich die Bruchstücke in ihrem Kopf zusammensetzten. Sie überflog noch mal den Eintrag vom darauffolgenden Tag, und langsam ergaben die wirren Ahnungen ein Bild.

Zu spät, um zu ihr zu gehen ... Ob Loui mir jemals verzeihen kann, dass ich mich nicht verabschiedet habe?

„Sie waren beide nicht da!“, rief sie aus, als sie begriff, dass sowohl Anne Loui, als auch Loui Anne versetzt hatte. Keine hatte es übers Herz gebracht, und aus Scham hatten sie sich nie wieder beieinander gemeldet.

„Das gibt's doch nicht!“

Sie sprang auf, rannte eilig zum Zelt und begann, ihre Sachen aufeinander zu werfen und zu verstauen.

„Das gibt's doch einfach nicht!“

Freude durchströmte sie. Was so ein klitzekleines Missverständnis auslösen konnte! Sie musste es aufklären. Sie musste beiden die Chance geben auf die Wahrheit.

In diesem Moment schien plötzlich alles möglich. Sie dachte an Loui und Anne, die einander so wichtig gewesen waren, an Ernie, der Eilish noch einiges zu sagen hatte, und an Marc ... der vielleicht ebenfalls nur Opfer eines gehörigen Missverständnisses geworden war.

So oder so, für Mara war auf einmal glasklar, was zu tun war. Drum Herumreden und Schweigen würde niemandem helfen, am allerwenigsten ihr selbst. Sie hatte einiges zu klären, und anfangen würde sie bei ihrem Job.

Sie war bereits einige Meter gegangen, als Angi endlich abnahm. „Na, jetzt bin ich aber gespannt“, hörte sie eine verschlafene Stimme in der Leitung.

„Angi, hör zu“, setzte Mara an und erzählte ihrer besten Freundin haarklein, was in der letzten Woche vorgefallen war.

„Du … Was?“ Angi wirkte etwas erschlagen nach Maras Wortflut.

„Und deswegen werde ich kündigen“, rief Mara und lachte ins Telefon.

„Du … Was?“ Zu mehr schien ihre Freundin gerade nicht fähig.

„Jaja. Ich weiß, ich bin theoretisch wahrscheinlich schon gekündigt, aber ich muss es trotzdem noch tun. Es aussprechen. Verstehst du? Damit auch alles in mir versteht, dass das das Richtige ist und nicht einfach so passiert und ich nur noch reagieren kann. Was hast du Diana eigentlich erzählt, wo ich bin? Ach, Angi, ich hätte das schon viel früher erkennen müssen. Du hast mir das auch mehrmals gesagt. Also nicht so direkt, du wolltest mich ja immer unterstützen, aber eigentlich war dir doch schon lange klar, dass dieser Job mich umbringt.“

„Das stimmt … Aber, Mara, ich muss dir auch noch …“

Ein Klingeln in der Leitung verschluckte Angis letzte Worte.

„Entschuldige, was hast du gesagt? Da klopft gerade jemand an. Das gibt's ja nicht!“ Mara sah perplex auf das Display ihres Handys. „Es ist Diana! Wenn das kein Wink des Schicksals ist.“

„Mara, warte, ich muss dir noch …“

„Angi, entschuldige bitte, ich ruf dich gleich zurück, ich muss jetzt springen, sonst trau ich mich vielleicht nicht mehr. Drück mir die Daumen.“

Mit diesen Worten beendete sie das Gespräch, atmete tief ein und nahm mit klopfendem Herzen den Anruf ihrer Chefin entgegen.

„Diana, schön, dass du dich meldest.“

Eine Stunde später durchströmte Mara ein Hochgefühl. Stolz war sie auf sich, weil sie sich ihre Probleme endlich eingestehen konnte und sich ihnen stellte. Leichtfüßig sprang sie beinahe den Weg entlang und malte sich dabei aus, wie Marc reagieren würde, wenn sie nach ihrem abrupten Abgang das Gespräch suchen würde.

Da hörte sie plötzlich laute, aufgeregte Rufe. Sie schienen direkt vom Meer zu kommen.

Während sie näherkam, bemerkte sie die Dringlichkeit, die in den Stimmen mitschwang, beschleunigte ihren Schritt und warf schließlich ihren Rucksack ab, um schneller voranzukommen.

Direkt vor ihr stand ein Auto, das fast zu zwei Dritteln über einen Vorsprung ragte und abzustürzen drohte. Am hinteren Ende standen vier Männer und mühten sich, das Auto zurückzuziehen, während eine sehr alte Dame hilflos danebenstand und immer wieder panisch rief:

„Mr Snuckles! Mr Snuckles!“

Als Mara nah genug war, erkannte sie auch, wem die Dame da so aufgelöst zurief. Vorn auf dem Armaturenbrett saß ein winziger Hund, der aufgeregt bellte und keine Anstalten machte, das Auto zu verlassen. Während die Männer an der Karosserie zogen, tastete sich die Besitzerin immer weiter vor und stand jetzt schon mit ausgestreckten Armen an den Klippen, vollkommen fixiert auf ihren bellenden Liebling.

„Mrs O'Sullivan!“, hörte Mara eine vertraute Stimme rufen, genau in dem Moment, als sie die Frau gerade noch an der Jacke zurückziehen konnte, ehe diese womöglich das Gleichgewicht verlor.

„Vorsicht!“

Mrs O'Sullivan sah sie mit schreckgeweiteten Augen an, offenbar vollkommen unter Schock stehend und nicht in der Lage, vernünftig zu agieren.

„Ganz ruhig, Mrs O'Sullivan. Mr Snuckles wird nichts passieren“, sagte Mara ruhiger, als ihr zumute war. Sie hatte genau erkannt, wer da am Auto stand.

„Aber Mr Snuckles ... Wo ist er?“ Gänzlich überfordert rief die angsterfüllte Frau erneut nach ihrem Hund, als würde ihr gerade erst auffallen, in welcher Gefahr er schwebte.

„Ganz ruhig“, wiederholte Mara etwas bestimmter und sah gespannt zu den Männern, die das Auto immer mehr in Balance bringen konnten.

„Sehen Sie, Mrs O'Sullivan, sie haben es gleich geschafft. Ganz ruhig! Alles wird gut.“

Sie schloss die zitternde Dame in ihre Arme, verdeckte ihr die Sicht auf das Geschehen und redete weiter mit gedämpfter Stimme auf sie ein.

In Mara tobte es ebenfalls, und ihr Magen fühlte sich aufgrund von Marcs Anwesenheit unerträglich flau an. Fiebrig versuchte sie, sich ganz auf Mrs O'Sullivan zu konzentrieren, während hinter ihnen das Auto unheilvolle Geräusche von sich gab. Plötzlich, nach einem besonders lauten Krachen und einem blechernen Laut der Karosserie, herrschte Stille.

Mara wagte nicht, sich umzudrehen.

„Mrs O'Sullivan?", sagte die vertraute Stimme in ihrem Rücken und jagte ihr damit zusätzlich zu der nagenden Anspannung eine Gänsehaut über den gesamten Körper.

Mara drehte sich zu Marc um, der den fröhlich strampelnden Mr Snuckles im Arm hielt.

„Oh, mein guter Junge! Danke!", rief Mrs O'Sullivan und hatte sogleich nur noch Augen für ihren Liebling, der ihr übermütig das Gesicht abschleckte. „Was machst du denn für Sachen, Mr Snuckles?"

Für einen Moment ruhte Maras Blick auf dem vereinten Paar, dann drehte sie sich zu Marc.

„Danke dir. Ein Glück, dass du da warst", sagte er, sobald sich ihre Blicke trafen.

„Ich hab doch gar nichts gemacht", gab Mara kleinlaut zurück und freute sich über das warme Lächeln, das sich auf seinem Gesicht breitmachte.

„Doch, hast du. Das hätte gerade ganz anders ausgehen können."

„Also Glück im Unglück."

„Und wie", sagte Marc verschmitzt und blickte dann, offenbar verlegen, zu Boden.

„Ich bring jetzt Mrs O'Sullivan nach Hause … Kann ich dich ein Stück mitnehmen? Kilcrohane müsste auf deiner Route sein."

Während er sprach, sah er zu Arthur und den zwei anderen Männern, die bei der alten Dame standen, nur am Schluss huschte sein Blick kurz zu Mara zurück. Das genügte, um ihr ein erneutes Kribbeln im Magen und im Nacken zu bescheren.

„Ähm … ja, gern", brachte sie verlegen hervor.

Seine Augen leuchteten jetzt noch ein wenig heller. „Dann können wir danach vielleicht noch … einen Kaffee zusammen trinken und reden?"

Sie blickten einander an, und für ein Gespräch ohne jeglichen Hintergrundlärm waren sie sich schon wieder ein wenig näher als nötig.

Äußerlich und innerlich, dachte sie flüchtig, dann nickte sie.

Ein paar Minuten später saßen Mara, Marc, Mrs O'Sullivan und Mr Snuckles in dem Auto der alten Dame, und Arthur und die anderen fuhren mit einem zweiten Wagen hinterher.

Bald schon passierten sie die erste Häuserreihe Kilcrohanes, ein verschlafenes Örtchen. Es wirkte weniger wie ein richtiges Dorf, mehr wie eine Ansammlung von Häusern, die zufällig alle in derselben Gegend standen und sich eher unwillkürlich gruppiert hatten.

„So, Mrs O'Sullivan, ich bring Sie schnell rein. Mara? Das könnte noch kurz dauern, ich muss mit Willi kurz noch etwas besprechen. Vielleicht sollte seine Mutter das mit dem Autofahren lieber sein lassen."

Das Letzte hatte Marc ihr ins Ohr geflüstert, und Maras Nackenhaare stellten sich umgehend auf. Wie bei einer kühlen Frühlingsbrise.

„Kein Problem, ich geh derweil zur Post. Ich glaube, wir sind gerade an ihr vorbeigefahren, oder?"

„Dann hol ich dich später da ab. Ich beeil mich."

Mara sah einen Schatten über sein Gesicht huschen, als sei er von etwas beunruhigt, und griff reflexartig nach seiner Hand. Überrascht von der plötzlichen Berührung blickten sie auf ihre Hände, dann sah Mara auf in Marcs wunderschöne von Lachfältchen umringte Augen.

„Nimm dir die Zeit, die du brauchst", sagte sie und öffnete die Beifahrertür. „Auf Wiedersehen, Mrs O'Sullivan und Mr Snuckles, passen Sie gut auf sich auf!"

„Ah, was soll uns beiden schon passieren", antwortete die Frau, und das war offenbar vollkommen ernst gemeint.

Mara hob die Hand und ging mit einem freudigen Ziehen im Herzen zur Post.

Wie in Bantry schien das kleine gelbe Gebäude mehrere Funktionen innezuhaben. Es war einerseits ein Tante-Emma-Laden, in dem man allerhand Lebensmittel kaufen konnte, und andererseits die örtliche Post. Mara trat ein, und ein heller Glockenton verriet ihre Ankunft.

Vor ihr erstreckte sich ein langer, zweigeteilter Tresen, hinter dem ein Mann Mitte fünfzig stand. Zwei Drittel gehörten zu dem Lebensmittelladen, das letzte Drittel war hinter einer schwebenden Plexiglasscheibe mit gerade mal so viel Abstand zum Tresen, dass man einen Brief oder eine Handfläche darunter durchstecken konnte.

Ein Schmunzeln stahl sich auf ihre Lippen, als ihr die Sinnlosigkeit dieser Plexiglasscheibe ins Auge stach, die wohl nur für das nötige Behördenflair sorgen sollte.

„Hallo, guten Morgen. Entschuldigen Sie bitte, haben Sie vielleicht Postkarten?"

„Guten Morgen, junge Dame. Aber natürlich!", sagte der Mann, als er von seiner Zeitung aufblickte, ebenso fröhlich wie Mara, und seine buschigen Augenbrauen tanzten vergnügt. „Dort hinten an der Wand, suchen Sie sich etwas Schönes aus."

Er sah wieder auf sein Kreuzworträtsel, und Mara inspizierte die verschiedenen Sprüche und Bilder auf den Karten. Vor lauter Aufregung fiel es ihr schwer, sich zu konzentrieren. Die meisten Karten schienen von jemandem in einem älteren Semester kreiert worden zu sein. So hielt sie gerade eine Karte in der Hand, auf der ein Schwimmbad illustriert war, und eine Dame machte am Grund des Pools Sport. Darunter stand in einer comicartigen Schrift *Beckenbodengymnastik*.

Mara schmunzelte.

Genau die Art von Witz, über die ihr Vater schallend lachen würde, aber diese Karte war nicht für ihren Vater bestimmt. Deshalb entschied sie sich für eine andere und weitaus passendere Karte. Sie stellte sich an den Stehtisch, an dem ein Stift baumelte, und begann zu grübeln. Wie könnte sie es am besten auf den Punkt bringen?

Nach kurzer Zeit hatte sie das Gefühl, die Karte war um ein Vielfaches zu klein für alles, was ihr im Kopf herumschwirrte, und sie spürte, wie erneut Zweifel an ihrem Vorhaben aufkeimten.

In diesem Moment klingelte die Glocke an der Tür ein zweites Mal, und sie blickte sich erwartungsvoll um. *Natürlich nicht …* Sie war ja erst vor fünf Minuten aufgebrochen, stellte sie fest, als anstelle von Marc eine junge Frau und ein kleines Mädchen den Laden betraten. Die beiden schienen in heller Aufregung, offenbar stimmte etwas mit dem Kuscheltier in den Armen des Mädchens nicht, denn die Kleine bekam vor Schluchzen kein Wort heraus. Die blonde Frau beugte sich zu dem Mädchen für ein paar beruhigende Worte, dann trat sie zum Tresen.

„Frank, es ist ein Notfall. Hast du Nadel und Faden?“

„Linda, was …“ Er lugte über seine Brillengläser zu dem kleinen Mädchen hinab. „Ah, verstehe. Lass mich mal sehen, vielleicht hinten im Lager in einer der oberen Kisten.“ Er wandte sich zum Gehen, da schlüpfte die junge Frau schon am Tresen vorbei und erwiderte gleichermaßen freundlich wie besorgt: „Ich helfe dir, Frank. Die Leiter hat auch schon bessere Tage gesehen.“

„Sehr aufmerksam von dir.“

Mit diesen Worten verschwanden sie im Hinterzimmer, und Mara blieb zurück mit dem kleinen Mädchen und ihrem Notfall. Das Kind mit der Jeanslatzhose und den hellblauen Gummistiefeln umklammerte seinen Freund so sehr, dass Mara erst beim zweiten Hinschauen erkannte, um was für einen Patienten es sich handelte. Es war ein großer, lila Teddybär, der ein grünes Kleid mit großen, roten Knöpfen trug. Die Kleine schien in Gedanken bereits die Beerdigung durchzugehen, so blass war ihr Gesicht.

Hilfesuchend blickte Mara hinter den Tresen, aber von Frank und Linda fehlte noch jede Spur. Kurz betrachtete sie noch einmal das Häufchen Elend und fasste sich dann ein Herz. „Hey“, setzte sie unbeholfen an. Sie hatte keine Kinder in ihrem näheren Umfeld und daher auch keine Erfahrungen, wie man mit ihnen umging. „Was, ähm, ist denn passiert?“

Die Kleine reagierte nicht, und Mara blickte sich abermals hilfesuchend um.

So langsam müssten sie doch diesen dämlichen Faden gefunden haben …

„Okay, ich …“ Sie kniete sich neben das Mädchen. „Kann ich dir vielleicht helfen?“

Die Kleine hörte augenblicklich auf zu schluchzen, und aus ihren aufgeweckten Kinderaugen blickte sie Mara unverwandt an.

Und Mara blieb fast das Herz stehen.

Was sie sah, verschlug ihr den Atem, und brachte sie, so instabil wie sie in ihrer Hocke war, sogar kurz ins Wanken. Ein kalter Schauer lief ihr über den Rücken, und ihr Blut schien komplett in ihre Beine zu rauschen. Sie sah in ein graugrünes Meer, das hinter den verweinten roten Augen fast smaragdfarben leuchtete.

Während Mara beim Anblick von Marcs Tochter in eine Art Schockstarre verfallen war, hob die Kleine ihre Hand und hielt ihr das verwuschelte Ungetüm direkt vor die Nase.

Kurz lag ihr Blick noch schockiert auf dem Bären, als ihre Synapsen langsam wieder Signale sandten. Mara nahm den Teddybären wie in Trance in beide Hände.

Unruhig zappelte das Mädchen vor ihr herum, und ein leises Wimmern holte Mara zurück zu ihrer Aufgabe. Eingehend betrachtete sie den Bären, der wohl schon einige Zeit an der Seite der Kleinen verbracht hatte. Die Knopfaugen waren unterschiedlich, und auch an anderen Stellen schien er schon ein paar Mal geflickt worden zu sein. Sie fragte sich, was der Grund für den Gefühlsausbruch des Kindes war. Erleichtert atmete sie aus, als der Groschen fiel.

„Ach so … Einen Moment bitte!“ Sie beugte sich über das plüschige Tier und begann zu arbeiten.

„So, jetzt ist er wieder so gut wie neu“, sagte Mara, nachdem sie ihre Spontanoperation beendet hatte, und zog noch einen kleinen Knoten fest. Die Träger des grünen Kleides hatten sich gelöst, und dadurch war das Kleid dem Bären immer wieder bis auf den flauschigen Bauch hinuntergerutscht und hatte auf den ersten Blick wie ein Rock ausgesehen. Mara hatte die abstehenden Fäden, die einst Träger und die Hinterseite des Kleides verbunden hatten, gelöst und sie einfach im Nacken des Bären wieder verbunden.

„Siehst du, jetzt hat er ein Neckholder-Top an.“ Sie legte das Kuscheltier zurück in die Arme der Besitzerin.

Die begutachtete das Ergebnis mit Argusaugen und blickte dann unvermittelt auf. „Danke schön!“ Die Kleine strahlte, und nichts in ihrem Gesicht erinnerte an das gerade noch gebrochene Herz.

„Kein Problem.“

„Olivia, Liebes. Oh, hallo.“ Linda blickte zwischen Mara, Olivia und dem Bären hin und her, schließlich verweilte ihr Blick auf Mara. „Sie haben das Problem anscheinend schon gelöst. Vielen Dank!“

„Es war mir eine Freude“, presste Mara mühevoll hervor und hoffte, dass sie dabei erfreuter aussah, als sie sich fühlte. Sie war plötzlich schweißgebadet und wusste nicht, wo sie hinsehen sollte.

Die Frau mit den blonden, schulterlangen Haaren, dem Engelsgesicht samt Grübchen und den warmen, braunen Augen musste etwas jünger sein als sie selbst, aber die Art und Weise, wie sie mit dem Mädchen umging, ließ keinerlei Zweifel zu. Sie musste Olivias Mutter sein und damit auch …

Mara schluckte, richtete sich auf und versuchte, das aufkeimende Fegefeuer in ihr zu ersticken.

„Wahnsinn, das sieht ja besser aus als vorher, meinst du nicht, Livi?“

Olivia nickte selig und streckte die Arme aus. Linda verstand den Kinderbefehl und hob sie hoch.

„Wäre ich so kreativ, hätten wir Herrn Bär schon viel früher aus seiner peinlichen Lage retten können.“

Lindas einnehmendes Lachen machte es einem unmöglich, sie nicht sympathisch zu finden, und als sie den Namen des Kuscheltiers nannte, fielen auch bei Mara die Mauern.

„Ich muss schon sagen, Herr Bär hat einen exquisiten Kleidergeschmack.“

„Nicht wahr? Wir dachten uns, es ist absolut veraltet, dass nur weibliche Bären Kleider anziehen dürfen. Dieser kleine Wirbelwind hier liegt am liebsten im Matsch und spielt mit Autos, da kann auch Herr Bär ein wenig raus aus den alten Rollen.“ Linda strich Olivia liebevoll eine blonde Haarsträhne hinters Ohr, und die Kleine nickte vehement.

„Das ist wirklich mehr als löblich. Ich denke, da bin ich langweiliger. Als ich klein war, wollte ich immer Prinzessin sein, Nebenberuf Modedesignerin.“ Mara musste angesichts dieses Klischees kurz über sich selbst lachen.

„Na, das schließt sich doch nicht aus.“ Linda knuffte die Kleine zärtlich in die Wange, woraufhin diese herzzerreißend trotzig antwortete:

„Ich bin eine Prinzessin!“

„Ja, und was für eine. Eine matschige Prinzessin", sagte Linda lachend. „Und Gott sei Dank wollten Sie nicht Autos reparieren, sonst wäre Herr Bär wohl immer noch nackt."

Sie schenkte Mara ein dankbares Lächeln, was Mara unweigerlich ein schlechtes Gewissen bescherte.

„Frank, danke für deine Hilfe. Ich glaube, unser Zutun wird hier nicht mehr benötigt. Entschuldige die Umstände."

„Ach was." Frank winkte freundlich ab. „Ihr macht niemals Umstände."

„Wir zwei müssen dann auch schon wieder los, der Papa fragt sich bestimmt schon, wo wir stecken."

Maras Eingeweide verkrampften sich schlagartig.

„Können wir Sie vielleicht ein Stückchen mitnehmen?", fragte Linda mit einem Blick auf ihren Rucksack.

„Ich … Ach nein, vielen Dank. Ich will noch etwas die Landschaft genießen vor meinem Rückflug."

Die junge Frau nickte und hob noch einmal die Hand, bevor sie den kleinen Laden, begleitet von einem weiteren Bimmeln, verließ.

Wie vom Blitz getroffen stand Mara da, unfähig sich zu bewegen. Erst als sie bemerkte, dass Frank sie aus den Augenwinkeln ansah, konnte sie sich befreien und ging zu dem Tischchen, auf dem immer noch ihre leere Postkarte lag. Schnell krakelte sie einen einzigen Satz darauf und legte sie auf den Tresen.

„Und jetzt nichts wie weg hier", murmelte sie und rannte beinahe aus dem Laden, weg von der Hauptstraße und querfeldein Richtung Gebirge.

Hauptsache weg von hier, weg von Marc.

In den nächsten Stunden rannte sie kopflos durch die Landschaft. Sie fühlte sich grauenhaft. Benutzt, schuldig, abermals zutiefst zurückgewiesen und dumm. Wie konnte ihr das nur immer wieder passieren? Es fühlte sich an wie ein ständig wiederkehrendes Muster, das sich unermüdlich durch ihr Leben zog, um sie daran zu erinnern, dass sie nur ein netter Zeitvertreib war, aber nicht für eine richtige Beziehung taugte.

Diesmal allerdings war es anders. Diesmal betraf die Sache nicht nur Mara, sondern auch Linda und Olivia. Das Herz wurde ihr schwer, während sie sich fragte, wie Marc es schaffte, diese wunderbare Frau zu betrügen.

Mit mir.

Ihr Herz sank noch ein Stückchen tiefer. Wieder war sie wie gelähmt von dem Gedanken der Schuld.

Während äußerlich die Sonne schien, verdunkelten sich Maras Gedanken immer weiter, bis nur noch ein leeres Nichts in ihr zurückblieb. Betäubt schlurfte sie einen Pfad entlang und konnte keinen echten Gedanken mehr fassen, viel zu einnehmend war der Schock, der nur langsam nachzulassen schien. Diana und ihre Mutter … Marc konnte sie sich jetzt wohl sparen, dachte sie, während sich das Gefühl der Ohnmacht weiter in ihr ausbreitete.

Sie ging in die Richtung, in der sie neue Pfeile des Wanderwegs vermutete, und fand sich bald schon in einer wilderen Umgebung wieder. Es ging bergauf, und das satte Grün wandelte sich in etwas Grün-Gelbes, gesprenkelt von weißen Farbtupfern, dort, wo die weißen Krokusse noch blühten.

So wanderte sie noch eine Weile, setzte einen Fuß vor den anderen und versuchte, sich nicht von den dunklen Gedanken und den Selbstzweifeln verschlucken zu lassen. Immer wieder sah sie Marc vor sich und malte sich seine Reaktion aus, wenn er in Kilcrohane auf Linda und Olivia anstelle von Mara traf. Würde er sich schuldig fühlen? Oder gar wütend sein, weil er fast aufgeflogen wäre?

Irgendwann blieb sie stehen, schnallte ihren Rucksack ab und warf ihn zu Boden. Anschließend ließ sie sich selbst danebenfallen und legte den Kopf auf ihrem Gepäck ab. Ihr Blick war in den Himmel gerichtet, sie beobachtete die Wolken, die ruhelos vorbeizogen und die verworrensten Formationen annahmen. Sie fühlte sich so hilflos. So dumm. Der kühle Wind strich ihr über das verschwitzte Gesicht, und auf einmal kamen ihr Louises Worte in den Sinn.

Stundenlang haben wir über unseren Wünschen gebrütet. Wir dachten, je näher unsere Wünsche am Himmel sind, desto höher ist die Wahrscheinlichkeit, dass sie erhört werden.

Ein Teil von ihr schüttelte unentwegt den Kopf, während ein anderer sachte den alten Drachen auspackte. Sie war froh über die Ablenkung. Sie rollte ihn auseinander, steckte die Stäbe und Planen zusammen und inspizierte genau, wo er wie auf Spannung war und wo man wohl einen Zettel befestigen könnte. Sie begutachtete jedes Ende jeder Stange und hielt ihn dann über ihren Kopf, um auch die Unterseite zu inspizieren. Die Sonne, die direkt über ihr stand, durchdrang die rot-orangen Planen und ließ sie strahlen. Mara fühlte sich wie am Strand in einer Strandmuschel, als ihr etwas ins Auge stach.

Ganz vorn an der Spitze war ein kleiner, dunkler Schatten. Hier endeten zwei Stangen und spannten zwei Lagen Stoff fest übereinander. So fest, dass sie aufeinanderdrückten. Ungläubig steckte Mara eine Fingerspitze zwischen die Planen und fischte ein Stück Papier heraus.

„Das gibt's doch nicht!"

Sie entfaltete den alten Zettel, und obwohl die Tinte verlaufen war, war der Satz darauf klar erkennbar.

Mach, dass alles gut wird.

Ihre Nase begann augenblicklich zu kribbeln, und ein Schauer lief ihr über den Rücken.

Diesen Satz musste Anne kurz vor ihrer Abreise in den Drachen gesteckt haben. Warum hatte sie den Wunsch nicht aufsteigen lassen?

Mara konnte diese Bitte so gut nachvollziehen. Dieses Gefühl, nicht mal zu wissen, wo man anfangen sollte, sich etwas zu wünschen, weil man beim besten Willen nicht wusste, welche Richtung man wählen sollte. Da war man schon im magischen Irland, dem Land der Kobolde, Feen und Elfen, und wusste einfach nicht, was man wollte.

Sie lachte, wischte sich die Tränen von der Wange, steckte den Zettel zurück und stellte den Drachen vor sich auf.

„So, Mama, besser spät als nie!"

Der Wind schlüpfte unter die Planen, zog an der Schnur, und nach wenigen Minuten stieg der Drache vor Mara in die Luft. Immer höher und höher, bis er die volle Länge der Schnur ausgeschöpft hatte und an Maras Hand zog. Sie sah dem bunten Wesen beim Tanzen zu und dachte an die junge Anne und daran, wie sympathisch sie ihr durch die wenigen Dinge, die sie über sie erfahren hatte, geworden war. Und es musste furchtbar gewesen sein, zwischen den Eltern und der besten Freundin zu wählen. Mara konnte nur erahnen, welche Kräfte in dieser Situation auf das verwirrte Herz einwirkten, und so spürte sie zusätzlich zu ihrem eigenen Schmerz wieder einen Teil von dem ihrer Mutter.

Der kräftige Wind schien ihre Verzweiflung wenigstens für einen Augenblick zu lindern. Als würde man als Kind stürzen, und ein Erwachsener pustet auf die Wunde.

„Einen Moment tut's weniger weh", flüsterte Mara sich selbst zu.

Nach einer Weile band sie das Ende der Schnur an den Rucksack und kramte erneut nach dem Tagebuch. Sie sehnte sich nach Annes Gedanken.

Wunschlos unglücklich

Sieben Jahre und sechs Tage zu Hause

Liebes Tagebuch,

ich möchte mich bei dir entschuldigen. Ich schreibe dir nur regelmäßig, wenn ich etwas von dir brauche, wenn's mir schlecht geht. So verhält sich kein guter Freund. In all den Jahren des Glücks hab ich kaum etwas von mir hören lassen.

Das tut mir leid.

Du warst immer für mich da, und das schätze ich sehr. Danke.

Ich sitze ganz vorn an Deck, es regnet ein bisschen, aber das ist mir egal. Ich will hinsehen, bis nichts mehr zu sehen ist.

Ich war heute früh noch einmal da. An unseren Klippen. Es verging Minute um Minute, in der ich im Regen stand und mich nicht loslösen konnte. Ich weiß jetzt schon so lange, dass ich gehen muss, und doch traf es mich dort oben auf den Klippen wieder mit einer Wucht, als würde ich es gerade das erste Mal zu Ohren bekommen.

Wie gern hätte ich Loui noch einmal umarmt und ...

Ich blickte auf den noch halbwegs trockenen kleinen Zettel in meiner Hand, ich hatte das Einzige draufgeschrieben, das irgendwie Sinn ergibt, wenn man nicht weiß, was man sich wünschen soll. Ich steckte ihn in das kleine Fach an der Spitze des Drachens und stellte den Drachen auf, um ihn hochzuziehen.

In dem Moment hörte ich ihn.

„Anne!"

Ich drehte mich um und sah James. Das erste Mal seit dem Tag, an dem ich ihm gesagt hatte, was in dem Brief meiner Eltern gestanden hatte.

Hilflos und klatschnass standen wir voreinander, genau wie bei unserer allerersten Begegnung.

Und jetzt sitze ich hier, heule wie ein kleines Kind und versuche, so lange wie möglich seine Lippen auf den meinen zu spüren.

Kapitel 18

MARA las die letzten Sätze immer und immer wieder. Wieso hatte sie sich kein einziges Mal gefragt, was aus James geworden war? In der Geschichte um Louise und ihre Eltern hatte sie diesen Teil von Annes Herz komplett aus den Augen verloren.

Anscheinend war die Liebe unter der Last der Verantwortung zerbrochen. Nein, die Beziehung war zerbrochen, berichtigte sich Mara. Die Liebe blieb bestehen.

Sie schluckte und hatte kurz das Gefühl, selbst alles hinter sich lassen zu müssen.

Eine riesige Welle des Mitgefühls durchflutete sie im nächsten Moment, gefolgt von einer Welle der Anerkennung. Wie konnte ein einzelner Mensch so viel ertragen und dann auch noch genügend Kraft übrighaben, um sich ein neues Leben aufzubauen?

„Im Vergleich zu dir hab ich echt noch mal Glück gehabt“, murmelte sie in die letzte beschriebene Seite des Notizbuches und fühlte sich tatsächlich mit einem Mal weniger schwer. Sie hatte das Gefühl, Anne, oder zumindest die Vorstellung, die sie von ihr hatte, zeigte ihr, was alles möglich war, und ihr war, als müsse sie nicht mehr ganz allein über all die Hürden springen, die noch vor ihr lagen.

Mara legte den Kopf in den Nacken und genoss den einzelnen, fast waagerecht auf ihr Gesicht fallenden Sonnenstrahl. Sie atmete die frische Seeluft ein und tankte Kraft und Ruhe.

Etwas später holte sie den Drachen vom Himmel, und zwar ohne Zettel. Eine tiefe Zuversicht überkam sie. Beschwingt stellte sie das Zelt auf, aß etwas und fiel rasch in einen tiefen Schlaf voll wilder Träume von glücklichen Drachen und traurigen Wölfen, von schwankenden Booten und fesselnden Küssen.

Am nächsten Morgen war sie noch immer erfüllt von der Kraft des vorangegangenen Abends und machte sich wieder auf nach Bantry. Der

Karte nach müsste sie nur noch *Durrus* passieren, und dann hätte sie es fast geschafft. Dann könnte sie heim und beginnen, ihr Leben neu zu ordnen.

Schon nach wenigen Stunden durchschritt sie das zauberhafte Städtchen und staunte über die sich hier versammelnden Menschen. Die konnten doch nicht alle hier wohnen! Mit einem schelmischen Lächeln auf den Lippen stellte Mara sich vor, wie sich die Leute abends in die Häuser quetschten wie Schausteller in ein Clownsauto. Jede Gasse war proppenvoll, überall lachende Kinder und Musikanten und Erwachsene mit merkwürdigen Hüten. Mara grinste und wäre nicht überrascht gewesen, irgendwo ein Zauberstabgeschäft auszumachen, denn eigentlich glich Durrus an diesem Tag einem Ort aus einem Fantasyroman.

Einmal war es ihr, als hätte sie die blitzenden Brillengläser von Ernie zwischen zwei Marktständen, wo alter Schmuck und Windfangkissen in der Form eines Dackels verkauft wurden, gesehen, doch im selben Moment war er auch schon wieder verschwunden.

An einer Ecke vor einem monströsen Süßigkeitenstand trank sie einen warmen Tee und kaufte sich eine Portion *Fish and Chips,* ehe sie weiterging. Es fühlte sich an, als würde Irland sich besonders gastfreundlich von ihr verabschieden.

Sie bahnte sich ihren Weg aus der Menge vorbei an einer schnatternden Schar Kinder in traditioneller Schuluniform. Jetzt war sie wirklich nur noch wenige Stunden von ihrem Ziel entfernt. Doch allmählich waren nicht nur ihre Beine müde, auch ihre Motivation und ihre Kraft neigten sich dem Ende zu, und so lief ihre Stimmung ebenfalls Gefahr, wieder zu kippen. Um nicht erneut Opfer ihrer eigenen Gedanken zu werden, versuchte sie sich all die guten Dinge in den Sinn zu holen, die ihr die Reise gebracht hatte, sobald sie Durrus hinter sich gelassen hatte und wieder mit sich allein war.

„Ich weiß jetzt, dass ich nicht angestellt sein will!“, rief sie in den Wind und sprang sogar ein kleines Stückchen in die Luft. „Ich weiß jetzt, dass Natur gar nicht scheiße und langweilig ist!“ Sie drehte sich in alle Richtungen, um es der Natur zu sagen. „Ich weiß wieder, wie unendlich wichtig Freundschaften sind!“ Sie blickte in den Himmel und dachte ganz fest an Angi, stellte sich vor, die beste Freundin könnte es eintausendfünfhundert Kilometer entfernt spüren, wenn sie nur konzentriert genug an sie dachte. „Und ich weiß, dass ich nicht abhängig sein will von irgendeinem Mann. Ich kann mir selbst zeigen, was ich … O Gott, ich klinge ja schon wie ein Selbsthilferatgeber. Geschrieben von Wahnsinnigen für Wahnsinnige!"

Mara lachte auf.

Wer weiß, vielleicht … Vielleicht traf sie irgendwann auf jemanden, der in den ganzen Wahnsinn passte. Jemanden wie Marc … Ja, er hatte Frau und Kind, und das kam nicht infrage. Trotzdem hatte es sich gut mit ihm angefühlt, aber sie brauchte jemanden, der ehrlich mit ihr umging und der verdammt noch mal nicht verheiratet war!

Und wenn die beiden nur Freunde waren?

Freunde? Die Frau ist ganz klar ihre Mutter!

Vielleicht hatten sie sich ja getrennt … Mara stockte bei dem Gedanken, prustete jedoch im nächsten Moment abfällig.

Und wenn schon …

Wollte sie allen Ernstes in eine komplizierte Dreiecksgeschichte reingezogen werden?

„Hey, Kleines!"

Mara drehte sich erschrocken nach rechts, sie hatte keinen sich nähernden Motor gehört. Neben ihr stand aber eindeutig Ernie, als wäre er durch ihre ungezügelten Rufe angelockt worden. Er saß in einer Art Fahrradkutsche und blinzelte ihr durch seine dicken Brillengläser zu. Also hatte sie sich vorhin doch nicht geirrt.

Mara kannte solche Gefährte aus München, besonders während des Oktoberfests sah man die Rikschas an allen Ecken und Enden und in ihnen die berauschten Touristen, die lachenden Familien und die eng umschlungenen Paare. Dort wo normalerweise die Passagiere saßen, zog Ernie einen kleinen hölzernen Marktstand und mit ihm einige Bündel grün-weiß-orangefarbener Zugluftstopper, von denen jeder aussah wie ein Dackel.

„Ich wollte Sie nicht stören, kleine Lady. Sie sahen aus, als würden Sie gerade ein äußerst wichtiges Gespräch mit sich selbst führen, und unter uns …", er beugte sich etwas zu Mara hinüber und sagte etwas leiser als zuvor, „das sind doch meist die wichtigsten Unterredungen."

Sie konnte nicht anders, als ihn anzulächeln. Dieser alte Mann mit der Seele eines Teenagers bekam sie jedes Mal aufs Neue.

„Ach, wir haben uns … gerade sowieso nur im Kreis gedreht“, gestand sie ihm und war tatsächlich froh über die Ablenkung.

„Na, wenn das so ist, sollte man sich eine kleine Pause gönnen, für etwas neuen Wind hier drinnen, verstehen Sie.“ Er blinzelte Mara schelmisch zu, während er sich mit einem Fingerknöchel gegen die Stirn klopfte, und zeigte dann auf ihren Rucksack.

„Wie ich sehe, sind Sie wieder mal auf dem Weg nach Bantry? Ich will Ihre Heimreise ja nicht beschleunigen, aber ich würde Ihnen beiden gern eine Mitfahrgelegenheit anbieten.“

„Das ist wirklich sehr freundlich, aber …“ Maras Blick huschte kurz zu den fehlenden Passagierplätzen.

„Ah, wir haben noch massig Platz für Gäste“, erwiderte Ernie auf Maras skeptischen Blick. „Passen Sie auf.“

Und in null Komma nichts hatte er in einem Rumpelstilzchentanz um seine Kutsche herum die Bude geöffnet, Maras Rucksack verstaut und eine Art Ansteckstuhl neben sich auf einem der zwei großen Räder platziert. Auf dem saß Mara kurz darauf wie ein kleines Kind neben seinem Opa auf dem Traktor.

Sie schloss die Augen, beide Hände fest um die Stangen der Rikscha geschlossen, und genoss den Fahrtwind in ihrem Gesicht.

Und wenn du mal nicht weißt, wohin mit alle den schlechten Gedanken in deinem Kopf, dann stell dir einfach vor, der Wind pustet sie aus dir raus, und die Sonne füllt dich dann mit neuem Glück auf …

Es war genau wie in Louises und Johns Garten. Die Erinnerung war einfach da, so glasklar und deutlich, als wäre sie nie fortgewesen.

Die Mara und die Anne von einst saßen auf einer Schaukel und wippten leicht im Wind. Die kleine Mara hatte sich mit einem Jungen im Kindergarten angelegt und wurde daraufhin von allen Spielen ausgeschlossen. Das hatte sie ihren Eltern jedoch nicht erzählt. Sie hatte stattdessen das Essen stehen lassen und vor Wut auch noch den Teller vom Tisch geschubst. Sie war so traurig und wütend gewesen. Es war alles so ungerecht, sie hatte schreien wollen, sich erklären wollen, doch heraus kamen nur Tränen.

Anne hatte mit ihr den ganzen Nachmittag in der Eiseskälte gesessen, bis Mara mit der Sprache herausgerückt war. Daraufhin hielt ihre Mutter sie im Arm und sang ein Lied, dessen Worte und Melodie Mara in diesem Moment das erste Mal seit gut fünfundzwanzig Jahren wieder in den Kopf schossen.

„In a little town, where the sun always shines,

lived a girl with a heart so big and so kind.

But one cloudy day, her smile went away,

her big heart felt heavy, like skies turned to gray …“

„Das ist wirklich schön.“ Ernies krächzende Stimme holte Mara aus ihrem Tagtraum, und für einen Moment dachte sie, sie würde von der Rikscha fallen, doch Ernie hatte sie schon mit einer blitzschnellen Bewegung am Ärmel gepackt.

„Und die Leute sagen, ich wäre ein Träumer.“ Er quietschte vergnügt, als wäre er glücklich, nicht der einzige seiner Art zu sein. „Also, wie war das? In a little town, where the …“

„Sun always shines!“, half Mara ihm auf die Sprünge.

„Richtig, wollte ich gerade sagen“, stimmte Ernie todernst zu und setzte dann erneut ein, mit eigener Melodie und eigenem Rhythmus. „In a little town, where the sun always shines …“

Mara schmunzelte, während sie dem dissonanten Gesang des ulkigen Greises lauschte. Sie liebte seine Art und die Wärme, die dieser Kauz in jeden Winkel seines Umfelds zu bringen vermochte.

„Ich bin kein guter Sänger, aber ein unendlich guter Jauler!“, ließ er nach einem Vers in einer besonders herausfordernden Höhe verlauten.

Hin und wieder stimmte sie mit ein, um Ernie mit Text für neue fragwürdige Tonfolgen zu versorgen, aber die meiste Zeit war sie nur Zuhörerin, genoss die Gesellschaft, den Fahrtwind und das wunderbare Gefühl in ihrem Herzen.

Ein Lachen entfuhr ihr, als ihr auffiel, dass es sich ein Stück weit wie Heimkommen anfühlte, als sie die ersten Straßen Bantrys erreichten.

„Danke, Ernie, das war wirklich wunderbar!“ Mara hatte sich beim Absteigen in einem Knäuel Dackel verheddert und befreite sich gerade umständlich aus diesem, während der alte Mann ihren Rucksack aus dem Stand holte.

„Keine Ursache, Kleines, ich hätte mir keinen besseren Weggefährten wünschen können.“

Mara schmunzelte und streckte Ernie die Hand entgegen, der sie ergriff und sie aufgeregt schüttelte.

„Eine wahre Lady!“

„Und das von einem wahren Gentleman!“ Mara machte einen Knicks, und Ernie wurde rot, versuchte dies aber zu verstecken, indem er sich umständlich in seine kleine Kutsche quetschte.

Er wiederholte leise murmelnd: „Ein wahrer Gentleman“, und fügte dann etwas lauter hinzu: „Passen Sie auf sich auf, Kleines, und nicht vergessen, wenn man die Antwort hat, ändert das Leben die Frage.“

Sie grinste, hob die Hand zum Abschied und wollte sich gerade auf den Weg in Richtung Eilishs Haus machen, da hörte sie Ernies Stimme erneut die erste Strophe anstimmen, dieses Mal jedoch genau in der Melodie, die sie ihm vorgesungen hatte.

„In a little town, where the sun always shines,
lived a girl with a heart so big and so kind.
But one cloudy day, her smiley went away …“

Sie schüttelte anerkennend den Kopf, während seine Stimme sich in der Ferne verlor.

„Von wegen schlechter Sänger!“

Und mit dem wunderschönen Gefühl, mit dem ein guter Freund einen nach einem innigen Treffen entlässt, drehte sie sich zum Marktplatz, wo vor etwas mehr als einer Woche alles angefangen hatte.

„Alles wie immer“, sagte sie leise, während ihr Blick über den gepflasterten Platz glitt. Es war wieder dämmrig, wenn auch eine Spur wärmer als bei ihrer Ankunft. Sie stand sogar fast am selben Fleck, wo Ernie sie mit dem Bus abgesetzt hatte, kurz bevor sie auf Marc getroffen war.

Seit Tagen hatte sie weder ihren Posteingang noch ihr Spiegelbild gecheckt und es noch nicht einmal vermisst. Sie hatte ihre Pumps gegen

Wanderschuhe getauscht, ihren oberflächlichen Alltag gegen tiefschürfende Eindrücke und ihre Ratlosigkeit gegen viele neue Fragen.

Nein, dachte sie, *es ist nicht alles wie immer.*

Kapitel 19

AUF den zweiten, genaueren Blick bemerkte Mara, dass heute wirklich ganz und gar nicht alles war wie immer. Am hinteren Ende des Marktplatzes, das näher an der Straße und den Läden lag als am Hafen, standen ebenfalls einige Buden. Dazwischen wuselten aufgeregte Gestalten hin und her und verteilten Girlanden und Lichterketten.

Mara runzelte die Stirn, sie konnte sich im Moment nicht mal erinnern, welcher Wochentag war, geschweige denn welches Datum.

„Aber irgendwas gibt's wohl zu feiern", sagte sie und lächelte selig in sich hinein. Es war eine Wohltat, nicht alles wissen zu müssen und nicht immer auf dem neusten Stand zu sein.

Langsam ging sie auf die deutlicher werdenden Silhouetten zu, der Nachmittag wurde dunkler und somit der Kontrast zwischen den Menschen und der Umgebung stärker. Kurz bevor sie die erste Bude erreicht hatte, drückte wohl gerade irgendjemand eine Sicherung in ihre Halterung, denn mit einem Mal leuchtete der gesamte Marktplatz in einem satten Grün, und tatsächlich ertönte zeitgleich der schiefe Klang eines Dudelsacks. Sie betrachtete die Stände, die allmählich von ihren Betreibern eröffnet wurden und ebenfalls die skurrilsten Dinge im Angebot hatten.

„Unübersehbar St. Patrick's Day", sagte Mara schmunzelnd und flanierte zwischen den Marktständen umher.

Natürlich gab es Essensbuden und dampfenden Irish Coffee sowie Cider, aber auch allen möglichen Nippes wie kleine Koboldtöpfe, die wie Köpfe aussahen, aus denen Haare aus grünen Pflanzenstängeln wuchsen. Es gab Kerzen in Form von Hufeisen und Kleeblättern, und ein Stand hatte es sich zur Aufgabe gemacht, jedem Besucher eine rote Perücke anzudrehen, da sie ja für unzählige Anlässe passend sei.

Überall sah man glückliche Paare, die sich in den Armen lagen, und Freunde, die miteinander anstießen.

Mara bahnte sich gerade ihren Weg in Richtung Bühne, von der wunderschöne Klaviermusik gepaart mit einer beeindruckenden Bassstimme über den Platz schwebte, als sie in ein Gespräch über Funktionalität von Schuh-Biergläsern verwickelt wurde. Sie nickte immer wieder höflich, da sie leider nur die Hälfte von dem, was der Mann mit dem starken irischen Akzent sagte, verstand, da stand er plötzlich ohne Vorwarnung neben ihr.

Marc …

Er trug fast dieselben Sachen wie gestern. Die dunkelgrüne Mütze, die seine Augen strahlen und seine Locken springen ließ. Die hellbraune, abgetragene Lederjacke mit dem weißen Innenfutter. Diesmal hatte er darunter einen Kapuzenpullover statt eines karierten Hemdes angezogen und wirkte damit um einiges jugendlicher. Hinzu kam der entspannte Gesichtsausdruck. Ohne seine üblichen Sorgenfalten wirkte er fast wie ein anderer Mensch.

Marc hielt zwei Tüten in der Hand, in denen sich zweifellos hiesige Leckereien befanden, und er war wohl gerade im Begriff, sich ein passendes Getränk zu beschaffen.

Als seine Augen an ihr hängen blieben, gefroren seine Gesichtszüge. Es trennten sie höchstens drei Meter, doch keiner von ihnen schien den Abstand verringern zu wollen. Oder zu können. Wie Salzsäulen standen sie da und starrten sich einen unendlichen Augenblick an, und Mara wurde durchströmt von einem Wirrwarr an Gefühlen.

Ein zutiefst schmerzvoller Ausdruck zuckte über sein Gesicht, bevor er sich endgültig in eine kalte, undurchdringliche Miene verwandelte.

Sie wusste nicht, wie lang sie dort standen und sich ausdruckslos in die Augen blickten. Gerade öffnete sie den Mund, um irgendetwas Dummes oder Belangloses zu sagen, da fielen ihr wieder die zwei Tüten in seiner Hand auf.

Er ist nicht allein hier.

Doch obwohl sie keinen Schritt auf ihn zugehen konnte, weder verbal noch physisch, konnte sie den Blick nicht von ihm abwenden.

Irgendwann rempelte jemand sie von hinten an, sie geriet kurz ins Taumeln und verlor Marc eine Millisekunde aus den Augen. Als sie sich wieder gefangen hatte und zu der Stelle blickte, wo er gerade noch gestanden hatte, war er verschwunden.

Sie rang nach Luft.

Anscheinend hatte sie die ganze Zeit über den Atem angehalten. Für einen Moment war sie nicht im Stande weiterzugehen, doch der Gedanke, gleich auch auf Linda und Olivia zu treffen, machte ihr Beine. Sie befreite sich aus der Menge und lief die Landstraße entlang, ohne darauf zu achten, wohin.

Ihr Kopf schwirrte, und ihre Gedanken rasten. Sie hatte erwartet, wütend zu werden, sollte sie Marc noch einmal über den Weg laufen, sich kaum mehr zusammenreißen zu können und ihm die wildesten Dinge an den Kopf werfen zu müssen. Doch die Wut war ausgeblieben und statt ihrer hatte sich ein Gefühl der Trauer eingestellt. Und eine leise Sehnsucht, die ihr fast peinlich war.

Nachdem sie den Markt hinter sich gelassen hatte, wurden ihre Schritte eine Spur langsamer, aber das galt keinesfalls für ihr aufgebrachtes Herz. Sie schritt mit keuchendem Atem die gewundene Straße entlang, vorbei an den verwunschenen Läden und alten Häusern mit gebogenen Dachgiebeln und versuchte sich zu beruhigen. Unweigerlich sah sie kurz Anne vor sich, die denselben Weg ging wie sie, und eine neue Welle der Überwältigung traf sie.

In dieser aufgewühlten Stimmung bahnte sie sich ihren Weg zu dem Hexenhäuschen ein wenig oberhalb des Dorfes, und als das Tor quietschte, sah sie auch schon, wie sich hinter dem Wohnzimmerfenster etwas regte.

Sie hatte die Haustür noch nicht erreicht, da schwang diese auch schon auf, und Eilish stand mit glühenden Wangen in der Tür.

„Da bist du ja! Und da sag noch mal jemand, ich bin langsam zu Fuß. Fast eine Stunde vom Hafen hierher!“

Mara sah sie verdutzt an, als die alte Dame auch schon leicht pikiert fortfuhr: „Ihr jungen Leute denkt immer, wir leben alle hinter dem Mond.“ Damit hielt sie ein nagelneu aussehendes iPhone in die Luft und wirbelte stolz herum.

Aus dem Inneren des Hauses hörte Mara sie im nächsten Moment rufen: „Bist du ohne Türen aufgewachsen, Kindchen? Komm schon rein, es zieht.“

Mara folgte ihr nicht weniger perplex als beim ersten Mal, als sie in den kleinen Gang mit der Blümchentapete eingetreten war.

„Ich mach uns erst mal neuen Tee, der erste ist natürlich eiskalt.“ Der Vorwurf in Eilishs Stimme war wohl eine Art nostalgische Gewohnheit, er klang mitnichten ernst gemeint.

Mara trat still ein, befreite sich von ihrem Rucksack, ihren Schuhen und ihrer Jacke, doch sie fühlte sich keineswegs befreit. Die eigentliche Last, die sie seit Tagen umherschleppte, lag ganz woanders. Während das Blut zurück in ihre kleinen Zehen floss und sich ein unangenehmes Kribbeln ausbreitete, dort, wo die Schuhe in den letzten Tagen das Blut abgeschnürt hatten, rasten ihre Gedanken.

Wann war der richtige Zeitpunkt?

Gab es den überhaupt?

Sie richtete sich auf, fühlte, wie steif ihr Rücken vom Tragen des Rucksacks geworden war, und brauchte einige Sekunden, um die Balance zu finden.

„Eilish, ich …“

Ihre Stimme versagte, erstickt vor Angst und Unsicherheit, und damit versagte gleichzeitig auch der Mut auszusprechen, was ihr im Kopf herumschwirrte.

„Ich denke, ich werde nicht lange bleiben. Ich wollte nur meine Sachen umpacken … Vielleicht geht ja heute sogar noch ein Flieger zurück.“

Sie stockte, als die alte Dame schlagartig wieder im Türrahmen zur Küche stand und sie mit ihrem messerscharfen Blick fixierte.

Einen kurzen Moment huschte etwas über ihr Gesicht, im nächsten sagte sie noch eine Spur forscher: „Sei nicht albern, Kindchen, wir wohnen nicht am Times Square. Heute fährt weder ein Bus, noch geht noch irgendein Flieger irgendwo hin.“ Ein missbilligendes Glucksen folgte ihren Worten, während sie sich bereits wieder der Küche zuwandte.

Das genügte. Diese kleine unbedeutende Stichelei in Maras Richtung genügte, um die Zündung zu ziehen.

„Du wusstest es, stimmt’s?“, rief sie fast, als die Worte endlich herausplatzten.

Die alte Dame erstarrte in ihrer Bewegung.

Die Frage war als Vorwurf über Maras Lippen gekommen. Sie wollte das nicht, aber sie konnte nicht an sich halten. „Du wusstest, dass sie hier gelebt hat. Du kanntest sie!“

Wieder ein Vorwurf.

Zaghaft drehte sich Eilish ihr wieder zu, in ihren Augen lag aufrichtiges Mitgefühl. Aus irgendeinem Grund machte Mara dieser Ausdruck noch wütender.

„Woher wusstest du es? Wie hast du mich erkannt? Und jetzt bloß nicht wieder dieser Quatsch, dass ich ihr wie aus dem Gesicht geschnitten bin.“

Eilish öffnete den Mund, um etwas zu erwidern, doch Mara ließ sie nicht zu Worte kommen.

„Ihr habt mich alle von Anfang an belogen, mich losgeschickt wie ein kleines Kind auf eine Schnitzeljagd. Hattet ihr Spaß? Habt ihr euch gegenseitig angerufen und auf dem Laufenden gehalten, welchen Hinweis das kleine dumme Mädchen schon gefunden hat?“ Mara rang nach Luft, das Blut pulsierte heiß in ihren Schläfen und ihre Sicht verschwamm, doch sie war noch nicht fertig.

„Ihr seid bestimmt stolz auf euch. Die Großstädterin, die nicht weiß, dass Kühe nicht lila sind, und ihr habt ihr gezeigt, wie man ein Zelt aufschlägt, und noch dazu, wie unglücklich ihre oberflächliche Welt ist. Vielen Dank auch!“ In Maras Stimme lag jetzt Hohn, derselbe wie Anne ihn ihr immer entgegenbrachte oder Thomas oder einer der zahllosen anderen Menschen, die sie in ihrem Leben nicht ernstgenommen hatten. Ein kalter Schauer lief ihr über den Rücken.

Dann bin ich jetzt eben das Monster, zu dem sie mich so gern machen, dachte sie und holte noch einmal tief Luft.

„Jetzt weiß ich Bescheid, dann kann ich ja getrost mein Leben umkrempeln. Ach ja, und als Bonus gab’s noch die Info dazu, dass meine Mutter gar kein schlechter Mensch ist, sondern eine Heilige, die für jeden Liebe übrighat, außer für ihre missratene Tochter. Jetzt, wo ich die Fehlerquelle kenne, kann ich mich ja gleich dran machen, ein komplett anderer Mensch zu werden. Gar kein Problem! Da schulde ich euch gleich mal ein dickes Dankeschön.“

Je länger sie sprach, desto mehr redete sie sich in Rage, es war ihr, als würde ein Funke genügen und sie würde Feuer speien.

„Bei wem darf ich mich denn noch bedanken? Du, Louise, John, den guten Marc habt ihr ja wohl auch eingeweiht. Weiß nicht, wie weit euer Plan ausgetüftelt war, aber der hat auch ganze Arbeit geleistet. Mich endlich auf den Boden der Tatsachen zurückgeholt. Als hätte das vorher noch niemand gemacht."

Eilish hob nun die Augenbrauen so hoch, dass sie wie eine erschrockene Eule aussah.

„Oder wusstest du das gar nicht? War Betrug und Ehebruch gar nicht Teil des Plans? Tja, da müsst ihr wohl noch mal ein ernstes Wörtchen mit eurem Handlanger wechseln."

Mara stockte kurz, versuchte ihre Atmung zu zügeln.

„Warum … warum hast du nichts gesagt?"

Sie blickte auf den Boden. Eine unangenehme Stille beherrschte nun den Raum, und hätte Mara es nicht besser gewusst, hätte sie geschworen, dass das ganze Dorf in diesem Moment den Atem anhielt.

Sie spürte, wie ihr das Blut erneut in die Wangen schoss. Die unendliche Wut, die auf Hilflosigkeit und Überforderung gefußt hatte, war verraucht, und zurück blieb ein Gefühl der Scham.

Mara spürte Eilishs Blick auf sich und zwang sich, erneut den Mund zu öffnen. „Ich … O Gott! Es tut mir so leid, ich weiß nicht, was in mich gefahren ist."

„Ich schon, Kindchen, und ich kann es sehr gut nachvollziehen."

Die alte Dame sprach langsam und liebevoll, und in ihrer Stimme lag so viel Wärme, dass Mara es wagte, den Blick zu heben. Eilish stand jetzt direkt vor ihr, die goldene Brillenkette wippte knisternd zwischen ihnen hin und her.

Sie musste sich auf die Zehenspitzen stellen, um die Arme um Mara zu legen, die bewegungsunfähig dastand und sich noch immer schämte.

„Weißt du, du hast schon recht." Sie machte eine Pause, bis Mara ihren Blick auffing. „Du und deine Mutter, ihr seht euch verdammt ähnlich, aber erkannt habe ich dich an deiner Sturheit. Der gleiche Dickschädel wie der deiner Mutter."

Mara lachte leise auf und zog geräuschvoll die Nase hoch.

„Ach was?"

„Zu stolz, um nach Hilfe zu fragen, aber wenn sie sich was in den Kopf gesetzt hatte, wurde das durchgezogen, komme, was wolle."

„Ja, das klingt nach ihr."

„So, und jetzt komm in die Stube, drinnen ist geheizt, und wir stehen hier im eiskalten Gang und holen uns den Tod. Oder möchtest du mir noch die Klimakrise anhängen?"

Mara setzte zu einer erneuten Entschuldigung an, doch auf Eilishs Lippen lag ein sanftes, spitzbübisches Lächeln. Also folgte Mara ihr in die Küche und setzte sich an den Frühstückstisch, wo Eilish ihr eine dampfende Tasse Tee vor die Nase stellte.

„Und jetzt, Liebes, erzähl mal, was die letzten Tage für dich bereitgehalten haben. Wie ich höre, hat es dich ins *Seamount Bed & Breakfast* verschlagen?"

Die nächsten Stunden verbrachten die zwei Frauen damit, Maras Reise aufzurollen. Nachdem ihr bewusst geworden war, dass Eilish recht hatte und sie heute bestimmt nirgendwo mehr hinkommen würde, hatte sie den Impuls wegzulaufen endlich loslassen können.

„Und dann hast du abgelehnt? Diesen Job, den du so unbedingt wolltest? Na Donnerwetter, so viel Schneid hätte ich dir gar nicht zugetraut", sagte Eilish und nickte anerkennend.

Jetzt konnte sich Mara das Grinsen nicht verkneifen, es fühlte sich verrückt und unsinnig an, aber sie war stolz auf sich.

„Ich will nicht mehr unglücklich der Gunst anderer hinterherrennen. Ich will entwerfen und nähen und … Ach, wem erzähl ich das?"

Eilish sah sie mitfühlend an, presste die Lippen aufeinander und zog das Kinn kraus. Sie sah aus, als würde sie ihr gleich in die Wange kneifen vor Rührung.

Nie hätte Mara gedacht, dass sie so ein Angebot jemals ablehnen würde, nie hätte sie gedacht, etwas anderes so sehr zu wollen, dass sich eine Absage lohnen würde.

Zu verdanken hatte sie diese Gelegenheit ihrer gewieften Freundin. Angi hatte tatsächlich Maras Entwürfe der gesamten Kollektion und deren Entwicklungsprozess ausgedruckt und Diana in einem Umschlag vor die Tür gelegt. Dadurch war Thomas als Schwindler enttarnt worden, und wie Mara gehört hatte, waren daraufhin noch andere

Ungereimtheiten aufgetaucht, bei denen er seine Finger im Spiel gehabt hatte. Diana hatte ihn schließlich entlassen, Mara am Telefon die Kollektion angeboten und damit die Chance, sich endlich zu beweisen.

Aber Mara wollte sich gar nicht mehr beweisen, zumindest nicht in jener Welt.

„Liebes, was hieltest du davon …“ Eilish räusperte sich, ehe sie beinahe schüchtern fortfuhr: „Du könntest hier ein paar Monate den Laden führen. Ich weiß, wir sind nicht gerade der Nabel der Welt, aber dann könntest du sehen, was es bedeutet, ein eigenes Geschäft zu haben, und was das alles so mit sich bringt. Du hättest natürlich keinerlei Verpflichtungen, den Umsatz zu steigern. Es würde endlich mal wieder etwas Leben in den Laden kommen und …“

Eilishs Erklärungsversuche wurden je von Mara unterbrochen, die sich, nachdem sie das erste Staunen überwunden hatte, der alten Lady um den Hals warf.

„Das wäre wirklich, wirklich, wirklich wunderbar, Eilish! Ich kann dir gar nicht sagen, wie viel mir das bedeutet.“

„Na, so viel, dass du mich bitte am Leben lässt“, erwiderte sie gespielt ungerührt, und Mara lockerte lachend ihre Umarmung.

„Entschuldige. Und entschuldige noch mal, wie ich vorhin mit dir gesprochen habe, ich war so wütend und …“

„Schluss damit, da gibt es nichts zu entschuldigen. Hör sofort auf mit dem Unsinn!“

„Entschul…“, setzte Mara an.

Eilish hob mahnend die Augenbrauen. Kurz verharrten sie so, dann löste Eilish die Situation auf, indem sie ein verschmitztes Lächeln aufsetzte. Mara atmete erleichtert aus, so viel Last fiel ihr gerade von den Schultern.

„Obwohl …“ Eilish griff nach der Teekanne, die bereits das zweite Mal zur Neige ging. „Wenn ich mir deine Geschichte so anhöre, gibt es da tatsächlich jemanden, bei dem du dich entschuldigen könntest.“

Verblüfft sah Mara sie an, wusste nicht, worauf sie hinauswollte.

Die alte Dame schenkte beiden nach. „Du hast doch vorhin etwas von Marc erzählt?“

Der Name allein genügte, um Mara ein unangenehmes Gefühl in der Magengrube zu verschaffen.

„Das hatte natürlich nichts mit meiner Mutter … also nichts mit Anne zu tun“, nuschelte sie verlegen der Tischplatte zu. Eigentlich hatte sie nicht vorgehabt, mit Eilish diese Geschichte zu teilen, aber im Eifer des Gefechts war ihr das Thema als Brennmaterial gerade recht gewesen.

„Das stimmt“, erwiderte Eilish ruhig. „Und außerdem ist Marcs Frau …“

„Linda“, unterbrach Mara sie, doch Eilish ließ sich nicht beirren.

„Caroline.“

Mara hob überrascht den Blick.

„Sie ist vor zwei Jahren gestorben.“

Mara rang nach Luft, doch die Worte blieben ihr im Halse stecken.

„Bei einem Autounfall.“

Eine schwere Stille hatte den Raum fest im Griff, bevor Eilish fortfuhr. „Seitdem kümmert sich Marcs Schwester Linda rührend um die beiden. Sie wirkt fast wie ihre Mutter, nicht?“

Mara blinzelte ein paar Mal. Ihr wurde gleichzeitig heiß und kalt, das Blut sackte ihr in die Füße, und benommen nickte sie als Antwort auf Eilishs Frage. Ihre Gedanken sprangen zu dem Morgen, an dem sie Marc in der Hütte allein gelassen hatte.

„Weißt du, Marc hat seitdem niemanden mehr an sich rangelassen. Also jetzt nicht wie ihr jungen Leute denkt, oder wahrscheinlich auch … Ach, das will ich gar nicht wissen. Aber emotional hat er sich ziemlich abgeschottet. Es gab da draußen nichts mehr für ihn, außer der kleinen Olivia.“

Wir wissen beide, das hatte nichts zu bedeuten, und es war wohl eher der Situation geschuldet als irgendwelchen Gefühlen, hörte Mara sich selbst noch einmal überdeutlich sagen. Die Worte trafen sie jetzt wie ein Schlag in die Magengrube.

Aber … hatte es denn etwas zu bedeuten?

Ihre Gedanken überschlugen sich, während sie versuchte, das Gehörte zu verarbeiten und gleichzeitig Mitgefühl und Zuneigung voneinander zu trennen. Sie blickte auf, direkt in Eilishs durchdringende, bernsteinfarbene Augen. Sie schien genau zu wissen, was in Mara vorging.

Langsam erhob sich die alte Dame von ihrem Stuhl und ging zur Küchenzeile hinüber, dort öffnete sie eine kleine Schublade und griff hinein.

„Hier“, sagte sie, eine Millisekunde zu spät, um Mara wirklich zu warnen.

Verdutzt blickte Mara auf den Autoschlüssel in ihren Händen.

„Die Farm ist nicht weit entfernt, aber die Straßen sind nicht die besten. Du hast doch einen Führerschein, oder?“

Sie schielte über ihre Brillengläser in Maras Richtung, während sie offenbar alles für ihren Umzug ins Wohnzimmer vorbereitete. Dort machte sie es sich normalerweise am Abend allein gemütlich, wie Mara sehr wohl wusste.

„Ähm, ja.“

„Gut, ich schreib noch kurz in die Gruppe, nicht dass einer der anderen das Auto braucht.“

Mara wusste nicht, was sie mehr überforderte. Dass sie gerade mehr oder minder rausgeworfen wurde, oder dass Eilish offenbar eine Carsharing-Gruppe hatte, in die sie jetzt schrieb.

„Noch irgendwas?“ Im Türrahmen zum Wohnzimmer drehte sich Eilish noch einmal um. „Ach ja, die Adresse steht in dem kleinen Büchlein im Handschuhfach, aber wenn du sie ins Navi eingegeben hast, stell auf Offlinekarten, sonst verlierst du irgendwann die Verbindung, und dann hat dich die Katz!“

„Die … Ich …“

Mara wollte etwas erwidern, Teil des Gesprächs sein, doch ihr wollten beim besten Willen keine zusammenhängenden Worte über die Lippen kommen.

Hatte es denn etwas zu bedeuten?, wiederholte sie die Frage in ihrem Kopf.

Eilish sah die ratlose Mara einen Augenblick lang mit missbilligender Miene an, dann schüttelte sie leicht den Kopf und sagte: „Generation entscheidungsunfähig, was? Du musst ihn ja nicht gleich heiraten, um dich zu entschuldigen.“

Mara entgleisten jetzt sämtliche Gesichtszüge. Wie so oft hatte Eilish den Nagel auf den Kopf getroffen. Während sie sich in Ängsten verlor, hatte sie das Offensichtlichste schon wieder übersehen.

„Raus aus meinem Kopf!“, sagte sie und griff sich lachend an die Schläfen.

„Irgendwer muss den Firlefanz ja entheddern. Und jetzt hopp, hopp! Sonst überleg ich mir das mit meinem Auto vielleicht noch mal. Brauchst du deine hohen Schuhe für die Pedale oder schaffst du’s auch in flachen?“

Sie konnte es einfach nicht lassen! Doch sie hatte genau das erreicht, was sie vermutlich gewollt hatte. Auch Mara wurde jetzt von Tatendrang gepackt. Eilish hatte recht, sie musste sich entschuldigen, und bevor sie auf Linda und Olivia getroffen war, hatte Marc ohnehin auf ihrer Liste gestanden. Mit Diana hatte sie gesprochen, ihrer Mutter hatte sie geschrieben. Der Einzige, der noch fehlte, war Marc.

„Okay, ich weiß zwar nicht genau, was ich sagen soll …“

„Das kommt dann schon im richtigen Moment. Und jetzt ab!“

„Gut, gut! Ich bin schon weg.“ Mara schlüpfte in den Flur und hinein in ihre Wanderschuhe. Ihre Hände zitterten, während sie ihre Schnürsenkel band, auch ihr Herz hatte wieder einen Gang hochgeschaltet.

„Ach, Eilish …“ Sie steckte den Kopf ins Wohnzimmer.

„Du bist ja immer noch hier!“, sagte die alte Dame gespielt entnervt.

„Danke!“

Ein weiches Lächeln stahl sich auf Eilishs dünne Lippen. Auch wenn sie es offensichtlich nicht zeigen wollte, sie war gerührt, da war sich Mara sicher.

„Und entschuldige, dass ich …“

„Jetzt reicht’s aber, schau, dass du weiterkommst!“

Eilish griff nach ihrem Pantoffel und warf ihn halbherzig einen Meter in ihre Richtung. Mara lachte, verließ diesen wundervollen Ort und saß eine Minute später in Eilishs Auto.

Kapitel 20

MARAS Hände hielten verkrampft das Lenkrad fest, während das Auto die holprige Schotterstraße entlangfuhr. Das Beben des Wagens schüttelte sie durch, und so konnte sie sich zumindest halbwegs einreden, das Zittern ihrer Hände rühre daher. Auch wenn sie schon beim Schuheanziehen gezittert hatten, beim Autoaufsperren, beim Adressbuchaufklappen … Und als sie den Schlüssel in die Zündung gesteckt hatte.

Die starke Reaktion ihres Körpers überforderte Mara. Es handelte sich doch lediglich um eine Entschuldigung, was sollte schon schiefgehen? Und selbst wenn, was würde passieren, wenn er sie nicht annahm? Ja, was dann?

Sie schluckte, ihr Mund war staubtrocken. Was, wenn er ihr gar nicht zuhören wollte? Er dachte doch, sie hätte ihn benutzt, wollte nur Sex und dann weg …

Gott, ich bin das Arschloch in dieser Geschichte!

Sie schaltete einen Gang zurück. Eilish hatte recht, die Straßen waren alles andere als gut, und in der Dunkelheit war manchmal kaum erkennbar, wo die Fahrbahn überhaupt verlief.

Nein, sie war kein Arschloch. Sie hatte voreilig gehandelt, aber das würde sie wiedergutmachen.

Sie widerstand dem starken Drang, das Gas durchzudrücken, um schneller voranzukommen. Eine nagende Unruhe schwelte in ihr, es war dasselbe Gefühl, wie ohnehin schon verspätet im Stau zu stehen oder im haltenden Zug. Alles in ihr wollte rennen, doch die Außenwelt zwang sie zur Langsamkeit. Sie kämpfte sich den Weg entlang und war froh über Eilishs Ratschlag mit den Offlinekarten.

Nirgends erhellte eine Lichtquelle die Nacht außerhalb ihres Scheinwerfers, auch der Himmel schien wolkenverhangen. Im Schneckentempo kam sie der Zielfahne auf dem Navigationsgerät immer näher. Und je näher sie kam, desto höher stieg ihr Puls und desto kürzer und schneller wurden ihre Atemzüge.

„Jetzt reiß dich zusammen“, ermahnte sie sich, während sie das Auto vor einem Zaun zum Stehen brachte. Dahinter lag ein Steinhäuschen, aus dessen Schornstein weißer Rauch stieg. Der ruhige Anblick bildete einen starken Kontrast zu Maras Gemütszustand.

Sie öffnete das quietschende Gartentor, ging den kleinen Weg bis zu Haustür und drückte den Knopf neben dem Lichtschalter. Eine Sekunde später wurde die Tür lachend aufgerissen.

„Oh, hallo!“

Vor Mara stand Linda. Auf ihrer Stirn klebte ein kleiner Zettel, was draufstand, konnte Mara nicht entziffern, bevor Linda ihn rasch abriss.

„Hallo, ich … ich wollte nicht stören.“

„Du bist Mara, stimmt's?“

Das Außenlicht, das sich beim Öffnen der Tür angeschaltet hatte, erleuchtete die graublauen Augen der jungen Frau und ließen sie fast wie eine Elfe wirken. Erfreut strahlte sie Mara an, während diese sie nur verdutzt anstarren konnte. Es war ein merkwürdiges Gefühl, dass ihr Ruf, oder zumindest der ihrer Mutter, ihr ständig vorauszueilen schien.

„Ja, genau. Woher …“

„Marc hat mir erzählt, wer du bist.“

Damit hatte sie nun ganz und gar nicht gerechnet.

„Na ja, Livi hat sich nicht nehmen lassen, jedem von deiner Heldentat zu erzählen, und mein Bruder hat dann … Sagen wir mal, er hat nicht gerade unauffällig reagiert.“

In diesem Moment kam Olivia an die Tür. Sie blieb halb versteckt hinter Linda stehen, umarmte deren Beine und lugte an ihr vorbei zu Mara herüber. Auch sie hatte einen kleinen Zettel auf der Stirn. Auf ihrem stand *Prinzessin Elsa*.

Mara lächelte und sagte an Olivia gerichtet: „Ihr spielt gerade, stimmt's? Ich wollte euch nicht stören. Vielleicht komme ich besser noch mal wieder.“

Sie war schon im Begriff, sich zu verabschieden, da kniete Linda sich zu der Kleinen und flüsterte ihr etwas ins Ohr. „Ist das in Ordnung?“, fragte sie dann.

Olivias wache Augen ruhten auf Linda, dann nickte sie und rannte eilig ins Haus zurück.

„Jetzt schulde ich ihr was.“ Linda grinste der Kleinen hinterher. Als sie sich zu Mara zurückwandte, wurde ihr Ausdruck ernst. „Er ist in der kleinen Höhle am Wasser.“

Mara erstarrte. Sie hatte noch gar nicht nach Marc gefragt.

„Ich hab ihn schon ewig nicht mehr so gesehen.“

„So wütend?“

„So emotional involviert. Seit Caroline damals in dem Sturm …“ Linda machte eine kleine Pause, offenbar bekam sie es auch jetzt noch nicht leicht über die Lippen. „Er versteckt sich, und das schon viel zu lange. Du hast ihn aus der Reserve gelockt, weißt du?“

Sie schenkte Mara ein dankbares Lächeln. Ihre Stimme klang gleichermaßen tief besorgt und aufmunternd. Offenbar stand Mara ihr Schuldgefühl ins Gesicht geschrieben.

„Glaub mir, er hat auch schon richtig dumme Sachen gesagt und getan, ich bin die kleine Schwester, ich kann davon ein Lied singen. Ach, was sag ich, eine Arie.“

Es war unmöglich, sich ihrer Freundlichkeit zu widersetzen. Mara lächelte und nickte.

„Ich weiß ehrlich gesagt nicht genau, was ich überhaupt sagen soll.“

Linda sah kurz in den Himmel. „Das ist manchmal gar nicht so schlecht“, meinte sie nach einer kurzen Pause. „Dann kann man wenigstens nichts von dem vergessen, was man sagen wollte.“ Sie zwinkerte Mara zu und holte ihr Handy heraus. „Also pass auf, die Höhle ist zwar nicht weit entfernt, aber es ist ein bisschen kniffelig, dahin zu gelangen, und die Flut kommt bald. Marc hat mich als Kind mal dort zurückgelassen, ich dachte, ich sterbe.“

Nachdem Linda ihr ausführlich den Weg beschrieben hatte und Mara eine Tasse Tee dankend abgelehnt hatte, saß sie wieder hinter dem Steuer von Eilishs Wagen. Liebend gern hätte sie mit der jungen Frau, die so viel Positives ausstrahlte, noch etwas Zeit verbracht, doch zu groß war die Angst, komplett den Mut zu verlieren. Ihr Herz flirrte fast, so schnell schlug es, und sie hatte überall Gänsehaut, während ihr ein Schauer nach dem anderen über den Rücken lief.

Es ging nicht nur um eine Entschuldigung, gestand sie sich ein, während sie durch einen dichten Wald fuhr und das Auto bedrohlich hin und her schwankte. So oft war sie in den letzten Jahren enttäuscht worden, so oft hatte sie erneut Hoffnungen gehegt und Erwartungen in sich wecken lassen, um dann nur wieder abgelehnt zu werden. Nun war sie es, die abgelehnt hatte, und dazu noch jemanden, der offensichtlich weise wählte, wem er sich öffnete.

„Shit!“, rief sie und parkte den Wagen, als der Weg abrupt endete.

Ein Blick aufs Handy verriet ihr, dass sie noch circa zwanzig Gehminuten entfernt war von dem Teil der Küste, an dem Linda und Marc früher so gern verstecken gespielt hatten. Sie verschloss das Auto und stapfte los. Es war tiefschwarz um sie herum, das Blätterdach über ihr schirmte jegliches Licht ab, und der Wind raschelte bedrohlich in den Wipfeln.

Etwa nach zehn Minuten erreichte sie den Rand des Waldes, und über ihr erstreckte sich ein gigantisches Naturschauspiel. Das Sternenzelt funkelte in der Schwärze des Nachthimmels und mittendrin …

„Die Milchstraße! Wahnsinn.“

So etwas hatte sie noch nie zuvor gesehen. Gebannt blickte sie einen Moment in den Himmel, dann fiel genau vor ihren Augen eine Sternschnuppe.

Mara grinste. „Wenn das keine Aufforderung ist.“

Schon bald erblickte sie die krumme Weide, von der Linda gesprochen hatte, direkt an den Klippen. Sie spurtete los, der Wind fuhr ihr in die Haare und in die Kleidung und jagte ihr eine erneute Gänsehaut über den Rücken. Völlig außer Puste kam sie bei dem alten Baum an, der Stamm bog sich über den Rand der Klippe, und die Wurzeln schlugen große Wellen am Boden. Beinahe wäre sie über eine besonders hervorstehende gestürzt, doch sie fing sich gerade noch an einem tiefen Ast ab.

„Okay, ganz langsam.“

Sie griff nach dem Ast, der sie gerade vor dem Fallen bewahrt hatte, und beugte sich, genau wie Linda ihr geraten hatte, etwas weiter vor über den Rand. Und tatsächlich, da waren sie. Drei metallene Leitersprossen, die in den Felsen geschlagen worden waren. Sie führten unterhalb des Baumes auf einen kleinen Vorsprung.

„Und da ist dann hoffentlich auch die Höhle“, murmelte Mara, schluckte und sah sich nach dem Seil um, von dem Linda gesprochen hatte. Wie beschrieben lag es fest um den Stamm gewickelt, reichte bis über den Vorsprung und diente als Sicherung bis zur ersten Sprosse.

Mara atmete tief ein, um sich Mut zu machen, und setzte sich auf die nasse Erde. Mit ihren Füßen tastete sie vorsichtig nach der ersten Strebe. Als beide Füße die Leiter gefunden hatten, drehte sie sich behutsam um, packte das Seil, um sich festzuhalten, und ließ sich hinab. Sie streckte ihr rechtes Bein noch weiter und fand nach einem kurzen Schreckmoment auch die zweite Metallstange, hangelte sich weiter, bis sie schließlich beide Hände an der mittleren Strebe hatte und ihre Füße rechts von der untersten wieder festen Untergrund fanden. Langsam ließ sie los und trat einen Schritt weg vom Abgrund, während sich vor ihr der nächste auftat.

Da war er.

Etwa in der Mitte der Ausbuchtung saß Marc hinter einer kleinen Feuerstelle und blickte sie erstaunt und verständnislos an. Kurz dachte sie, er würde aufspringen und gehen, doch er blieb sitzen.

Es war so still hier. Mara war es, als könnte sie die Luft zwischen ihnen pulsieren hören.

Der Wind pfiff an der Höhle vorbei, fing sich in dem Vorsprung und ließ hier, so nah an dem Felsmassiv, die Welt pausieren. Es hatte etwas Magisches, und sie verstand, warum Linda und Marc diesen Ort als ihr Geheimversteck auserkoren hatten.

„Hey“, begrüßte sie ihn zaghaft. „Linda hat mir gesagt, wo ich dich finden kann.“

Er nickte, schwieg jedoch.

„Darf ich mich zu dir setzen?“ Maras Stimme zitterte, so wie der Rest ihres Körpers, sie war aufgeregt und hatte gleichzeitig wahnsinnige Angst, etwas Falsches zu sagen.

Für einen Moment sah er sie mit seinem undurchdringlichen Blick an, dann rückte er ein Stück nach links.

Langsam ging sie auf ihn zu und setzte sich neben ihn. Erst jetzt sah sie, wie nah das Meer war. Denn auch das Tosen der Wellen war nur ein fernes Geräusch im Hintergrund, obwohl sie nicht weniger als zwei Meter unter ihnen gegen die Klippen schlugen.

Den Blick nach vorn gerichtet saßen sie stumm da, bis Mara endlich wieder den Mut fand, zu sprechen.

„Ich dachte, du bist ein fremdgehender Arsch“, sagte sie leise.

Sie spürte, wie Marc neben ihr stutzte. Als sie zu ihm sah, beobachtete sie, wie er sich langsam einen Reim aus ihren Worten machte. Ein ungläubiger Lacher entfuhr ihm, wahrscheinlich beim Gedanken an ihn und seine Schwester als Paar.

Er schüttelte den Kopf, und nach einer kurzen Pause sagte er schlicht: „Und ich dachte, du bist eine berechnende Egomanin.“

Für einen langen Moment starrten sie einander sprachlos an, dann mussten sie beide schmunzeln. Sein Lächeln zog die Sorgenfalten glatt und ließ ihn für einen Augenblick aussehen, als hätte er noch nie etwas Schlimmes erlebt, als wäre sein Herz nicht sorgenschwer.

Behutsam rückte Mara an ihn heran, sodass sich ihre Arme berührten. Jetzt waren sie einander so nah, sie könnten mühelos die Nasenspitzen aneinander stupsen. Marcs aufgewühlter Blick verharrte in ihrem, sein heißer Atem kitzelte ihr Gesicht. Er senkte den Blick auf ihrer beider Hände und legt seinen kleinen Finger über Maras.

„Ich hab so was schon so lange nicht mehr gemacht. Schon so lange nicht mehr gewollt“, sagte er so leise, dass Mara Mühe hatte, es zu verstehen.

„Ich hatte das noch nie“, antwortete Mara, ohne nachzudenken. „Also Flirten, ja. Aber ich hatte das noch nie … so auf den ersten Blick und so … so echt.“

Marcs Blick schien sie für einen Moment zu prüfen, die Worte, die ihr so schnell über die Lippen gekommen waren, dann zog er seinen linken Mundwinkel nach oben.

Anscheinend hatte sie den Test bestanden.

„Das klingt schön.“

„Das ist es. Aber es ist auch beängstigend. Ich hatte noch nicht so viel Glück in diesen Dingen. Obwohl ich schon sehr oft dachte, ich hätte es, aber dann … Ich hatte mich tatsächlich jedes einzelne Mal getäuscht.“

Er hielt ihren Blick, schien durch ihre Augen direkt in ihr Herz zu sehen.

„Das kann ich gut verstehen. Ich hab auch Angst, um mich natürlich, aber auch um Livi und unser Leben. Ich kann nicht einfach so für uns entscheiden, unser Leben zu ändern. Sie ist mein Leben. War es schon immer, aber seit Caroline …“ Er schluckte und räusperte sich, wandte den Blick zum Meer. „Als Caroline in jener Nacht im Sturm von der Straße abkam …“ Er verstummte und schien sich einen Moment in seinen Gedanken zu verlieren. „Ein Teil von mir ist damals mit ihr gestorben. Ich dachte, es wäre der Teil, der so etwas empfinden kann.“

Mara lauschte aufmerksam seinen Worten. Sie konnte spüren, dass Marc diese Dinge zum ersten Mal laut aussprach.

„Und jetzt, da ich merke … Nein, das stimmt gar nicht. Ich kann mich ja noch immer verlieben.“ Er lachte bitter auf. „Da fühle ich mich schuldig und frage mich, ob das gerecht ist, ob es nicht zu schnell geht.“

Und da war er, der altbekannte Schmerz, der immer wieder in seinen Augen aufflackerte. Jetzt legte er sich vollkommen auf seine Züge.

Mara wollte ihn umarmen, irgendetwas sagen, was ihm helfen konnte. Aber da gab es nichts. Also nahm sie seine Hand und legte ihre Stirn an seine Schulter.

Nach einer kleinen Ewigkeit flüsterte sie: „Ich liebe dich.“

Sie spürte, wie Marc neben ihr erstarrte. Für einen Moment erwartete sie, dass er sie zurückweisen würde, doch dann stieß er einen lauten Seufzer aus, drehte sich zu ihr und küsste sie. Seine warmen Hände umfassten ihr Gesicht, und er küsste sie so sehnsüchtig und mit so viel Liebe, dass Mara schwindelig wurde.

Etwas später legte er seine Stirn an ihre und lachte leise. „So hast du dir das wahrscheinlich nicht vorgestellt. Ein verschrobener Witwer mit Bindungsängsten. Mich gibt es nur im Doppelpack.“

Sie sah in das wunderbare Farbenspiel seiner Augen. „Na ja, zwei zum Preis von einem hört sich doch nach einem guten Angebot an“, gab sie neckend zurück.

Ein dankbares Lächeln huschte über sein Gesicht. „Eigentlich sogar drei zum Preis für einen.“

Mara grinste. „Ich war schon immer eine Schnäppchenjägerin.“

Sie strich mit dem Daumen über seine Wange, seinen Bart, sein Grübchen, den Rand seiner Lippen und versuchte, sich diesen Moment für immer einzuprägen.

„Ja, du darfst“, sagte Marc irgendwann, und kurz sah sie ihn verwirrt an.

Dann wurde ihr klar, dass er gerade auf ihren ersten Kuss in der Hütte anspielte. „Gott sei Dank!“, erwiderte sie lachend und lehnte sich zu ihm, um ihn zu küssen. Doch er war schneller.

Sag niemals nie

Dreißig Jahre später

Liebes Tagebuch,

fühlt sich komisch an, das zu schreiben. Fremd und doch vertraut.

Weißt du noch, wie schludrig ich mit Regelmäßigkeit war? Jetzt habe ich mich wirklich selbst übertroffen.

Vor über dreißig Jahren bin ich gegangen, und ich dachte, ich würde nie wieder kommen. Doch da habe ich mich gehörig getäuscht.

Vor etwa vier Monaten klopfte plötzlich die Vergangenheit bei mir an. In Form einer Postkarte. Es stand nur ein einziger Satz darauf:

Man kann das Leben nur vorwärts leben und rückwärts verstehen.

Ich verstand sofort, dass das die Chance war, auf die ich schon so lange gewartet hatte. Und ich habe sie ergriffen!

Jetzt bin ich hier, hier in meinem geliebten Irland, und halte dich in der Hand. Wer hätte das gedacht? Ich kann dir verraten, ich nicht! Jedenfalls nicht ernsthaft. Es ist gut, dass niemand in die Zukunft sehen kann.

Ich wäre gestorben vor Aufregung, hätte ich gewusst, dass ich bald in den Flieger nach Irland ... zu meiner Tochter steigen würde.

Danke dir, danke, dass du auf mich gewartet hast.

Kapitel 21

MARA stand an Marcs Küchenfenster und ließ ihren Blick und ihre Gedanken schweifen. Immer noch konnte sie nicht ganz glauben, wie sehr sich ihr Leben in den letzten Monaten verändert hatte.

Zuerst hatte es nur eine Konstante gegeben. Marc und sie. Sie hatte keine Garantie gehabt, keine Sicherheit, abgesehen von diesem unglaublichen Gefühl, das sie jedes Mal durchströmte, wenn dieser Mann in ihrer Nähe war. Und diese aberwitzige Ahnung, dass er das Beste von ihr zum Vorschein brachte.

Schnell hatte sie Linda und Olivia kennen und auch lieben gelernt und die Pläne, in Eilishs Laden einzusteigen, hatten ebenfalls Form angenommen. Und irgendwann war der Tag gekommen, an dem das Taxi vorfuhr und direkt vor Marcs Haus zum Stehen gekommen war.

Sie hatte es kaum glauben können, als die Tür aufgeschwungen und ihre Mutter ausgestiegen war. Adrenalin hatte sich augenblicklich in ihr ausgebreitet, sie hatte sich diese Situation so oft ausgemalt, und doch war sie völlig anders als erwartet.

Zunächst hatten sie still voreinander gestanden. Bis ihre Mutter sie schließlich fest in ihre Arme gezogen hatte.

Mara konnte sich gar nicht daran erinnern, wann sie Anne das letzte Mal hatte weinen sehen. Doch in den darauffolgenden Stunden und Tagen waren ihrer Mutter noch einige Male die Tränen gekommen. Zusammen mit Mara, kurz darauf mit Eilish und danach natürlich beim Wiedersehen mit Loui, die bei Annes Anblick vor Aufregung beinahe in Ohnmacht gefallen wäre. Die beiden hielten sich minutenlang in den Armen und schluchzten, dann packten sie einander an den Schultern und sprangen ungläubig und freudig auf und ab, kreischten und lachten, nur um kurz darauf erneut in Tränen auszubrechen.

Es war so unwirklich gewesen, ihre Mutter so zu sehen, und so wunderbar.

„Hey, Dornröschen." Marcs starke Arme umschlungen sie von hinten und rissen sie aus ihren Gedanken. „Wir müssen langsam los, oder?"

„Stimmt", sagte sie und drehte sich zu ihm, um ihm einen Kuss zu geben. „Danke für das schöne Date."

Marc grinste.

„Ich hab zu danken", sagte er mit diesem umwerfenden Lächeln im Gesicht, das sie so sehr liebte, und zog sie wieder an sich.

„Hopp, hopp, beeilt euch!", rief Mara drei Stunden später durch die geschlossene Tür, die nach hinten ins Lager führte. Angespannt sah sie auf die Uhr.

„Sind die Boys etwa immer noch nicht fertig?", rief Angi von vorn.

„Nein, natürlich nicht. Da soll noch einmal jemand sagen … Wow! Du siehst toll aus!"

Ihre beste Freundin kam in einem olivgrünen Overall auf sie zu, die Haare oben glatt nach hinten gegelt und unten offen und lockig. Sie sah aus wie die perfekte Mischung aus cooler Schauspielerin, die gern auch mal in Schlabberklamotten rumläuft, und zurechtgemachtem Model.

„Ach, das alte Ding. Ich hab eben noch abgespült."

Sie grinsten einander an. Angi schaffte es einfach immer, ihr ein Lächeln zu entlocken, egal wie aufgeregt sie war.

„So, und du gehst jetzt nach vorn und rückst noch irgendwelche unwichtigen Dekoartikel hin und her, ich kümmere mich um die Herren. Na los!"

„Okay, okay." Mara wurde bereits in Richtung Laden geschubst. „Ist ja gut, ich geh schon."

Zwei Sekunden später hörte sie Angi in militärischem Tonfall sagen: „Ich gebe euch jetzt genau zwei Sekunden, dann komme ich rein, egal ob ihr angezogen seid oder nicht. Wenn ihr was zu verheimlichen habt, beeilt euch! Eins, eineinhalb …"

Mara warf einen Blick zurück und sah, wie sich ihre Freundin eine Hand vor die Augen hielt, die andere auf die Türklinke legte, tief durchatmete und mit ihrem letzten Wort die Tür aufstieß.

„Drei!"

Von drinnen folgte ein empörtes Stöhnen, gemischt mit Gelächter und liebevollem Geschäker.

Mara lachte ebenfalls, schüttelte den Kopf und ging zu den Frauen, die gerade dabei waren, letzte Vorkehrungen zu treffen. Eilish sprang mit Livi auf dem Laufsteg herum, während Linda prüfend unter das provisorisch zusammengebaute Konstrukt blickte und einen Daumen in die Luft hielt.

„Sieht safe aus!“

Louise und Anne standen wie immer Arm in Arm am Fenster und redeten aufeinander ein. Es war ein Mysterium für alle, doch sie taten das, seit Anne vor drei Wochen angekommen war, und sie schienen sich bestens zu verstehen. Es war herrlich, sie so zu sehen, auch wenn niemand je in ein Gespräch der beiden mit einsteigen konnte.

„Also: Marc, John, Earl und Arthur sind angezogen, und alles sitzt. Ernie wird jedem die Show stehlen, und zu der atemberaubend schönen Freundin von Linda konnte ich nicht rüberschauen, sonst hätte ich mich wohl nicht mehr unter Kontrolle gehabt“, berichtete Angi und verzog das Gesicht zu einem schmerzvollen Ausdruck, während sie sich auf die Unterlippe biss.

„Ach so? Ich hätte eher gedacht, Ernie wäre dein Typ“, sagte Mara feixend.

„Haha, einmal was mit jemand Älterem gehabt, und man wird ein Leben lang damit aufgezogen. Außerdem hab ich schon gemerkt, dass er sein Herz bereits an eine andere Dame vergeben hat, und mit der will und kann ich mich nicht anlegen“, gab Angi frotzelnd zurück.

Verstohlen schielten die beiden zu Eilish, die gerade konzentriert Ernies Kiltnadel ansteckte, während er vor Stolz zu platzen schien.

„Das würde ich dir auch wirklich nicht raten“, sagte Mara lachend, gerade als sich ihre Freundin wieder ihr zuwandte und ihr sanft die Hände auf die Schultern legte.

„Alle sehen fantastisch aus! Das hast du großartig gemacht.“

Mara konnte nichts erwidern. Sie war Angi so dankbar, für ihre Hilfe, ihre Leichtigkeit in Stresssituationen und ihr Gespür für die richtigen Worte.

„Wie geht’s dir? Muss ich noch kurz ein Sauerstoffzelt aufbauen?“

Sie schüttelte den Kopf, versuchte, die Fassung zu bewahren, um nicht vor Rührung loszuheulen.

Und wieder reagierte Angi genau richtig. „Okay, dann sorg ich jetzt mal für ein bisschen Musik und schnapp mir ein Bier. Keine Sorge, ich pass auf, dass ich nichts vollsaue. Du siehst übrigens zum Anbeißen aus in Lila!"

„Danke dir." Mara hatte den Hosenanzug ihrer Mutter angezogen und trug damit als Einzige kein Stück ihrer eigenen Kollektion.

„Keine Ursache. Ach so! Bevor ich's vergesse, beim wievielten seid ihr jetzt, Marc und du?"

„Hm … zweiundachtzig?"

„Schade, dann wird's wohl nicht Ernstes mehr?"

„Ja, sieht so aus, kann man nichts machen!" Beide zogen eine gespielt leidende Grimasse, bevor sie in aufgedrehtes Gelächter verfielen.

Marc hatte ihr damals noch in der Höhle gesagt, er wolle es langsam angehen, könne sich nicht gleich in eine feste Beziehung werfen und müsse erst mal prüfen, ob sie es denn auch wirklich ernst mit ihm meine. Außerdem sei Olivia viel zu sensibel, was wohl ein Code gewesen war für *Ich bin viel zu sensibel.*

Zunächst war Mara verunsichert gewesen und hatte sich große Sorgen gemacht. Doch nach dem ersten Date hatten sich diese vollständig in Luft aufgelöst. Den Plan, sich anfangs nur alle paar Tage zu treffen, ohne Übernachtung, hatten sie exakt kein einziges Mal eingehalten. Genau genommen wohnten die beiden seit dem Abend in der Höhle fast schon beieinander, und obwohl sich Maras kleine Wohnung in Bantry kaum auszahlte, würde sie sie erst mal behalten. Es war gut, einen Rückzugsort zu haben.

„Na, ihr beiden, wird hier gelästert?" Marcs raue und zugleich warme Stimme, so nah an ihrem Ohr wie jetzt, jagte Mara immer noch eine Gänsehaut über den Rücken.

„Natürlich. Hier wird schamlos gehetzt und gemeutert. Was sonst?", antwortete sie lachend, während sie Marcs Arme ergriff, die sie von hinten umfassten.

„Hab ich's mir doch gedacht. Niemand ist hier wirklich sicher vor euch.“ Er hauchte ihr einen flüchtigen Kuss auf den Nacken, und Maras Haut flirrte.

„Wobei mir einfällt, dass ich noch gar nicht genügend Zwietracht gesät habe, ich muss schleunigst ganz woanders hin.“ Angi deutete umständlich in alle Richtungen und zwinkerte Marc zu, bevor sie zu Linda, Eilish und Livi ging.

Mara drehte sich in Marcs Armen und umschlang seinen Nacken. „Hast du nachher schon was vor?“, hauchte sie und blinzelte ihm verschwörerisch zu.

„Du meinst, nachdem ich all die Autogramme für meine Fans gegeben habe? Weißt du, als Male Model ist man heiß begehrt.“

„Ja genau, danach.“

„Ich denke, ich hätte etwas Zeit, aber nur, dass du Bescheid weißt … Da gibt es jemanden, den ich date, nichts Ernstes, wir hatten höchstens … achtzig Dates.“

Er nahm ihr Gesicht in seine Hand und beugte sich langsam zu ihr hinunter.

„Okay, und hattet ihr schon was miteinander?“

Seine Lippen senkten sich kurz auf ihre, dann sagte er schelmisch: „Höchstens ein oder zwei Mal.“

„Was für ein Flittchen“, gab Mara zurück, während sie zwischen den Küssen Luft holte.

„Er kommt übrigens später vorbei“, sagte Marc plötzlich, und sie stutzte, wusste nicht, worauf das bezogen war.

Dann fiel der Groschen, und sie machte große Augen. „Er kommt? Wahnsinn! O Gott, hoffentlich ist das eine gute Idee.“

„Keine Sorge, wir sperren sie ja nicht in einen Raum und werfen den Schlüssel weg. Und Louise meinte doch auch, dass sie sich freuen wird.“ Er strich ihr sanft eine Strähne aus dem Gesicht.

„Stimmt.“ Mara atmete tief durch. „Irgendwie komisch, die Vorstellung. Meine Mutter mit einem fremden Mann.“

„Das glaub ich, aber richtig fremd ist er gar nicht, oder?“

Sie hatte Marc viel über das Tagebuch erzählt und erklärt, was es alles in ihr angestoßen hatte. „Wie kann man nur so hübsch und so klug sein", sagte sie und küsste seine Nasenspitze.

„Hey, kein Catcalling in der Öffentlichkeit", erwiderte er schelmisch, dann fügte er etwas ernster hinzu: „Und dein Vater?"

„Er hörte sich sehr gut an am Telefon. Er plant mit dieser Silvia sogar schon einen Urlaub. Und er hat sich auch nach Mama erkundigt, also … Ja, ich glaube, es geht ihnen sehr gut. Krass, dass ich nicht gemerkt habe, dass sie schon seit über einem Jahr getrennt waren."

„Hm … Manchmal muss man Sachen erst mal für sich allein ausprobieren."

Mara schmunzelte, als sie daran zurückdachte, wie sie sich nach ihrem ersten Date unbemerkt aus dem Haus hatte schleichen wollen und Olivia direkt in die Arme gerannt war.

In diesem Augenblick hörte man deren entzücktes Glucksen und Kreischen, und Marc rannte in die andere Ecke des Ladens zu seiner energiegeladenen Tochter. Livi hatte offenbar entschieden, das kleine Wartesofa, auf dem die Begleiter der Kunden gern saßen, auf seine Standhaftigkeit zu prüfen, indem sie wild darauf herumsprang.

Mara konnte sich das Lachen nicht verkneifen. *Ein kleiner Wirbelwind*, dachte sie gerührt. Sie hatte nie geahnt, wie einfach es sein würde, ein Kind zu lieben, das nicht das eigene war. Doch daran gab es nichts zu rütteln. Die kleine Olivia hatte von Anfang an einen großen Platz in ihrem Herzen eingefordert, und Mara hatte ihn ihr bereitwillig gegeben.

„Hört mal, noch zwanzig Minuten, bis die Gäste kommen. Ich finde, wir müssen davor noch dringend auf uns anstoßen." Angi kam mit einem Tablett voller Sektgläser in den Raum und reichte Mara, Livi und Arthur drei leicht lila anmutende Getränke.

„Hubble Bubble für euch, und für alle, die wollen, gern einen Sekt. Ich weiß ja, was das Zeug mit dir macht, wenn du nervös bist." Den letzten Satz hauchte sie in Maras Richtung, dann stellte sie sich zu Anne und Louise, die sich jeweils zwei Gläser sicherten.

„Auf Mara! Du kannst wirklich stolz auf dich sein. Ich denke, ich spreche für alle, wenn ich sage, wir sind es!" Angi strahlte, doch eindeutige Rührung lag in ihren Worten, am Ende brach ihre Stimme kurz. Um das zu überspielen, sagte sie die letzten Worte noch etwas lauter. „Auf Mara!"

Alle hoben das Glas, während Mara spürte, wie ihr, wie so oft in letzter Zeit, das Blut in die Wangen schoss. Dann wurde es still, und alle Augen ruhten auf ihr.

„Ich …", begann sie und versuchte ebenfalls, den anschwellenden Kloß in ihrem Hals zu ignorieren. „Ich kann gar nicht in Worte fassen, wie dankbar ich bin. Nichts würde reichen, um … Danke! Danke, danke, dass ihr alle da seid. Hier mit mir!"

Ein Jubeln, angeführt von Angis freudigem Quietschen, erfüllte den Laden, und in diesem Moment fing draußen ein Dudelsack an zu spielen.

„Oh, verdammt!", sagte Mara aufgeregt und begutachtete noch mal schnell alle angezogenen Outfits.

„Jetzt genug Rumgeheule, alle auf ihre Position, es geht los!", rief Angi mahnend und wischte sich lachend noch eine Träne aus dem Gesicht.

Die Modenschau und die Eröffnung des Ladens wurden ein voller Erfolg.

Das letzte Dorffest lag schon einige Wochen zurück, und alle lechzten nur so nach guter Stimmung und einer richtigen Party. Im Anschluss an die feierliche Einstimmung durch die hiesige Kapelle erfüllte wunderbare Klaviermusik vom Band den Laden und den Vorplatz. Die Musik erinnerte an die erste Modenschau, die viele, viele Jahre vorher in Bantry stattgefunden hatte, und Mara sah in einige in Erinnerungen schwelgende Blicke und von Ergriffenheit strotzende Gesichter. Allen voran in das ihrer Mutter.

Während der Show war kein Platz für Sentimentalitäten, aber nachdem alle ihre drei Outfits bei tosendem Applaus der Menge vorgeführt hatten, wurde die Stimmung immer ausgelassener. Einige von ihnen wurden umringt von interessierten Käufern, aber auch von Flirtwilligen, und so war jeder schnell in ein Gespräch verwickelt.

Es war einer der ersten lauen Frühsommerabende, und allmählich sprangen die solarbetriebenen Lampions an. Mara ließ den Blick schweifen zwischen all den fröhlichen Seelen. Ihre Freunde, ihre Familie und ihre Zukunft … Marc wirbelte gerade Liv umher, und ein glückliches Kinderquieken erfüllte die Luft.

Nichts hatte sich je so richtig angefühlt.

„Kaum zu fassen, oder?" Anne stand neben ihr, ein Sektglas in der einen Hand, die Liste mit den Vorbestellungen in der anderen.

Sie blickten sich kurz an, dann lächelte Mara und erwiderte: „Ja, aber langsam gewöhne ich mich an den Gedanken."

„Das ist gut." Ihre Mutter räusperte sich kurz und schien sich zusammenzureißen. „Du kannst wirklich stolz auf dich sein."

Sie ließen ihre Gläser aneinanderstoßen und sahen sich gerührt an.

„Danke. Danke, dass du hier bist", stieß Mara hervor.

Anne atmete geräuschvoll ein und wollte offenbar gerade etwas erwidern, als im nächsten Moment die Popmusik abbrach und erneut der Klang eines Klaviers ertönte. Diesmal jedoch nicht vom Band. Alle blickten sich suchend um, auch Mara wusste nicht, was der plötzliche Wechsel zu bedeuten hatte.

Und dann sah sie ihn.

Vorn am Eingang stand Marc neben einem Keyboard, und dahinter saß …

„James", hörte sie ihre Mutter hauchen.

Mara betrachtete den Mann, von dem sie schon so viel gelesen hatte. Er spielte mit einer Unaufgeregtheit, die ihn wirken ließ wie einen jungen Mann und die alle in seinen Bann zog. Als er zu singen begann, erkannte sie sofort den rauen Bass vom St. Patrick's Day wieder, den Abend, an dem Marc und sie zueinandergefunden hatten.

Sie blickte ihre Mutter an und fühlte genau, was die junge Anne damals so berührt hatte. Und was es augenscheinlich jetzt wieder tat.

Das Stück ging zu Ende, ebenso der Applaus, und es dauerte noch eine Weile, aber irgendwann standen sie beieinander. Anne und James, einen Meter schüchtern Abstand haltend, vertieft in ein Gespräch.

Mara hatte sich bei Eilish untergehakt, die bis eben vor Rührung und Aufregung mit einem hochroten Kopf durch die Menge gerannt war, um immer wieder neue Glückwünsche entgegenzunehmen für ihre neue Geschäftspartnerin. Still blickten sie zu dem verloren geglaubten

Liebespaar hinüber. Mara spürte, wie ihre Nase zu kribbeln begann, doch in diesem Augenblick hörte sie das Einzige, das den Moment noch perfekter machen konnte.

„Sagen Sie, darf ich Sie vielleicht mal auf einen Kaffee einladen? Oder ist das zu früh beim dreiundachtzigsten Date?“

Sie drehte sich lachend um und gab Marc einen innigen Kuss als Antwort.

– ENDE –

Gratis Kurzroman sichern

Ein romantisches Hotel am Meer, die unendliche Weite der Ostsee und eine unerwartete Liebe…

Als Lisa ihrem besten Freund Lennart eine vergessene Weinlieferung in sein traumhaftes Strandhotel an der Ostsee bringt, ahnt sie nicht, welches Abenteuer sie dort erwartet. Denn gleich am ersten Nachmittag lernt sie am Strand Johannes kennen, der ihr auf Anhieb sympathisch ist. Wie es der Zufall will, trifft sie ihn ein zweites und auch noch ein drittes Mal, allerdings auf gänzlich andere Weise als erwartet. Die beiden kommen sich näher, und sie verbringen einen wunderschönen Abend miteinander, einen Abend, der sich nach mehr anfühlt: Das Rauschen der See, der helle Mond und Johannes‘ blaue Augen lassen Lisas Herz schneller schlagen. Doch als die gemeinsame Zeit auf Rügen sich dem Ende zuneigt, macht Johannes ihr ein Geständnis, und Lisa muss sich entscheiden, ob sie ihn wiedersehen will oder ihn lieber ganz schnell wieder vergessen sollte …

Den 50-seitigen Kurzroman hier komplett kostenlos herunterladen:

https://hannaholmgren.de/#kurzroman

Eine kleine Bitte zum Schluss …

Wir hoffen, Ihnen hat dieses Buch gefallen …

Der schnellste Weg, andere Leser da draußen an Ihren Erfahrungen mit diesem Buch teilhaben zu lassen, ist eine Rezension im Online-Buch-Shop. Ihr Feedback hilft nicht nur anderen Lesern, Neues zu entdecken, sondern auch dem Autor, zu verstehen, was aus Lesersicht in diesem Buch gut und weniger gut ist. So kann sich der Autor weiterentwickeln und Ihnen sowie anderen Lesern in Zukunft noch schönere Geschichten präsentieren. Außerdem sind Ihre Erfahrungen, Erkenntnisse und Eindrücke als ehrliches Leser-Feedback eine enorme Wertschätzung vieler liebevoller Arbeitsstunden, die in dieses Buch geflossen sind.

Danke also schon im Voraus, wenn Sie sich zwei bis drei Minuten Zeit nehmen und eine kleine Bewertung zum Buch z.B. auf Amazon veröffentlichen.

Weitere Bücher des Verlages

Sehnsucht nach Rose Cottage

Hanna Holmgren

Die Erinnerungen an ihre Kindheit sind das einzige, das Ellie von ihrer Heimat Schottland noch geblieben sind. Doch als das urige "Rose Cottage" ihrer Tante vor dem Ruin steht, reist sie Hals über Kopf zurück nach Fallbury – in das Fischerdorf direkt neben den Klippen. Fest entschlossen, das Bed & Breakfast zu retten, stürzt Ellie sich in die Arbeit und wird dabei von zahlreichen Erinnerungen eingeholt. Eine von ihnen trägt den Namen Graham Flynt und hat Ellies Herz schon einmal im Sturm erobert …

Pinienduft im Hotel Toscana Mare

Hanna Holmgren

Nach einigen beruflichen und privaten Rückschlägen erhält Emilia die Chance, ein kleines Boutique-Hotel in der Toskana neu aufzubauen. Sie träumt von gutem italienischem Essen, romantischen Weinbergen und temperamentvollen, liebenswerten Menschen. Voller Vorfreude startet sie in ihren neuen Lebensabschnitt.

Doch vor Ort muss sie feststellen, dass das Hotelmanagement in Deutschland den Zustand des Anwesens in Italien völlig falsch dargestellt hat. Sie steht vor einer schier unlösbaren Aufgabe, die nicht nur durch ihren grummeligen Nachbarn Gianni erschwert wird, der das Hotelprojekt um jeden Preis verhindern will, sondern auch durch den charmanten Musiker Aurelio, der Emilia bis in ihre Träume verfolgt ...

Solange ich dich suche

Josefine Weiss

Die verzweifelte Suche nach ihrer vermissten Kindheitsfreundin führt Maddie Shaw nach Schottland. In dem kleinen Ort Whitecastle hat sie sich auf gut Glück ein Zimmer gemietet. Dort teilt der ebenso attraktive wie unnahbare Gastgeber Dean zwar seine Wohnung mit ihr, nicht aber seine Zeit und erst recht nicht sein Herz.

Doch je länger sie zusammenwohnen, desto näher fühlt sie sich ihm, denn auch er trägt schwer an seiner Vergangenheit. Nach und nach verliert Maddie ihr Herz an Dean, bis die Last seiner Geheimnisse es am Ende zu brechen droht. Denn die Suche nach ihrer Freundin bringt eine tragische Wahrheit ans Licht…

Der Club der Lebensmutigen

Josefine Weiss

Als sich Marleen und Hannes im „Club der Lebensmutigen“ begegnen, könnten sie unterschiedlicher nicht sein: Während sie lernen muss, wieder nach dem Leben zu greifen, muss er akzeptieren, seines bald loszulassen. Doch als sich ihre Wege immer wieder kreuzen, wächst zwischen den beiden eine unvorhersehbare Liebe, die sich mutig und kämpferisch allen Widrigkeiten entgegenstellt. Und am Ende stellt sich für Marleen und Hannes nicht die Frage, ob sie sich trotz aller Unterschiede lieben können, sondern für wie lange...